Mirjam Phillips/Marita Alberts (Hrsg.)
Ostfriesisch kriminelle Weihnacht

AF155156

wellhöfer
VERLAG

**Wellhöfer Verlag**
Ulrich Wellhöfer
Weinbergstraße 26
68259 Mannheim
Tel. 0621/7188167

**info@wellhoefer-verlag.de**
**www.wellhoefer-verlag.de**

Titelgestaltung: Uwe Schnieders, Fa. Pixelhall, Malsch
Satz: Wellhöfer Verlag, Mannheim

ISBN 978-3-95428-264-7

Mirjam Phillips/Marita Alberts (Hrsg.)

# Ostfriesisch
# kriminelle Weihnacht

# Inhalt

# Rezepte

ANNEGRET ACHNER

# Weihnachtsschollen

Greta wickelt den dicken Wollschal enger um den Hals, kämpft sich in Schräglage gegen den Wind vor, hängt sich über die kunstvoll gedrehten Tampen am Terrassenrand, bläst in die Hände und schaut hinunter auf die gammelige 27-Fuß-Westerly, die am nahen Steg in den braunen Wellen des Harlesieler Jachthafens schaukelt. »Käpt'n, backen und banken!«

Der Wind reißt ihr die Worte von den Lippen, macht sie unhörbar für den großen, bärtigen Typen im Overall, der im wattierten Friesennerz und mit einem gelben Südwester auf dem Vordeck kniet. Backen und banken, lächerlich. Das Essen ist fertig, heißt das. Basta! Aber natürlich hört er mal wieder nichts im Windgebraus. Sie ruft, schreit, biegt Daumen und Zeigefinger zum Kreis, drückt ihn gegen den unteren Rand der Zunge, pfeift schrill, nichts. Der Mann schaut nicht auf. Er hat einen Hammer in der Hand und hämmert und hämmert. Der Kerl soll zum Essen kommen, sonst meckert er später wieder, dass es verkocht ist.

Der Mann hebt nicht einmal den Kopf. Er kann nichts hören, denn er hat den CD-Player am Mast befestigt und voll aufgedreht. Der Wind trägt ihr Liedfetzen zu. Um Gottes willen, schon wieder Freddy Quinn. »Sankt Niklas war ein Seemann«, singt der. Und dass der heilige Nikolaus das Schiff rechtzeitig zu Weihnachten nach Hause gebracht hat. Gegen Sturm und Wellen. Greta lässt resigniert die Arme sinken. Sie starrt noch eine Weile hinunter auf Schiff und Mann. Damals, ja damals, da konnte sie nicht genug von ihm kriegen, von dem lieben Heiner. Aber heute, nach fast vierzig langen Jahren, erwischt sie sich immer öfter bei dem Gedanken: Hau doch einfach ab! Nimm dein Boot und verschwinde! Egal, was Freddy singt, Junge, komm bloß nicht wieder!

Greta humpelt ins Haus zurück, ihr linkes Knie schmerzt heute höllisch, kein Wunder bei der kalten Nässe in diesen

Vorweihnachtstagen. Sie lässt den Blick durch die Küche wandern. Ach was, Küche! Küchenzeile höchstens. Bullaugen statt Fenster, viel zu wenig Arbeitsfläche, ein kleiner, frei aufgehängter Herd, um die – nicht vorhandenen – Wellen auszugleichen, unpraktische Schränke mit Feststellschrauben für die Klappen, blauweißes Seemannsgeschirr, natürlich unzerbrechlich, blauweiß gestreifte Sitzkissen auf der harten Holzbank.

»Unsere Kombüse«, wie Heiner zu sagen pflegt, wenn er sich die Hände reibend an sie heranschleicht, ihr mit einem rauen Lachen seine Pranke auf den Hintern klatscht. »Na, ganz schön zugelegt in letzter Zeit. Ordentlich was in der Hand.«

Greta deckt den Tisch. Er wackelt, die Holzplatte müsste abgezogen werden. Sie hatte auf den Winter gehofft. Aber nun hatte Heiner sich diese olle Westerley gekauft. Ganz billig, wie er sagte. Ein Schnäppchen, wie er sagte. Da hatte sie lieber den Mund gehalten. Aber warum kann er mit den Reparaturarbeiten nicht bis zum Frühjahr warten?

Im letzten Winter hat er die Titten der Galionsfigur am Treppengeländer, deren Farbe durch das viele Antatschen längst abgeblättert war, neu vergoldet. Hat die beiden Steuerräder an den Wänden mit diesem ekligen Öl eingepinselt, dass ein penetranter Fischgeruch tagelang im Haus hing und ihr Brechreiz verursachte. Da ist es schon besser, wenn er seinem Basteltrieb draußen nachgeht. Im Moment kontrolliert er noch nicht einmal, ob sie die Seglerzeitungen fächerförmig auf dem Sideboard ausgebreitet hat.

»Die perfekte Bordfrau«, sein Hochzeitsgeschenk. Mit strahlendem Lächeln hatte er das Buch in ihre Hände gelegt. Und sie, sie fühlte sich auch noch geehrt. Sie war ja so verliebt in ihren blonden, blauäugigen Heiner, der Akkordeon spielte und »Nimm mich mit, Kapitän, auf die Reise« sang, während sie sich an ihn kuschelte. Mit seinem volltönenden Bariton, ganz für sie allein. Ein Hans Albers aus Harlesiel, ihr Verehrer, ihr Freund, ihr Mann. Neidische Blicke der Kolleginnen.

Dabei war er gar kein richtiger Seemann. Er hatte nie auf einem Schiff gearbeitet, weder auf einer der großen Skandinavien-Fähren noch auf den Fähren, die von Harlesiel aus nach Spiekeroog und Wangerooge durchs Watt tuckerten. Ein bisschen Jollensegeln und feucht-fröhliche Angeltouren mit seinen Kumpels, das war alles. Sie musste dann die stinkenden Fische zubereiten, die sie mit ihren toten Augen anglotzten. Die angetrunkenen Männer wollten bekocht werden.

Nein, nach seiner Lehre als KFZ-Mechaniker war Heiner Hausmeister geworden, schlicht und ergreifend Hausmeister an der Grundschule in Carolinensiel. Handwerklich begabt war er ja. Da konnte man nicht meckern. Sie selber, die dunkle, grazile Greta aus Bottrop, hatte sich damals als Erzieherin im kirchlichen Kindergarten beworben. Schon an ihrem ersten Arbeitstag, ihr alter Fiat 500 war kurz vor der Einfahrt zum Parkplatz zusammengebrochen, hatten Heiners geschickte Hände den Motor wieder zum Leben erweckt.

»Lass mich mal machen, lütte Deern«, hatte er gesagt und seine kräftigen Hände auf ihre Schultern gelegt. Sie hatte ihn zum Dank abends zum Italiener eingeladen. Nein, danke, italienische Pasta mochte er nicht.

»Ich esse nur Seemannskost«, hatte er gesagt und sich in der verräucherten Eckkneipe nebenan sein Lieblingsessen bestellt: Labskaus.

Du meine Güte! Das blöde Labskaus! Hektisch reißt Greta den Topf vom Herd. Gott sei Dank, nur ein bisschen angesetzt. Wenn sie die Pampe vorsichtig abhebt und in einen anderen Topf umfüllt, wird er nichts merken. Wie sie diese rosa Matsche hasst! Corned Beef, meine Liebe. Fleisch in Dosen. Die Überfahrt über den Atlantik hat früher Wochen gedauert. Greta verdreht die Augen. Es gibt mittlerweile Kühlschränke, will sie schreien. Hat er wohl nicht mitbekommen, der Depp.

Aber sie blöde Gans fand ihn originell, ihren Heiner. Strebsam und tüchtig. Und erst seine goldenen Finger! Nicht nur bei den Maschinen, das musste sie zugeben. Bums, war sie schwanger geworden. Heiner war begeistert. Eine Familie gründen. Eine Seemannsfamilie mit lauter blonden, kräftigen Seemännern. Jedoch bekamen sie nur eine einzige kleine Seefrau. Ein zierliches, schwarzhaariges Mädchen, wasserscheu wie die Mutter. Ein Töchterchen, das sich vor Wellen fürchtete, kaltes Wasser verabscheute und prompt seekrank wurde, sobald sie in ein Spülbecken guckte, in dem das Abwaschwasser kreiselnd im Ausguss verschwand.

Nach Heiners Pensionierung hatten sie die hübsche Hausmeisterwohnung in Wittmund verlassen müssen und waren in ein kleines Fischerhaus direkt am Harlesieler Jachthafen gezogen, das er trotz Gretas Widerstand gekauft und in wochenlanger, nervtötender Arbeit renoviert hatte.

»Was Größeres können wir uns nicht leisten«, hatte er gesagt. »Die Preise steigen, die Touristen kommen. Das ist eine goldene Investition.«

Greta hätte lieber eine kleine Wohnung landeinwärts gekauft. Sie wollte endlich reisen, mehr von der Welt sehen.

»Wieso verreisen?«, fragte Heiner. »Wir leben doch hier wie im Paradies.«

Dabei hatte er ihr eine Flugreise versprochen. In die USA, wohin ihre Tochter geflohen war, als sie das penetrante Gehämmer des Vaters und das ewige Gejammer der Mutter nicht mehr ertragen konnte. Den kleinen Enkelsohn hatten sie noch nicht gesehen. Den amerikanischen Schwiegersohn auch nicht.

»Ihr könnt doch kommen«, hatte die Tochter am Telefon gesagt. »Ihr habt doch jetzt Zeit.«

Hatten sie nicht. Hatte Heiner nicht. Nachdem die Wohnung fertig war, hatte er sich dieses alte Schiff gekauft. Eine Westerly.

»Absolut seefest, auch bei schwerer See«, hat er gesagt. Sein alter Traum vom Segeln, nun würde er wahr werden. Auf schäumenden Wogen über die Nordsee jagen, nach Holland, England, bis in die Bretagne. Greta werde das Leben auf dem Wasser genießen, sagt er. Seekrankheit, pah, alles eine Frage der Gewöhnung. Seit dem Sommer baut Heiner an dem Boot. Er bohrt, schraubt und streicht, begleitet von dem ohrenbetäubenden Gedudel seiner Shanty-Chöre.

»Essen fertig?«

Er geht an den Kühlschrank und holt eine Flasche Klaren heraus.

»Schon vor dem Essen?«, protestiert Greta.

Heiner gießt sich reichlich ein. »Zur Feier des Tages! Morgen früh Baum setzen und Segel anschlagen. Du musst noch frische Schollen besorgen für den Weihnachtsschmaus an Bord.«

»Was muss ich? Du spinnst. Morgen ist Heiligabend. Außerdem kann ich nicht segeln. Und Schollen unter Deck braten kann ich schon gar nicht. Da stinkt hinterher alles nach Fisch.«

»Klar kannst du das, meine Seefrau. Und an Bord tust du genau das, was ich sage.«

»Ich will nicht. Ich habe Angst!«

»Unsinn! Ansegeln am Heiligen Abend, das bringt Glück. Rüber nach Wangerooge, ein kurzer Schlag übers Watt. Piet und Lena sind schon da. Wir feiern an Bord.«

Er wischt sich die Hände an der Gummihose ab, geht zum Herd, hebt den Deckel ab.

»Brav! Labskaus! Hoffentlich schmeckt es auch! Hast es hoffentlich nicht wieder ansetzen lassen!«

Greta schweigt. Beißt die Zähne aufeinander. Ich will nicht mehr, denkt sie. Ich will einfach nicht mehr. Heiner schaufelt sich die rosa Matsche auf den Teller, nimmt eine Gurke, zwei Matjeshälften.

»Spiegeleier?«

»Entschuldigung, habe ich vergessen«, sagt Greta. Sie kleckst Butter in die Pfanne, nimmt vier Eier aus dem Kühlschrank.

»Schön knuspriger Rand«, sagt er und kippt noch einen Korn. »Ich mache gleich Pause. Da kommst du auch auf deine Kosten.«

Er versucht, sie an sich zu ziehen. Sie wehrt sich.

»Reise! Reise!«, schreit Heiner früh am nächsten Morgen. Er rüttelt seine Frau an der Schulter. »Greta, aufstehen! Los, Frühstück!«

Greta wälzt sich aus dem Bett. Ihre Knochen sind wie Blei. Die Hüfte tut weh. Langsam steigt sie die Treppen hinunter zur Küche. Es ist dunkel draußen. Wolken jagen über den Himmel. Heiner stellt das blau-weiße Friesengeschirr auf den Tisch.

»Wir brechen in einer Stunde auf. In einer Stunde, habe ich gesagt! Wir brauchen Wasser unterm Kiel. Oder willst du trockenfallen?«

»Aye, aye, sir«, stößt Greta zwischen zusammengebissenen Zähnen hervor und stellt die Kaffeemaschine an.

»Kombüse aufklaren und vergiss den Rum nicht! Ekke Nekkepen braucht seinen Schluck.«

Sie tuckern durch die Harlesieler Schleuse, erreichen den Außenhafen. Auch die Fähre legt ab, nutzt die Tide. Müde Touristen stehen an Deck. Ziehen Strickmützen über die Ohren. Kreischende Möwen im Sturzflug.

Unter Motor manövriert Heiner die Westerly am schmalen Priggenweg entlang.

»Segel setzen«, schreit Heiner, als sie ins offene Wasser kommen. Er jagt Greta auf dem schwankenden Schiff nach vorn. Mit klammen Händen hält sie sich an der Reling fest. Unter seinen gebrüllten Kommandos zieht sie die Fock hoch.

»Wie blöd bist du eigentlich? Ziehen, nur ziehen! So, jetzt belegen!« Es ist saukalt. Greta wankt zurück ins Cockpit. Der Wind nimmt zu, das Boot schaukelt auf und ab. Greta schluckt krampfhaft, kämpft gegen das Würgen in ihrer Kehle.

»Wird gleich ruhiger«, sagt Heiner. »Rauer Wind!« Vom Cockpit aus setzt er das Roll-Groß, lässt den kräftigen Südwest das Boot Richtung Wangerooge blasen. Der Kirchturm kommt näher, verschwindet aber immer wieder hinter Nebelfetzen. Backbord liegt Spiekeroog.

»Halt mal die Pinne, ist ganz einfach. Kurs halten!« Schon hat er ihr das Holz in die Hand gedrückt. »Das Schiebeluk am Niedergang ist lose. Ich hole den Schraubenzieher.« Heiner verschwindet nach unten, ehe Greta überhaupt den Mund aufmachen kann. »Höhe halten, Kurs halten, Maul halten!« Sein

Lieblingsspruch. Sie schaut angestrengt nach vorn, umkrampft die Pinne. Heiner steht geduckt unter dem Großsegel, das rechte Bein auf der Sitzbank, das linke Knie auf dem Laufdeck, zwei Schrauben zwischen den Zähnen. Mit der rechten Hand dreht er eine dritte Schraube in die Scharniere der Laufschiene.

»Pass auf den Baum auf. Keine Patenthalse heute«, lacht er.

Was hat er gesagt? Auf einmal ist Greta hellwach. Pass auf den Baum auf. Ja, wenn das Segel auf die andere Seite schlägt, wird der Baum ihn vom Boot fegen, das sieht auch sie. Der Wind ist recht moderat: drei, vier Windstärken. Das Schiff surft bei fast achterlichem Wind auf den Wellen. Heiner ist vertieft in seine Schrauberei. Gretas Magen beruhigt sich, sie entspannt sich, lockert ihre verkrampften Hände. Langsam, langsam dreht sich der Bug der Westerly nach Osten, das Schiff nimmt Fahrt auf.

»Pinne festhalten!«, brüllt Heiner. Greta greift mit beiden Händen das Ruder, reißt es mit einem heftigen Ruck an ihren Körper. Das Schiff dreht scharf nach Osten, der Wind erfasst das Großsegel von der anderen Seite und es schlägt um. Der Baum erwischt Heiner frontal an Kopf und Schultern, schleudert ihn über die Reling hinunter ins eisige Wasser. Greta beobachtet, wie ihr Mann mit dem Gesicht nach unten im Wasser treibt, offensichtlich bewusstlos. Instinktiv greift sie nach dem Bootshaken, zögert, lässt die Hand sinken. Heiners Körper driftet am Bootsrumpf vorbei. Greta wartet eine Weile, lässt die Pinne los, geht in die Kajüte, sucht ihr Handy. Das Schiff tanzt und dreht sich auf den Wellen. Kein Netz.

Ist es ihre Schuld, dass sie keinen Funkkontakt hat? Sie wird es noch einmal versuchen. Später. Eins weiß sie: Schollen muss sie heute Abend nicht braten. Sie nimmt die glitschigen Fische aus der Tüte und schleudert sie einzeln über Bord. Die Möwen kreischen auf und stürzen sich auf die Beute.

Wenn Sie jetzt noch Hunger haben auf Fisch, hier ist Heiners Lieblingsrezept. Genauso und nicht anders sollte Greta die Schollen am Heiligabend zubereiten: ohne Pipapo, keine Krabben (Büsum), kein Speck (Finkenwerder), kein Gemüse, vielleicht ein leckerer Kartoffelsalat.

## Gebratene Kutterschollen

*Für vier Personen*

**Zutaten:**
*4 frische Schollen*
*1 Tasse Mehl*
*Salz und Pfeffer*
*Butter zum Braten*
*Zitronensaft zum Beträufeln*

**Zubereitung:**
*Vom Händler die Köpfe abschneiden und die Schollen ausnehmen lassen. Die Fische mit Zitronensaft beträufeln, abtupfen. Salz, Pfeffer und Mehl in einem Teller mischen und die Fische darin wälzen. Butter in der Pfanne erhitzen. Je nach Größe der Fische 4-6 Minuten auf jeder Seite langsam goldbraun braten. Mit Zitronenscheiben garniert servieren.*

CHRISTIANE FRANKE

# Meta und die Spökenkiekerin

Neugierig beugt Meta sich vor, als Alwine ehrfürchtig die letzte Karte auslegt. »Na? Was siehste? Was kommt auf mich zu?«

Dass die Zukunft in den Sternen steht, weiß ja nun jedes Ostfriesenkind. Deswegen hat sich Meta die Vorweihnachtszeit ausgesucht, um sich von Alwine Carstens die Karten legen zu lassen. Denn es waren schließlich die Sterne, die vor über zweitausend Jahren die Hirten auf dem Feld zur Krippe in Jerusalem geführt haben. Meta selbst sucht allerdings keinen Erlöser. Ein neuer Partner würde ihr schon reichen.

Alwine wackelt abwägend mit dem Kopf und schnalzt mit der Zunge. »Tja …« Sie starrt auf die Karten, die wie zu einem Stern gelegt sind, in der Mitte die Herz-Dame.

Meta hält es vor Ungeduld kaum noch aus. »Nun sach schon!«

Alwine hebt den Kopf und lächelt Meta an. »Da scheint noch mal die Liebe auf dich zuzukommen. Man glaubt es ja nicht, bei einer Frau in deinem Alter, aber so sieht das wohl aus. Quasi der Prinz auf dem weißen Pferd.«

»Wirklich?« Meta strahlt bis über beide Ohren.

»Jo.«

»Warum soll man mit achtzig auch keinen netten Mann mehr kennenlernen?«, fragt Meta kokett. »Die Liebe kann einen bekanntlich in jedem Alter treffen.«

»Laufen draußen bloß nicht mehr so viele Kerle rum, die altersmäßig zu einem passen und sich noch ohne Rollator bewegen«, sagt Alwine trocken. »Außerdem bist du schon zweiundachtzig.«

»Das ist egal.« Wieder beugt Meta sich vor, als könnten die Karten auch ihr etwas verraten. »Kannst du sehen, wann dieser Ritter kommt? Ist es ein reicher Prinz oder eher ein Bettelmann?« Ein wohlhabender wäre ihr natürlich lieber, ihre Witwenrente ist nicht hoch. Sie war noch in der Blüte ihrer Jahre, gerade mal einundvierzig, als Walter bei einem Jagdunfall kurz vor den Feiertagen ums Leben kam. Er hatte den Weihnachtsbraten schießen wollen.

»Du bist ganz schön gierig«, mault Alwine. »Du solltest dankbar sein, wenn dich überhaupt noch einer anguckt, aber nein, vermögend soll er obendrein sein. Nee, nee.«

Sie schiebt die Karten zusammen, woraufhin Meta protestiert: »Da wäre bestimmt noch mehr zu sehen gewesen!«

»Nicht für gierige Frauenzimmer wie dich. Macht fünfunddreißig Euro.« Alwine streckt Meta die Hand hin.

»Fünfunddreißig? Das ist ja der reinste Wucher!«

»Fünfunddreißig. Nun mach schon. In einer Stunde kommt der nächste, und ich will mich noch ein wenig ausruhen. Es zehrt ganz schön an den Kräften, in anderer Leute Zukunft zu sehen.«

»Du bist du ja auch nicht mehr die Jüngste.« Diese Spitze kann Meta sich nicht verkneifen, ist Alwine doch zwei Jahre älter als sie. Sie zückt ihr Portemonnaie und zieht widerwillig drei Scheine heraus. »Hier. Aber Gnade dir Gott, wenn du geflunkert hast.«

Alwine zuckt gelangweilt mit den Schultern. »Ich hab nur gesagt, was in den Karten stand.«

Als Meta vor die Tür der kleinen Kate tritt, hat es wieder zu schneien begonnen. Seit drei Wochen hat der Winter Ostermoor fest im Griff. Sie hat schon längst die Einlegesohlen aus Schaffell aus dem hintersten Schrankwinkel geholt. Und die Schuhspikes, damit sie nicht lang hinschlägt auf dem Weg zum Schlachter und mit einem Oberschenkelhalsbruch im Krankenhaus landet. In ihrem Alter sind die Knochen ja nicht mehr so elastisch. Die Spikes hat sie heute leider vergessen.

Weit ist es nicht bis nach Hause, Ostermoor ist nicht groß. Sie zieht sich das große, handgestrickte Dreieckstuch enger um Hals und Schultern. Sie ist gerade an der Schlachterei vorbeigelaufen, als ein Auto in der Kurve ins Schleudern gerät und auf sie zu schlittert. Automatisch springt sie zur Seite, rutscht aus und schlägt der Länge nach hin. Aua. Vorsichtig rappelt sie sich auf, bleibt aber erst mal auf ihrem Hintern sitzen und sortiert in Gedanken die Knochen. Scheint nichts gebrochen. Glück gehabt. Bloß blaue Flecken wird sie kriegen. Garantiert. Der weiße Audi steht inzwischen schräg auf der Straße. Die Fahrertür geht auf und ein Mann steigt aus. Meta zwinkert. Ein grauhaariger Mann. Gutaussehend. Tweed-Sakko und Seidentuch. Es schneit heftiger. Der Mann kommt auf sie zu, reicht ihr die Hand und hilft ihr beim Aufstehen. Als sie wieder einigermaßen standfest ist, entschuldigt er sich wortreich. Von hier kann er nicht kommen. Sie kennt alle in Ostermoor. Auch die weggezogenen Kinder und Enkel. Dieser Mann gehört nicht dazu. Meta wirft einen Blick auf sein Nummernschild. Ein auswärtiges Kennzeichen. OL. Oldenburg. Was treibt den denn nach Ostermoor?

»Entschuldigung, mein Wagen ist ins Schleudern geraten, es ist überraschend glatt in der Kurve.«

Sie betrachtet ihn aufmerksam, fährt sich mit der Zunge zwischen Unterlippe und Zähne und überlegt, wie sie reagieren soll. Einerseits ist sie stocksauer, weil der ganze Schneematsch ihren Mantel versaut hat, andrerseits: Hat Alwine ihr nicht gerade erst prophezeit, dass ein Prinz auf weißem Pferd in ihr Leben treten würde? Das trifft auf den Fremden hundertprozentig zu!

Gut, er ist mindestens über siebzig, sitzt zwar nicht auf einem Schimmel, sondern fährt einen weißen Audi. Aber er kann ohne Rollator laufen – und das bei diesen Straßenverhältnissen. In großen Dingen sollte man nicht kleinlich sein, findet Meta.

»Onno von Landegg«, stellt er sich vor und deutet einen Diener an. Ein Mann mit Manieren. Reizende Grübchen zieren bei diesen Worten seine Wangen. Meta lächelt. Und plinkert kokett mit den Augen.

»Ich bitte nochmals um Entschuldigung. Ich wollte Sie keineswegs in Gefahr bringen.« Sein Lächeln gefällt Meta immer mehr. Genau wie sein intensiver Blick. Seine Augen schimmern graugrün. »Darf ich Sie auf einen Kaffee einladen? Dann legt sich der Schrecken vielleicht.« Er blickt sich um, doch in Ostermoor gibt es schon lange kein Café mehr. Meta nickt mit dem Kopf rückwärts Richtung Hinrichs' Schlachterei.

»Da kriegt man Brötchen, Croissants und auch 'nen Kaffee. Sonst gibt's hier nix.«

Onno von Landegg stimmt nicht gerade begeistert zu: »Na dann ...«

So sitzen sie zwischen warmem Außerhausverkauf, Eiern von freilaufenden Hühnern, Blutwurst, hausgemachter Salami, Kohlrouladen, bayrischen Weißwürsten und dem üblichen Schlachterei-Sortiment an einem kleinen Tisch mit roter Plastikdecke, auf dem die Faltkarte mit speziellen Weihnachts-Catering-Angeboten der Fleischerei liegt. Verträumt lächelt Meta Onno an, der gerade von den Vorzügen seines Audis im Winter schwärmt, und hütet sich, ihn mit dem Hinweis zu unterbrechen, dass der Wagen ganz so klasse nicht sein könne, wenn er bei dem bisschen Glätte derartig in Rutschen kommt. Onno plaudert ohne Unterlass, holt noch einen zweiten Kaffee und als fast eine Stunde um ist, greift er bedauernd ihre Hand.

»So gerne ich noch länger mit Ihnen sitzen würde, ich muss leider los. Ich habe einen Termin. Sie können mir sicher erklären, wie ich in den Kirchweg komme? Ich möchte zu Alwine Carstens. Kennen Sie die?«

Automatisch zieht Meta ihre Hand zurück.

»Was wollen Sie denn von Alwine?«, fragt sie mit einem misstrauischen Unterton in der Stimme.

Onno lacht. »Das bleibt mein kleines Geheimnis.«

Meta schmunzelt verstohlen. Soll sie ihm verraten, dass er gar nicht mehr zu der Spökenkiekerin gehen braucht? Dass er die fünfunddreißig Euro sparen kann? Sie ist ihm doch schon über den Weg gelaufen! Meta und Onno von Landegg sind ganz klar füreinander bestimmt. Das hat Alwine vorhin in den Karten gelesen. Aber das kann Meta Onno natürlich keinesfalls gestehen.

Am Abend klingelt das Telefon, gerade als Meta »Hallo Niedersachsen« auf N3 guckt. Sie erschrickt, nach sieben ruft man nur an, wenn was passiert ist. Mit zitternden Händen nimmt sie das Gespräch an. »Harms«, meldet sie sich mit piepsiger Stimme.

»Onno von Landegg hier. Ich wollte mich noch mal erkundigen, wie es Ihnen inzwischen geht. Haben Sie den kleinen Unfall gut überstanden?«

In Metas Bauch beginnen Schmetterlinge zu flattern. Sie bemüht sich, ihre Aufregung zu verbergen, als sie streng fragt: »Woher haben Sie meine Telefonnummer?«

Sie hört ihn am anderen Ende der Strippe lachen. »Von der Fleischereiverkäuferin. Ich habe sie um Hilfe gebeten.« Er wird ernst. »Ich habe die Stunde mit Ihnen sehr genossen.«

Meta lächelt nun auch. Aber das kann er natürlich nicht sehen. »Das ist nett. Ich habe mich auch gern mit Ihnen unterhalten«, gibt sie zu. »Und außer ein paar blauen Flecken ist ja auch nichts passiert.«

»Darf ich Sie dann noch einmal auf einen Kaffee einladen? Vielleicht nicht unbedingt in der Schlachterei. Wenn Sie erlauben, würde ich Sie gern abholen und wir fahren nach Jever, da gibt es im Schloss das Eulencafé. Dort haben sie köstlichen selbstgebackenen Kuchen.«

Meta zögert. Ihre Mutter hat ihr stets eingebläut, dass sich ein anständiges Mädchen zieren und nicht gleich auf einen Mann einlassen sollte. Und über Onno von Landegg weiß sie rein gar nichts. Andererseits muss man sich mit zweiundachtzig wohl nicht mehr an diese Vorgaben halten. »Ist gut. Wann denn?«

»Was halten Sie von morgen? So gegen Mittag? Um zwölf bin ich da, wenn Sie mir Ihre Anschrift verraten. Denn die wollte die Fleischereiverkäuferin nicht herausrücken.«

Vor lauter Schmetterlingen im Bauch kann Meta gar nicht gut schlafen, und Durchfall hat sie auch gekriegt. Als sie am nächsten Morgen aus dem Fenster schaut, treibt der Wind dicke Schneeflocken durch die kleine Gasse. Hoffentlich kann Onno trotzdem kommen. Sie lächelt, als sie erkennt, dass sie schon an ihn denkt, als würden sie sich ewig kennen. Ob sie Alwine anrufen und ihr berichten soll, wie schnell der Prinz bei ihr aufgetaucht ist? Nein. Lieber noch etwas warten. Bis es eine feste Beziehung ist. Sie könnte allerdings eben rüber zu Schlachter Hinrichs gehen und drei dicke Scheiben Blutballen kaufen. Falls Onno zum Abendessen bleibt. Kartoffeln für Kartoffelstampf hat sie genug in der Vorratskammer und Äpfel auch. Sie könnte Apfelmus kochen, das schmeckt prima dazu.

Beschwingt schlüpft sie in ihren Mantel und schnallt sich die Spikes unter ihre Schuhe. Damit sie ausgerechnet heute nicht noch einmal ausrutscht. Den Hut auf dem Kopf und das Dreieckstuch um den Hals, tritt sie vor die Tür und läuft direkt in Tjardos Arme, der die Post in ihren Briefkasten steckt.

»Moin Meta. Was willst du denn bei diesem Wetter auf der Straße? Wart doch lieber, bis es aufgehört hat zu schneien.«

»Ich will nur eben zum Schlachter. Ich erwarte Besuch zum Abendessen.« Sie merkt, dass sie rot wird und die Schmetterlinge kitzeln von innen.

Tjardo lacht. »Na, ist ja ganz schön was los im Ort. Wenn ich deinen Gesichtsausdruck richtig deute, steckt bestimmt ein Mann dahinter?«

Verlegen wie ein kleines Mädchen schaut Meta zu Boden.

»Och, ist euch Madels ja gegönnt«, sagt Tjardo aufgeräumt. »Aber bei dir kommt das nur ein bisschen überraschend; Alwine bringe ich ja nun schon länger diese handgeschriebenen Briefe.« Er beugt sich vertraulich zu ihr herunter. »Das sind alles Antworten auf Alwines Kontaktanzeige. Viele riechen nach Rasierwasser.«

»Kontaktanzeige? Alwine?« Meta blickt Tjardo überrascht an. »Wie kommst du da denn drauf?«

»Ich hab ihr beim Formulieren geholfen«, gibt Tjardo stolz zu. Er ist nicht nur der Postbote, sondern auch Alwines Neffe. »War ja klar, dass irgendwann mal einer dabei sein musste, der ihr gefällt. Gestern hat sie wohl so einen getroffen. Der is' sogar gleich über Nacht bei ihr geblieben. Beim ersten Treffen! Das hätte ich von meiner Tante nie gedacht.« Nun guckt Tjardo pikiert.

»Über Nacht?« Meta schüttelt den Kopf. Nein, das kommt für sie nicht infrage. Onno muss nach dem Abendessen wieder fahren. »Ja. Ich hab auch Bauklötze gestaunt, als ich den Wagen heute früh noch immer vor ihrer Tür hab' stehen sehen. Ist einer aus Oldenburg. Weißer Audi. Aber schon ein älteres Baujahr.«

Meta schluckt. Das kann nur Onnos Auto sein. Sie merkt, dass ihr die Kinnlade runterfällt, und weiß plötzlich nicht, was sie sagen soll.

»Meta?« Tjardo blickt sie besorgt an. »Ist alles in Ordnung? Willst du nicht doch lieber reingehen?«

»Nee. Lass man. Woher willst du denn wissen, dass der bei Alwine übernachtet hat?«

»Als ich gestern nach 'm Skat nach Hause lief, stand der Wagen vor ihrer Kate. Und als ich heute Morgen zur Arbeit fuhr, stand der Daimler immer noch da. Das sagt doch alles, oder?«

»Stimmt.« Meta hat plötzlich einen unschönen Geschmack auf der Zunge. Sie hebt den Kopf. »Du hast recht. Ich geh lieber wieder rein. Kann ja nachher immer noch einkaufen.«

»Schönen Tach noch!«

»Fahr vorsichtig«, ruft sie ihm nach, als sie sieht, wie er in die Pedale tritt.

In Hut und Mantel lässt sie sich auf einen Stuhl in der Küche fallen. Onno und Alwine? Nee. Das mag sie nicht glauben. Der Altersunterschied zu Alwine ist ja noch größer als zu ihr. Und sieht Alwine mit ihren runzeligen Falten nicht deutlich älter aus? Da helfen auch die gefärbten Haare nichts. Außerdem hat Onno sie gestern Abend angerufen. Da kann er doch nicht mehr bei Alwine gewesen sein. Schwerfällig erhebt sich Meta und läuft in den Flur, wo das schnurlose Telefon auf der Ladestation liegt. Sie drückt die Taste der angenommenen Anrufe. Das war eine Handynummer. Onno hat gar nicht von zu Hause angerufen. Alwine, dieses Miststück, hat ihn festgehalten! Es roch ja so lecker nach Grünkohl. Bestimmt hat sie den extra für ihn gekocht. Was für eine Schlange Alwine ist. Obwohl ... sie hat ja nicht ahnen können, dass Onno und Meta sich gleich begegnen ... Meta schält sich aus dem Mantel, streift Hut und Spikes ab und holt Eier und Dinkelmehl aus der Kammer. Am besten, sie backt ein paar Kekse. Dabei kann sie sich prima abreagieren. Adalbert und seine Frau Hilke freuen sich bestimmt, wenn sie ihnen am Heiligabend eine Tüte voll mitbringt.

Sie bestreicht die ofenfrischen Mürbeteigkekse gerade mit einem Guss aus Orangensaft und Puderzucker, als es an der Tür klopft.

»Is' offen!« Sie schließt tagsüber nicht ab. Keiner tut das in Ostermoor. Gleich darauf betritt Adalbert die Küche ihres kleinen Häuschens.

»Moin, Meta.«

»Wenn man vom Teufel spricht. Hab grad an dich gedacht«, sagt Meta leutselig, während Adalbert sich den Schnee von der Jacke wischt. »Magste 'nen Tee?«, fragt sie erfreut, weil sein Besuch sie von den Gedanken um Alwine und Onno ablenkt.

»Nee, lass man«, lehnt Adalbert freundlich ab. Es sieht ein wenig gediegen aus, wie der große Kerl in der kleinen Türöffnung steht, den Kopf eingezogen.

»Nun sett di man daal«, fordert Meta ihn zum Sitzen auf. »Ick bin hier ook gliek fertig.«

»Ich wollt' eigentlich nur ...« setzt Adalbert an, aber Meta lässt ihm keine Chance. Sie spült sich die Hände ab, füllt den Wasserkessel und setzt ihn auf den Gasherd. Während das Wasser auf der Flamme heiß wird, wischt sie sich die Hände an ihrer Kittelschürze trocken, legt ein paar frisch gebackene Kekse auf einen Teller und schiebt ihn Adalbert hin. Dann setzt sie sich auf die alte Eckbank aus Eiche, die schon zu Lebzeiten ihrer Urgroßmutter hier stand. »So, min Jung, nu vertell. Wat gibt's?«

Adalbert schnappt sich einen Marmeladenkeks. »Der is aber lecker!«, schwärmt er mit vollem Mund. Automatisch greift er zu einem zweiten. »Ich wollt dich zu unserer Adventsfeier einladen. Mit Spekulatius, Stollen, Tee und Glühwein«, sagt er, nachdem der Mund fast leer ist. »Im Gemeindehaus. Bei uns ist es ja zu eng.« Er nimmt sich einen dritten Keks. »Hilke und ich haben gedacht, uns beiden geht es durch die Erbschaft so gut, da möchten wir ein kleines Vorweihnachtsfest mit allen aus dem Dorf feiern.«

Zwei Worte in seinem Satz lassen Metas Lächeln zu Eis gefrieren. »Mit allen aus dem Dorf?« Sie zieht Adalbert den Keksteller weg. »Mit allen?«

»Jo.«

»Nee. Dann komm ich nicht.« Das fehlt noch, dass sie Alwine und Onno verliebt zusammensitzen sieht.

Adalbert guckt verdattert und will sich einen weiteren Keks nehmen, aber Meta steht auf und bringt den Teller in sichere Entfernung. Adalbert sieht dem Teller mit bedauerndem Hundeblick hinterher. »Was habe ich jetzt falsch gemacht?«, fragt er.

»Mit allen«, sagt Meta. »Mit allen ist falsch.« Sie nimmt die Kekse vom Teller und legt sie in die Blechdose mit den Weihnachtsmotiven. Adalbert schüttelt den Kopf.

»Ich versteh kein Wort«, gesteht er.

»Es geht um Alwine«, erklärt Meta. »Wenn die kommt, komme ich nicht.« Sie zieht die Nase hoch. Mit zweiundachtzig darf man das.

Adalbert lächelt beschwichtigend. »Och, Meta. Was ist denn los? Habt ihr euch mal wieder gestritten? Kannst mir ruhig erzählen.« Er schweigt, aber schweigen kann sie auch. Besonders, wenn es um dieses Thema geht. Noch einmal zieht Meta geräuschvoll die Nase hoch. Adalbert grinst. »Ach nee. Sach bloß, du hast dir von ihr die Karten legen lassen und sie hat dir Blödsinn erzählt. Mensch, Meta. Nun stell dich mal nich so an.« Er lacht. »Das ist doch reine Spökenkiekerei.«

»Ich stell mich nicht an.« Meta spürt, wie vor Wut die Galle in ihrem Bauch zu brodeln beginnt. »Alwine ist eine Schlange. Es gibt keinen Raum auf dieser Erde, in dem Alwine und ich jemals wieder einträchtig nebeneinander sitzen werden! Darauf kannst du Gift nehmen.«

»Och, Mensch …« Betrübt beugt er sich zu ihr runter und drückt ihr einen Abschiedskuss auf die Wange. »Überleg's dir noch mal«, bittet er, doch sie guckt stur geradeaus. Mit einem Seufzen duckt sich Adalbert durch die Tür. »Hilke und ich würden uns wirklich freuen, wenn du kommst«, ruft er noch. »Samstag, vor dem Abendgottesdienst. Es gibt was zu essen, Schlachter Hinrichs kümmert sich um die Häppchen, und Hilke macht Krüllkuchen. Schlagsahne und Bohnensupp gibt's auch. Ich dachte, du könntest vielleicht deinen berühmten Butterkuchen …«

»Raus«, sagt Meta leise, aber bestimmt.

Als er fort ist, lässt sie sich wieder auf die Eckbank fallen und drückt mit dem Daumen das Gebiss fest gegen den oberen Gaumen – das löst sich manchmal, wenn sie sich aufregt. Dann spitzt sie den Mund. Ja. Sie wird sich Alwine vorknöpfen. So geht das ja nun nicht. Ihr erst den Prinzen ankündigen und den dann selbst haben wollen. Nicht mit ihr. Meta lässt sich nichts wegnehmen. Notfalls greift sie auch zu drastischen Mitteln, aber sie hofft, dass Alwine sich einsichtig zeigt. Energisch steht sie auf, schnallt sich die Spikes um, schlüpft in Mantel, Dreieckstuch und Hut und nimmt den Einkaufsbüdel mit. Vielleicht holt sie auf dem Rückweg doch noch drei Scheiben Blutballen.

Es hat aufgehört zu schneien und ganz ohne Rutschen gelangt sie in den Kirchweg. Nichts deutet darauf hin, dass Onnos Auto hier die ganze Nacht gestanden hat. Der Schnee hat eine weiße, unschuldige Decke über alles gebreitet. Alwine trägt ihre blauweiß karierte Kittelschürze, als sie die Tür öffnet.

»Meta. Komm rein. Gut, dass du da bist. Kannst mir gleich mal helfen. Aber zieh erst die Dinger da von den Füßen, du verkratzt mir sonst den Fußboden.« Alwine dreht sich um und geht voraus. Meta zieht die Spikes von den Schuhen und folgt Alwine, die sich in der Vorratskammer zu schaffen macht.

»Es geht um Onno«, platzt Meta heraus, ohne sich mit langen Vorreden aufzuhalten.

»Um Onno.« Alwine hat einen Karton mit Weihnachtskugeln aus dem Regal genommen und trägt ihn ins Wohnzimmer. Meta folgt ihr. Die gute Stube ist bereits festlich geschmückt und aus der Musikanlage dudelt Weihnachtsmusik.

»Du bist ja schon richtig in Feiertagsstimmung«, stellt Meta pikiert fest. »Liegt das an Onno?« Ihre Stimme wird schrill.

»Ich weiß gar nicht, was du immer mit Onno hast und was du von mir willst ... Und selbst, wenn ... Dann ist das ja wohl meine Sache.«

»Ich hab Onno zuerst kennengelernt«, begehrt Meta auf und folgt Alwine zurück in die Kammer, wo die Ältere jetzt die Trittleiter ausklappt und vor das Regal stellt. »Gestern. Auf der Straße. Er ist fast in mich hineingeschlittert mit seinem Auto. Da kanntet ihr euch noch gar nicht!«, sagt sie triumphierend. »Er hat mich nämlich nach dem Weg zu dir gefragt. Also gehört der mir! Du kriegst ihn nur über meine Leiche.«

»Du spinnst«, sagt Alwine ungerührt und erklimmt die erste Sprosse. Meta hält sie an der Kittelschürze fest.

»Du willst doch wohl nicht da raufklettern?«

»Nützt ja nix«, gibt Alwine zurück. »Da oben ist der Fuß für den Tannenbaum. Tjardo hat ihn letztes Jahr dorthin verfrachtet. Dabei hätte er den auch einfach unter das Regal schieben können. Männer. Denken eben nicht nach. Und wo Onno jetzt grad los ist, einen Baum zu kaufen, will ich schon mal den Ständer holen.«

Meta verschlägt es vor Schreck fast die Sprache. »Onno macht was?«

»Der kauft einen Tannenbaum. Fürs Weihnachtsfest.« Alwine schüttelt den Kopf, als ob Meta begriffsstutzig ist. »Is' ja bald soweit, ne?«

»Is' jetzt nicht dein Ernst.«

»Doch.« Alwine setzt schon den Fuß auf die nächste Sprosse.

»Komm da runter.« Meta zieht Alwine am Arm. »Lass mich das machen. Du bist viel zu alt, um auf eine Leiter zu klettern.«

»Zieh nicht so, sonst fall ich erst recht.«

Kurz darauf steht Alwine wieder neben Meta. »Is' ja niedlich, wie eifersüchtig du bist«, sagt sie belustigt.

»Das hat nix mit Eifersucht zu tun. Sondern mit Gerechtigkeit. Ich hab ihn zuerst kennengelernt.« Meta blickt sie herausfordernd an. »Wo ist der dämliche Tannenbaumfuß?« Sie steigt auf die erste Sprosse.

»Ach nee, aber du kannst Leitern hochkraxeln? Dann zieh wenigstens den Mantel aus.«

»Ich bin gelenkiger.« Schon hat Meta die zweite Sprosse erklommen.

»Der Fuß ist im obersten Regal. Weiter links.«

Meta steigt weiter hinauf, wirft von oben einen bitteren Blick nach unten, aber ihr wird schwindelig. Besser, sie schaut nach vorn. Suchend sieht sie sich um. Da hinten ist er. Sie reckt sich, bis sie den Tannenbaumfuß zu fassen bekommt. Der ist ganz schön schwer. Sie muss ihn mit beiden Händen greifen. Sie zieht ihn nach vorn, lässt ihn jedoch wieder los, hält sich am Regalbrett fest und blickt noch einmal prüfend zu Alwine hinunter. »Tjardo hat gesagt, dass Onno bei dir übernachtet hat. Stimmt das?«

»Jo. Wir hatten 'ne Flasche Sekt getrunken. Da konnte ich ihn nicht zurück nach Oldenburg fahren lassen, wo doch auch die Straßen wieder glatt waren.«

»Ihr habt 'ne Flasche Sekt getrunken? Eine ganze Flasche? Nur ihr zwei?«

»Wir hatten was zu feiern.«

»Und dann hat er bei dir übernachtet?« Meta mag es immer noch nicht glauben. Ihr Onno hat sich einfach so von Alwine um den Finger wickeln lassen?

»In der Gästekammer.«

Metas Augen schießen Pfeile hinunter zu Alwine. »Ach nee. Und das soll ich dir glauben, wo er nun für dich den Tannenbaum holt?«

»Das kannste halten wie ein Dachdecker. Aber warum sollte ich dir was vorlügen?«

Meta greift nach dem Tannenbaumfuß.

»Was macht ihr denn hier?« Leichte Aufregung liegt in der männlichen Stimme, die plötzlich ertönt. »Meta! Runter von der Leiter. Das ist viel zu gefährlich. Gerade in Ihrem Alter!« Onno. Wie herbeigezaubert steht er neben der Spökenkiekerin und guckt besorgt zu ihr hoch. Er ist ebenso scheinheilig wie Alwine. Meta zieht den gusseiserenen Fuß vom Regal. Merkt, dass ihr rechter Arm nach dem gestrigen Sturz noch nicht wieder so kräftig ist wie vorher. Der Tannenbaumständer ist schwer. Sie kann ihn nicht halten.

Unter ihr stehen Onno und Alwine. Sie muss sich entscheiden. Rechts, links, oder daneben.

Es gibt ein unschönes Geräusch, als der gusseiserne Tannenbaumfuß auf Onnos Kopf landet. Er sackt zusammen, das Blut läuft über seinen Schädel. Einen Moment verharrt Meta mit zitternden Knien auf der Leiter.

»Och, Mensch«, sagt Alwine verärgert. »Musste das denn nun sein? Da hab ich mir solche Mühe gegeben, jemanden für dich zu finden. Und dann machst du das gleich wieder kaputt.«

»Für mich?«, flüstert Meta, »für mich? Tjardo hat gesagt, Onno hätte sich auf deine Kontaktanzeige hin gemeldet.«

»Nee, Onno nicht. Der kam zum Kartenlegen.«

»Aber du hast doch gerade gesagt, ihr zwei habt zusammen bei einer Flasche Sekt gefeiert und er hat in deiner Gästekammer übernachtet.«

»Ach, Meta, das war nur, weil er hier ankam und sagte, ich brauchte ihm die Karten nicht mehr zu legen. Er sei im Dorf fast in eine Frau hineingeschlittert und in die hätte er sich augenblicklich verliebt.«

Metas Augen werden ganz groß und ihre Knie noch weicher. »Du flunkerst mich nicht an?«

»Natürlich nicht. Heute Vormittag wollte er als Dankeschön für mich den Baum kaufen und dich gegen Mittag zum Kaffeetrinken abholen. Mensch, Meta, der war so was von verliebt in dich.« Alwine wackelt traurig mit dem Kopf und seufzt. »Ganz ehrlich, ich weiß nich, ob ich das noch ein zweites Mal so prima hinkriege.«

# Ostfriesische Orangentäschchen

**Zutaten:**
Mürbeteig 1-2-3-Teig: 100 g Zucker, 200 g Butter, 300 g Mehl
außerdem 1 Ei, 1 Prise Salz

Füllung:
1 Bio-Orange
150 g gemahlene Mandeln
100 g Zucker

Glasur:
100 g Puderzucker
2 EL Orangensaft
1 EL Zitronensaft

**Zubereitung:**
Teig:
Den 1-2-3 Teig mindestens eine Stunde im Kühlschrank ruhen lassen.

Füllung: Die Orange waschen und trocken tupfen. Die Schale fein abreiben, Orange auspressen. Gemahlene Mandeln, Zucker, Orangenschale mit so viel Orangensaft verrühren, bis ein streichfähiger Brei entsteht. Zwei Esslöffel Orangensaft sollten auf jeden Fall für die Glasur übrigbleiben.

Glasur:
Einfach Puderzucker, Orangen- und Zitronensaft verrühren. Fertig! Die warmen Plätzchen damit bestreichen und trocknen lassen.

Und so geht es:
Den Teig etwa drei Millimeter dick ausrollen. Ein Likörglas eignet sich prima dafür. Dann mit dem Backpinsel einen halben

Teelöffel von der Füllung auf die eine Plätzchenhälfte streichen und die andere Hälfte darüberklappen. Anschließend die Teigränder mit den Zinken einer Gabel fest zusammendrücken. So entstehen die typischen feinen Rillen am Rand.

Auf ein mit Backpapier ausgelegtes Backblech legen und im Ofen auf der mittleren Einschubleiste 15 bis 20 Minuten goldbraun backen, dann auf einem Holzbrett abkühlen lassen.

LAURA MÜLLER-HENNIG

# Majas Weihnacht

Maja lehnt sich nach hinten und den Kopf an die Wand. Ihre rechte Hand liegt locker auf dem Schoß. Ihre Finger werden steifer über die Zeit und sie versucht, sie so unauffällig wie möglich in Bewegung zu halten. Die Knöchel schmerzen am meisten. Sie fragt sich, ob und wie schnell ihre Hand anschwellen oder blau werden wird. Immerhin zittern die Finger nicht mehr, ist die Haut nicht gerötet. Der Polizist, der ihr gegenüber am Schreibtisch sitzt, steht auf und verlässt mit wenigen großen Schritten den Raum. Mit drei oder vier Jahren hat sie geglaubt, Polizeiuniformen seien wie Panzer, festgewachsen am Körper ihrer Träger, und darum sei der Gang der Beamten so breitbeinig und steif. Vorhin, als man sie in die Polizeistation gebracht hat, war ihr erster Gedanke, dass das Gebäude, weil es neben all dem Backstein hier so weiß, so absolut schmucklos aussah, der Ort sein muss, an dem Geschehenes erst real wird. Wie ein weißes Blatt Papier, das man mit Tinte füllt, wird hier in diesem Haus Realität geschaffen, indem man sie erzählt, aufschreibt, unterzeichnet und abstempelt. Also hat sie sich vorgenommen, nichts zu sagen, bloß nichts zu sagen. Gar nicht erst damit anzufangen. Sich auf keinen Dialog einzulassen. Erst wenn sie es ausspricht, wird wahr, was nicht wahr sein darf. Wer kann schon wissen außer Robert und ihr, was passiert ist? Also hat sie ihren Ausweis über den Tisch geschoben und auf keine einzige Frage reagiert. Je länger sie geschwiegen hat, desto mehr hat sie sich beherrschen müssen, ihr Gesicht nicht zu verziehen. Hat sie immer wieder ein Zucken in den Mundwinkeln gespürt, ein Gefühl zwischen dem Bedürfnis zu lachen und eine Grimasse zu ziehen. Hat den Blick auf den blauen Teppich gerichtet und sich vorgestellt, der Teppich wäre das Meer, das nur wenige Kilometer entfernt liegt. Ein buntstiftblaues Meer, wie sie es als

Kind immer gemalt hat. Irgendwann hat der Polizist aufgegeben und gesagt, dass sie noch bleiben solle. Sein Tonfall war nüchtern und ernst. Dieser Ernst liegt über allem, was hier gerade passiert, besprochen und getan wird, und gibt Maja das Gefühl von Ehrfurcht und Einschüchterung, das sie als kleines Kind schon bekam, wenn sie vor Polizisten in ihren Uniformpanzern stand. Maja fragt sich, wann der richtige Zeitpunkt wäre, einen Anwalt zu verlangen. Ob sie ihn schon verpasst hat. Sie hat allerdings auch kein Bedürfnis nach einem. Es gelingt ihr zu schweigen, und das ist für den Moment das Wichtigste. Trotzdem könnte es sein, dass sie den natürlichen Impuls, auf Fragen zu antworten, in einem unachtsamen Moment nicht unterdrücken kann. Dass ihr die Worte dann unkontrolliert aus dem Mund fallen und sie genau das erzählt, was sie nicht erzählen darf. Also muss sie die Geschichte neu erfinden, denkt sie, und dafür alles, was passiert ist, durchgehen. Es ordnen. Details hervorholen. Dann kann sie entscheiden, was sie weglässt, was nicht und was sie verändert.

Es beginnt vor einer Woche. Vielleicht beginnt es auch schon früher, irgendwann bei ihr in den letzten Jahren in Hamburg. »Nein«, sagt sie sich, »nicht zu weit zurück. Nicht abschweifen. Bei Robert anfangen.« Es beginnt also vor einer Woche. In Hamburg. Im Sputnik. Am Tresen. Sie ist allein hier und sie will noch nicht nach Hause. Schaut sich um, sieht sich die Gestalten im Halbdunkel an. Sucht nach einem Gesicht, das sie kennt, findet keins. Dafür entdeckt sie Robert, der in ihre Richtung schaut, als würde er schon länger ihren Blick suchen. Er ist vielleicht Ende 20, auf jeden Fall jünger als sie, hat kurze Haare und einen Bart. Maja mag eigentlich keine Bärte, aber einmal könne sie sich ja darauf einlassen, überlegt sie, als er etwas später zu ihr an den Tresen kommt. Er fragt, wie sie die Musik findet, und sie sagt, sie wisse es nicht. Er beginnt zu erklären, warum es hier zwar *nice* wäre, die Musik aber *lame* klinge. Spricht von zu langsamen Übergängen, zu wenigen Steigerungen. Dabei sieht er sie eindringlich, manchmal fragend an. Seine Augen sind irgendwie trübe. Zwischendurch zwinkert er ihr immer wieder zu. Sie weiß weder seinen Blick noch das Zwinkern zu deuten, aber es ist immer noch besser, mit ihm zu reden, als zurück in ihre Wohnung zu fahren, und ein wenig fühlt sie sich auch geschmeichelt. Er erzählt, dass er vor Kurzem nach Marienhafe gezogen ist. Dass es dort ruhig sei und er endlich zu sich finden könne. Zu einem Leben reduziert auf das Wesentliche vom Wesentlichen. Was das Wesentliche ist, sagt er nicht. Maja heftet ihren Blick auf seine Schulter und das Dunkelgrün seiner Sportjacke. Sie antwortet mit Dingen, die ihr lose zu dem einfallen, was er erzählt, ohne sich Mühe dabei zu geben. Kurz sprechen sie über Weihnachten, und dass sie beide nicht mit der Familie feiern wollen. Es ist das Einzige, was Maja von sich selbst erzählt. Nach einer Weile tanzen sie. Es fühlt sich so an, als ob er ihr einen Gefallen tut, obwohl er es ist, der sie dazu aufgefordert hat. Er macht keine Annäherungsversuche, es gibt keine Berührungen, auch keine zufälligen, nur immer mal wieder das Zwinkern. Er besteht darauf, sie zur S-Bahn zu bringen. Draußen, an der kalten Luft, unter den Straßenlaternen, scheinen ihm die Worte auszugehen. Vielleicht denkt er über etwas nach, vielleicht ist er außerhalb der Bar auf einmal schüchtern, sie weiß es nicht. Auf dem Bahnsteig sagt er: »Besuch mich mal, es wird dir in Marienhafe gefallen.« Maja hat keine Ahnung, wie er zu der Annahme kommt, aber widerspricht ihm nicht. Während er ihr seine Nummer auf einen alten Kassenbon schreibt, sagt er: »Vielleicht ja über Weihnachten«, zwinkert ihr ein letztes Mal zu und verschwindet über die Treppen hinunter vom Bahnsteig.

In den Tagen danach wächst in ihr der Entschluss, das Angebot anzunehmen. Es ist schlicht die einfachste, die naheliegendste Möglichkeit, die Feiertage nicht in Hamburg und nicht allein zu verbringen. Vielleicht ahnt sie, dass etwas nicht stimmt an Robert. Aber selbst wenn, registriert sie es höchstens, ohne sich daran zu stören. So wie es bei ihr mit vielen Dingen ist: Sie lässt sie passieren, ohne dass sie den Eindruck hat, Einfluss nehmen zu können. Oder Einfluss nehmen zu wollen. Dinge, die seltsam erscheinen, hinterfragt sie nicht. Dann sind sie eben seltsam. Sie weiß nicht, wie lange dieser Zustand von Gleichmut schon anhält. Ein paar Wochen vielleicht, vielleicht auch Monate. Er muss schleichend gekommen sein. Nur die Frage, wo sie Weihnachten verbringt, oder vielmehr, wo sie es nicht verbringt, ist ihr nicht egal. Diesmal, ein erstes Mal, keine Feiertage in Hamburg. Also kein Heiligabend bei ihrer Mutter. Kein Brunch mit ihrer Schwester und deren Kindern. Kein Besuch bei ihrem Vater im Heim, mit Kaffee aus Thermoskannen und selbst gebackenen Keksen von Angehörigen, die sich auf einem Teller in seinem Zimmer stapeln. Ihr fällt auf, dass auch ihr Vater gleichmütig auf vieles reagiert, nur anders als sie, in gewisser Weise zufriedener, ein Ausdruck von »Ich habe schon vieles gehabt in diesem Leben. Ich brauche nicht noch mehr.«

Also ruft Maja Robert an. Das Telefonat ist kurz und sie sprechen nicht darüber, wie lange sie bleiben wird. Seine Stimme klingt tonlos und sie ist sich nicht sicher, ob das im Sputnik auch schon so war und ihr bisher nur nicht aufgefallen ist. Während der Autofahrt ist der Himmel auf der ganzen Strecke gleichermaßen grau, er ist auch über Marienhafe grau. Sie steigt aus dem Auto und bemerkt, wie ruhig es hier ist, die Ruhe drängt sich förmlich auf, ganz so, wie Robert es ihr erzählt hat. Sein Haus liegt am Rande einer Weide. Es ist wie alles hier aus Backstein, aber neu gebaut, das Rot ist dunkler als bei den anderen Häusern. Drumherum Erde mit eingetrockneten Reifenspuren, kein Hof, kein Garten, keine Garage. Bei allen Fenstern im ersten Stock sind die Rollläden heruntergelassen. Vielleicht nutzt er die Räume nicht. Das Haus erscheint sowieso zu groß für eine Person allein.

Sie klingelt, Robert macht auf, sagt »Komm rein, ich habe für uns gekocht.« Maja legt ab. Die Küche liegt im Erdgeschoss. Hier ist wie im Flur nichts Persönliches zu finden. Keine Bilder an den Wänden, keine Zettel, nicht einmal Lebensmittel auf den Ablagen. Die Einrichtung sieht aus wie in einem unbewohnten, möblierten Vorzeigeneubau. Robert sagt »Setz dich« und »Hoffentlich magst du Fisch«. Maja hat großen Hunger. Außer einem Kaffee an einer Raststätte und einem Schokoriegel hat sie heute nichts zu sich genommen. Es gibt Matjes, Kartoffeln und grüne Bohnen. Robert erzählt, eigentlich gehöre noch Speck dazu, aber das sei zu viel, den brauche es nicht. Er erzählt auch, dass Matjes Mädchen bedeutet. Der Matjes schmeckt angenehm salzig. Majas Hunger wird seltsamerweise größer, je mehr sie isst. Sie reden kaum, Robert ist nicht so gesprächig wie im Sputnik, zwinkert hier kein einziges Mal. Sie schaut über Roberts Schulter hinweg aus dem Fenster auf die Weide, an deren anderen Ende in der Ferne eine Reihe von kahlen Bäumen steht. Ihr gefällt der weite Blick und das Grün der Weide. Sie ist froh, hier zu sein und nicht in der Stadt. Ganz egal, wie seltsam Robert ist. Aber das hält nicht lange an. Ihr wird übel, immer mehr, bis sie es nicht länger ignorieren kann. Sie hört sich selbst nach dem Badezimmer fragen, will aufstehen, aber hat keine Kraft in Beinen und Armen. Ihr ist schwindlig. Sie fühlt sich wie ein Stück zerfließende Butter. Während ihr immer heißer wird, sammelt sich gleichzeitig kalter Schweiß in ihrem Nacken. Und dann ist da gar nichts mehr in ihrem Kopf, und alles wird dunkel.

Maja fällt auf, dass sie seit dem Matjes nichts gegessen und nichts getrunken hat, jedenfalls nicht dass sie wüsste. Der Polizist kommt herein, sucht etwas in einem Schrank, geht wieder hinaus. Sie würde gerne um etwas zu trinken bitten, aber auch das untersagt sie sich und schließt die Augen. Erinnert sich, wie sich die Dunkelheit in ihr und um sie herum ausbreitet und jeden Gedanken löscht. Wie sie schließlich in der Dunkelheit aufwacht und ihr nicht entkommt, wieder einschläft, wieder in ihr aufwacht. Wie sie schwitzt. Einen schmalen Streifen Licht am Boden entdeckt. Dort muss die Tür sein. Sie hat das Bedürfnis, sich darauf zuzubewegen, nur ist ihr zu übel. Sie fühlt sich wie gelähmt. Sie weiß nicht, wie sie hergekommen ist. Wo sie ist. Sie schläft wieder ein. Das nächste Mal, als sie aufwacht, ist es nicht mehr dunkel. Sie sieht Robert, erkennt ihn, seine Sportjacke, seinen Bart, seine trüben Augen. Ihr fällt alles wieder ein. Wie ein Augenaufschlag kommt es ihr vor – eben noch im Sputnik, und jetzt schon hier, in diesem abgedunkelten Zimmer. Vor ihr Robert, der auf der Bettkante sitzt und sie mit seinem eindringlichen Blick anschaut, in dem nun übertriebenes Mitleid liegt. Als würde er zu sich selbst sprechen, nicht zu ihr, sagt er mit leiser Stimme »Ach Maja, Maja, mein Mädchen ... du bist nicht allein, nein, musst nicht allein sein.« Robert streckt die Hand zu ihr hin, nimmt eine Strähne aus ihrem Gesicht. Ganz vorsichtig, mit zwei Fingerspitzen, legt er die Strähne auf ihrer Schläfe ab, und nur kurz, wie zufällig, berührt eine der Fingerkuppen ihren Wangenknochen. Maja will etwas sagen, ihre Lippen bewegen, ihre Zunge anheben, ein Wort formen, aber es geht einfach nicht. Robert bemerkt es und schüttelt den Kopf, als wäre sie ein Kind, das etwas Wichtiges nicht verstanden hat. Dann steht er auf und verlässt den Raum. Löscht das Licht. Schließt die Tür. Aber er schließt sie nicht ab. Das Fehlen eines Schlüsselgeräusches sticht Maja ins Bewusstsein. Sie konzentriert sich auf den Lichtstreifen unter der Tür. Bloß nicht wieder einschlafen, sagt sie sich. Wenn es ihr gelingt, wach zu bleiben, gelingt ihr auch alles andere. Sie ist überrascht über ihre Instinkte, alles in ihr ist auf Fliehen eingestellt. Fliehen und Unversehrt-Bleiben. Sie versteht immer noch nicht, was Robert von ihr will, aber sie weiß sicher, sie will hier nicht bleiben. Sie konzentriert sich auf ihren Körper, befiehlt ihm, das Blut überall durchströmen zu lassen, sich selbst wiederzubeleben. Irgendwann erfasst tatsächlich ein Kribbeln Majas linken Arm und wird immer stärker. Sie versucht, ihn zu bewegen und es gelingt. Tastet damit ihren Körper ab, stellt fest, sie ist angezogen wie zuvor, alles an ihr und in ihr fühlt sich richtig an. Nach und nach kribbelt es in all ihren Gliedern, kann sie sie immer mehr bewegen, nach dem linken den rechten Arm, dann die Beine. Wut steigt in ihr auf. Wut, dass Robert das Licht wieder gelöscht hat. Darüber, wie er ihren Namen gesagt hat. Dass er es überhaupt wagt, ihren Namen in den Mund zu nehmen. Sie wiederholt seine Stimme in ihrem Kopf, stachelt sich selbst an bis zur Unerträglichkeit. Bis sie schließlich aufstehen kann.

Sie prüft, ob sie sicher auf den Beinen ist, indem sie erst in die Knie, dann wieder hoch, und dann auf den Lichtstreifen zugeht. Die Übelkeit ist verschwunden, sie fühlt sich leer und leicht. So wie der Hunger sie beim Essen überkam, wird sie nun von Kraft erfüllt, durchfließt die Kraft sie von Kopf bis Fuß. Sie macht die Tür auf und betritt den Flur. Hier ist Licht an. Es ist hell, nahezu gleißend. Sie muss die Augen zusammenkneifen. Robert kommt die Treppe hoch, sie läuft auf ihn zu. Er versperrt den Weg zur Treppe. Maja ringt mit ihm, er hält ihre Handgelenke fest. Sie ist stumm dabei. Nur manchmal dringt ein unvermeidbares Ächzen aus ihrer Kehle. Auch Robert gibt kein Geräusch von sich. Als wüsste Majas Körper genau, was zu tun ist, und ohne dass sie es vorher beschließen muss, schnellt ihr Knie im richtigen Moment schräg nach oben. Es trifft ihn. Er schreit auf, durchbricht damit die Stille, lässt sie los, und wie in Reaktion auf den Erfolg, aus einer Lust an der Wiederholung heraus, wiederholt ihr Knie den Stoß. Er krümmt sich, keucht: »Maja, was machst du?« Sie hält inne. Blickt auf ihn hinab. Er hat immer noch die Sportjacke an. Sie fragt sich, ob er sich jemals wäscht, jemals seine Kleidung wechselt. Wie jemand wie er überhaupt in diese Welt kommen konnte. Sie ist so angewidert, dass sie ihre Hand zusammenballt. »Robert«, sagt sie, ihr Hals ist trocken, sie krächzt es eher, als dass sie es spricht. Es ist das erste Mal, dass sie ihn mit Namen anredet. Er schaut zu ihr hoch, sieht sie mit dieser Überraschtheit an, die sie nicht wird vergessen können. Dann richtet er sich ein wenig auf. Ihre Hand, ihr Handgelenk, ihr Unterarm bilden eine Linie, die Linie schießt nach vorn, trifft nicht dahin, wo sie soll, schrammt am Kinn vorbei, rutscht auf den Hals. Aber es ist genug für Robert, um ein kleines Stück nach hinten zu stolpern. Um das Gleichgewicht zu verlieren, rückwärts die Treppe hinunterzufallen, die letzten Stufen hinunterzurutschen und, unten angekommen, mit dem Kopf auf die Fliesen zu schlagen. Dann ist es still. Maja hört ihren eigenen Atem. Schaut auf ihre pochende Hand. Robert liegt am Fuße der Treppe. Als sie hinuntergeht, will sie ihn nicht ansehen, aber dann sieht sie doch hin, sieht, dass Blut aus seinem Ohr läuft. Das erschreckt sie nicht. Sie ist froh, dass er da liegt und nichts sagt. Kommt nicht umhin, ein bisschen stolz auf sich zu sein. Dann ruft sie einen Krankenwagen. Sie wartet draußen. Es ist hell. Sie weiß nicht, wieviel Zeit seit ihrer Ankunft vergangen ist.

Als der Polizist wieder hereinkommt, setzt er sich und sieht sie geradewegs an, etwas wissend, das er nicht ausspricht. Majas Herz schlägt nicht schnell, aber sie spürt jeden einzelnen Schlag überdeutlich. »Herrn Kramer geht es gut. Er ist ansprechbar. Er sagt, es war ein Unfall. Ab morgen darf er besucht werden.« Der Polizist mustert sie. Maja hört, was er sagt, aber begreift es nicht, weiß zuerst nicht, was sie tun soll. Dann steht sie auf und verlässt die Polizeiwache. Es dämmert. Zunächst ist sie orientierungslos, umkreist dreimal die Kirche und den Friedhof mit den nackten Winterweiden, bis sie die richtige abgehende Straße zu Roberts Haus findet. Es sieht noch unbewohnter aus als zuvor. Auch die Rollläden im Erdgeschoss sind jetzt heruntergelassen. Maja hat keine Ahnung, ob schon Weihnachten ist oder nicht. Es ist, als wäre sie aller Zeit enthoben. Sie spürt den Schmerz in ihrer Hand. Er fühlt sich gut an, stellt sie fest, und steigt ins Auto.

# Matjes für zwei mit Speck

**Zutaten:**
2 Matjes-Doppelfilets (bringen den Geschmack von Meer)
300 g grüne Bohnen (grün wie Weiden und Deiche)
100 g Würfelspeck (mutet mit etwas Fantasie wie Backstein an)
Öl zum Braten, 2 EL Butter (wat mutt, dat mutt)
1 Zwiebel, 2 Stängelchen Bohnenkraut, Salz, Pfeffer und Muskat
(ähneln in ihrem Zusammenspiel einer frischen Brise, die
neckisch den Gaumen umspielt)

**Zubereitung:**
Speck etwa fünf Minuten braten. Mancher mag es knusprig.
Butter hinzugeben, zum Dahinschmelzen bringen.
Die Bohnen mit Bohnenkraut in Salzwasser kochen, bis sie gerade
so sind, wie man es möchte. Bissfest wird empfohlen. Abgießen.
Speck und Bohnen zusammengeben – eine perfekte Liaison!
Schwenken und würzen. Salz, Pfeffer und Muskat liefern das
gewisse Etwas.
Wenn der oder die Liebste es nicht allzu salzig mag, die
Matjesfilets in eine Schüssel mit Wasser legen und 30 bis 45
Minuten wässern. Abtropfen lassen. Liebevoll trocken tupfen. Je
liebevoller, umso besser werden sie schmecken.
Auf zwei Tellern Speckbohnen und Filets anrichten. Mit frischen
Zwiebelringen dekorieren. Alternativ können die Zwiebeln mit
dem Speck mitgebraten werden. Der oder dem Liebsten bei
großem Hunger noch Pell- oder Bratkartoffeln reichen, um sie
oder ihn rundum zu beglücken.
Kann auch zu anderen Anlässen und für mehr oder weniger
Menschen gekocht werden. Es schmeckt sowieso immer ganz
fantastisch und lässt einen unwillkürlich an Ostfriesland denken,
selbst wenn man doch gar nicht dort war.

# Der Goldengel

*Ein Krimi in zwei Stimmen*

Viel besser konnte dieser Morgen nicht sein. Was für eine gute Idee, sich für ein paar Tage nach Norderney zu begeben, so kurz vor Weihnachten, eine Auszeit von Beruf und Familie, sich einfach treiben lassen, nichts Besonderes erwarten, und dann ... gleich am ersten Abend traf er auf eine Frau, wie er noch nie eine gekannt hatte.

Walter Nehring köpfte das Ei mit dem Messer, besah sich die Konsistenz, vielleicht ein wenig zu glibberig, er tauchte den Perlmutt-Löffel hinein und verspeiste das Eigelb. Das Frühstück ließ nichts zu wünschen übrig. Geräucherte Fischspezialitäten und chinesische Dim-Sun-Köstlichkeiten, ein Fünfsternehotel eben. Vielleicht ein zweites Ei, dachte er, bevor er aufstand und zum Buffet ging.

Sowas hätte er schon früher machen sollen, aber es war nie zu spät, damit anzufangen. Er stand kurz vor der Rente, nur noch wenige Monate fehlten ihm, dann konnte er seinen 12-Stunden-Arbeitstag im Produktionsbüro einer Filmgesellschaft endlich an den Nagel hängen. Als er seiner Frau sagte, er werde nochmal richtig durchstarten, hatte er nicht gemeint, sich in eine Affäre zu stürzen. Aber diese Frau von gestern Nacht, ein Engel.

Walter Nehring belegte seinen Teller mit geräuchertem Aal, Heringshappen, Schillerlocken und einer großen Portion Rührei. Aus den Kaffeeautomaten ließ er gleich zwei Cappuccini heraus und begab sich wieder auf den Platz in der geräumigen Veranda mit Aussicht auf die Hauptstraße. Wie konnte ein Mensch so viel Glück haben. Dabei hatte er gar nichts dazu getan, sondern sich nur ihren Verführungskünsten hingegeben.

Seine Frau hatte ihn gebeten, Weihnachten wieder zu Hause zu sein, dann kam die Familie, wie jedes Jahr. Lauter Langweiler, die von ihm immer nur eines wollten: Autogramme von diesem oder jenem Star oder Sternchen, mit denen er im Produktionsbüro bei Drehbuchbesprechungen zusammenkam.

»Es ist ein Brief für Sie abgegeben worden, Herr Nehring.« Der Rezeptionist überreichte ihm ein Kuvert, auf dem sein Name stand. Keine Anschrift des Empfängers, kein Absender auf der Rückseite.

*Diesen Monat also Norderney. Hier war ich noch nie. Alle anderen Nordseeinseln, inklusive der holländischen, habe ich mir angesehen und dort auch schon gearbeitet. Einmal im Monat tätig werden und den Rest Zeit zum Genießen, wer kann dagegen schon was haben. Das Schwierigste ist immer, sich eine neue Geschichte auszudenken, eine neue Identität, etwas, das nicht zurückverfolgt werden kann.*

*In der Weihnachtszeit dachte ich mir, warum nicht als Goldengel durch die Lokale ziehen und Ausschau halten, ob irgendjemand sich für mich interessiert. Ich hatte Swiensterrtjes gebacken, jedem allein sitzenden Mann ein paar Plätzchen auf den Tisch gelegt und »Frohe Weihnachten« gewünscht. Ich muss immer etwas finden, womit Männer auf mich aufmerksam werden. Das kann schon mal ein paar Tage dauern, so leicht springen ältere Herren nicht mehr an. Aber diesmal war es sehr einfach. Dieser Mann hatte Hunger, ich habe ihn gestillt.*

*In Langeoog hatte ich einen am Wickel, der partout nicht anbeißen wollte. Da musste mein Sohn schon früher ran, um diesen Zauderer eifersüchtig zu machen. Als er sah, dass ich abends mit einem attraktiven jungen Mann ausging, war es um ihn geschehen. Noch in der gleichen Nacht konnte ich sein Verlangen befriedigen.*

*Sie werden dafür Verständnis haben, dass ich Ihnen nicht meinen Namen nenne, er ist sowieso falsch. In Borkum hieß ich zum Beispiel nur Angie und nichts weiter.*

*Nun also Norderney und aus Angie wird ein Goldengel. Passt gut zu Weihnachten. Ein bisschen Perücke mit Silberhaar, etwas*

*Schminke und Goldgeglitzer, ein hautenges Kostüm mit dezenten Sternchen auf den Brustspitzen, mehr braucht es nicht.*

Die Fotos waren gestochen scharf. Auf manchen war sein Gesicht zu sehen, auf anderen sein Hintern, auch die primären und sekundären Geschlechtsteile waren fotografiert worden. Er inspizierte den Briefumschlag und fand einen kleinen Zettel. In goldener Handschrift stand darauf: Frohe Weihnachten, mit 3 Ausrufezeichen.

Walter Nehring schob den Teller mit den Delikatessen weg und lehnte sich auf dem gepolsterten Stuhl zurück. Wer war diese Frau? Wo hatte ihre Kamera gestanden? War noch jemand mit im Zimmer gewesen? Wer konnte so schnell über Nacht die Fotos drucken? Er sprang auf, stieß an die Kaffeetasse, die ins Schwanken geriet, aber nicht umfiel, und eilte zur Rezeption.

»Wer hat diesen Brief abgegeben?«, sagte er mit sich überschlagender Stimme. Noch zweimal wiederholte er diese Frage in schneller werdendem Tempo.

»Das kann ich Ihnen leider nicht sagen, Herr Nehring. Ich musste kurz hinauf zum Chef und als ich zurückkam, lag dieser Brief für Sie hier …« Der Rezeptionist zeigte auf die grüne Schreibunterlage. »Ist denn der Brief gar nicht für Sie?«

Walter Nehring zuckte zusammen. »Doch, doch!«, stotterte er. »Doch, doch!«

»Etwas Ernstes? Wie können wir Ihnen behilflich sein?«

»Wenn Sie mir sagen, wer diesen Brief hier hingelegt hat.« Nehring zeigte auf die Stelle, die der Rezeptionist schon bezeichnet hatte.

»So leid es mir tut. Ich habe wirklich keine Ahnung.«

»Und wie lange hat der Brief hier gelegen?«

»Nicht mal 5 Minuten, ich habe ihn sofort zugestellt.«

Walter Nehring rannte in den ersten Stock, in sein Zimmer. Es war leicht gewesen, den Nacht-Portier abzulenken, damit der Goldengel schnell nach oben huschen konnte. Vielleicht hatte er sie gesehen, als sie gegen drei Uhr sein Zimmer verließ. Nach einigen genussvollen Liebeleien.

*Was gibt es doch für unschöne Worte für unseren Beruf: Nutte, Hure, Prostituierte. Ich bevorzuge die Bezeichnung Liebesdienerin, denn nichts anderes machen wir ja. Gut, wir helfen ein bisschen nach. Ich zum Beispiel mit einer Dosis pulverisierten Viagras im Drink, das bringt die Herren in Form. So wie diesen Mann vom Film, der damit prahlte, mit wem er alles per Du ist: Hardy Krüger jr, Heike Makatsch, Mario Adorf, Senta Berger. Der Filmmensch erzählte mir doch tatsächlich, dass seine Frau immer diese Swiensterrtjes backt, Schweineschwänzchen. Als würde mich interessieren, was sie in der Küche zustande bringt. Im Bett jedenfalls nichts, das konnte ich bei ihrem Walter bald feststellen.*

*Nach einer Stunde Geplauder im Lokal schlage ich stets vor, dass wir nun zum Höhepunkt der Nacht kommen sollten. Jeder meiner Kunden ist gerne bereit, sich auf mein Angebot einzulassen. Rauf auf sein Zimmer, meistens ein kleines Risiko, wir könnten ja gesehen werden, aber wenn man das häufiger macht, dann klappt das. Hundertprozent. Gemeinsam duschen, dabei kann ich prüfen, wie sehr mir die Chemie geholfen hat, dann … na ja, den Rest kennen Sie ja. Leider sehe ich am nächsten Tag nicht, was für ein Gesicht mein Kunde macht, wenn er die tollen Fotos betrachtet. Tja, man kann nicht alles haben.*

Walter Nehring rannte aus der Hoteltür. »Ziehen Sie sich warm an, draußen ist es sehr kalt und stürmisch.« In seinem Kopf überschlugen sich die Fragen. Er war nicht in der Lage, auch nur eine zu beantworten. Gab es irgendwelche Hinweise auf diesen Goldengel? Wie hieß sie eigentlich? Wo war die Bar, in der sie zusammengekommen waren? Um diese frühe Uhrzeit geschlossen. Mist!

In seinem Zimmer hatte er keine Kamera entdecken können, aber drei benutzte Kondome im Abfalleimer des Badezimmers.

Er spülte sie in der Toilette herunter, das Zimmermädchen sollte keine falschen Schlüsse ziehen. Wenn meine Frau davon erfährt, dann stürzt alles zusammen, dachte er, die Pläne für die Zukunft perdu. Sie würde ihm niemals glauben, dass er zufällig auf diese Frau gestoßen war. Dass sie ihn verführt hatte. Ausgerechnet ihn, den LvD, Langweiler vom Dienst.

Als er durchgefroren wieder im Hotel ankam, sagte der Rezeptionist: »Hier hat eine Frau angerufen, die Sie dringend sprechen will.«

»Meine Frau?«, fragte Nehring.

»Eher nicht!«, kam die prompte Antwort.

*Mein Sohn Thomas ist kein besonders guter Fotograf, aber ein sehr geschickter. Die Kamera, die er in meine Handtasche gebastelt hat, ist ein japanisches Wunderwerk. Reagiert auf ein Stichwort, das ich vorher einprogrammieren kann. Z.B. Whiskey, und schon schießt die Kamera alle 10 Sekunden ein Bild. Super leise. Selbst mit einem Spitzenhörgerät nicht auszumachen. Ein kurzer Huster von mir und das japanische Wunder stellt sich automatisch ab.*

*Ich schimpfe immer ein bisschen mit meinen Kunden, weil sie kein Kondom dabeihaben: vögeln wollen, aber natürlich ohne Gummi, sage ich dann etwas streng. Das lenkt sie ab, während ich die beste Position für das Kameraauge in meiner Handtasche suche. Vor dem zweiten Akt platziere ich sie an einer anderen Stelle.*

*Unsere Forderung, was die Löschung der kompromittierenden Fotos angeht, ist durchaus bescheiden: Immer unter zehntausend Euro, keinesfalls mehr. Die meisten Männer haben so eine Summe gebunkert und können sie ohne Kenntnis ihrer Frauen an uns abtreten. Bis auf einen säumigen Kunden hat das bisher immer geklappt. Auch deswegen, weil wir unsere Forderung erst stellen, wenn sie schon weichgeklopft sind – ein paar Wochen später, wenn die Herren schon nicht mehr damit rechnen. Das macht alles mein Sohn, der ist sowas von einem Fuchs. Meine*

*Leistung bei unserem Geschäftsmodell ist das, was ich früher im Eros-Center auf der Reeperbahn auch getan habe. Nur alles sehr viel effektiver. Für eine Nacht zwischen 8.000 und 10.000, kein schlechter Verdienst.*

*Dieser Filmmensch war leichte Beute. Er wird sicher außer sich gewesen sein, als er die Fotos zu sehen bekam. Aber er weiß über den Goldengel so gut wie gar nichts, wohingegen ich aus seiner Brieftasche eine Visitenkarte gefischt habe. Die gebe ich meinem Sohn für die weitere Abwicklung.*

*Leider kann ich die guten Einfälle, wie ich mir einen Kunden angele, immer nur einmal verwenden, sonst könnte alles zurückverfolgt werden und auffliegen. In Wangerooge zum Beispiel habe ich den Trick mit dem Glassplitter angewandt. Ich habe in der Bar einen Korn bestellt und einen gläsernen Minisplitter hineinfallen lassen. »Wollen Sie mich umbringen?«, habe ich laut dem Kellner zugerufen. Der war untröstlich und wollte wissen, wie er das wiedergutmachen könne. »Eine Lokalrunde!«, habe ich gesagt. Da prosteten mir alle Männer zu, besonders die Alleinsitzenden.*

*Die Fotos, die unsere Kamera produziert, sind perfekt. Nicht zuletzt durch diesen handlichen Drucker. Mein Thomas steckt den Kamerachip rein und kann bis zu 36 Fotos ausdrucken.*

*Ich finde, mein Sohn und ich, wir sind ein gutes Gespann, für einen anständigen Monatsverdienst lassen wir uns etwas einfallen. Was glauben Sie, was es für einen Spaß macht, wenn wir eine neue Masche ausbaldowern. Herrlich! Da wird viel gelacht.*

Kaum war Walter Nehring in seinem Zimmer angekommen, klingelte das Telefon. Ein harmonisch aufsteigender Dreiklang in C-Dur. Er griff nach dem schnurlosen Apparat und sagte: »Wieviel wollen Sie?«

»Herr Nehring?«

»Sagen Sie schon, wieviel wollen Sie?«

»Herr Nehring, mal langsam ...«

»Was kostet mich …«

»Herr Nehring, hier spricht die Polizei.«

»Wer?«

»Hauptkommissarin Tydmers, Dienststelle in Norderney, von der Polizeidirektion Osnabrück.«

»Aber …«

»Könnten Sie vorbeikommen, für eine Gegenüberstellung?«

»Was soll ich?«

»Und bringen Sie die Fotos mit.«

»Woher wissen Sie …«

*Wer konnte denn schon ahnen, dass an diesem Morgen kein Schiff auslaufen konnte. Orkan!*

*Ich reise nämlich immer am nächsten Morgen mit dem ersten Schiff ab, während meine Kunden noch versuchen, irgendetwas über mich in Erfahrung zu bringen. Ganz heimlich, versteht sich. Schließlich sind sie ja alle geschockt, wenn nicht sogar kopflos.*

*In Baltrum wäre es beinahe zu einem Zusammenstoß mit meinem Kunden der vergangenen Nacht gekommen. Ich sah ihn an Deck, wie er bei der Überfahrt aufgeregt hin und herlief. Mein Briefumschlag steckte nur halb verdeckt in seiner Brusttasche. Ich habe ihn gefragt, ob er seekrank sei. Nein, nein, meinte er, mir ist nur entsetzlich übel. Ohne Perücke und enganliegendes Kostüm sehe ich ziemlich gewöhnlich aus. Er hätte mich eher wiedererkannt, wenn ich nackt gewesen wäre.*

»Ich bin Karl Lenzen, Polizeioberkommissar aus Wangerooge.«

Der Mann in Zivil reichte Nehring die Hand. Was sollte das? Wollten sich die beiden über ihn lustig machen? Die Tydmers schien ja ganz in Ordnung, aber dieser Polizeioberkommissar mit dem buschigen Schnauzbart. Nicht besonders diskret.

»Ich kann Ihnen das alles erklären, geben Sie mir ein paar Minuten.«

Walter Nehring setzte sich auf den Stuhl, der vor dem Schreibtisch der Hauptkommissarin stand.

»Sie teilen das gleiche Schicksal wie mein Bruder. Er ist auch auf diese Frau reingefallen. In Wangerooge, ist ein paar Monate her. Und er hat gezahlt. Als er es mir gebeichtet hat, habe ich mich auf die Spur dieser Erpresserin gesetzt. Ich habe bei allen Sternehotels nachgefragt, ob bei ihnen ein Mann abgestiegen sei, der ziemlich nervös und aufgeregt vom Rezeptionisten wissen wollte, wer für ihn einen Brief abgegeben habe. Bald ergab sich ein Muster. Einmal im Monat, immer auf einer anderen Insel in Ostfriesland oder Holland, ging die Erpresserin auf Männerjagd. Dann brauchte ich nur die Vorfälle mit dem jeweiligen Datum aufzulisten und konnte ausrechnen, wann Norderney an der Reihe war. Ich habe mich hier auf die Lauer gelegt. Ein bisschen Glück war auch dabei, dass ich im richtigen Hotel fündig wurde und auf Sie gestoßen bin. Zeigen Sie mir bitte die Fotos.«

»Wer? Ich?«

»Na ja, dann haben wir beide doch den Beweis und können die Täterin dingfest machen.«

Walter Nehring war es äußerst peinlich mit diesen nackigen Fotos, und auch noch in Gegenwart der Hauptkommissarin.

»Nun zieren Sie sich nicht so«, sagte Tydmers, »Sie können ins Bett gehen, mit wem Sie wollen. Auch wenn Sie noch keine Forderung erhalten haben, wir kennen die Methoden dieser Erpresserin durch die Investigation meines Kollegen.« Wencke Tydmers machte eine Pause: »Ich geh uns jetzt einen Tee holen!« Sie ließ die beiden Männer allein.

Es dauerte nicht lange, bis sie die Fotos abgeglichen hatten. Sie fanden heraus, dass der vermeintliche Goldengel auf der rechten Hand eine großflächige Verfärbung hatte, die von einer Verbrennung oder der Entfernung eines Tattoos herrühren konnte.

»Der Goldengel und ihr Helfershelfer, wer immer das ist, wird uns ins Netz gehen. Wir müssen nur auf die Abfahrt des nächsten Schiffes warten«, sagte der Polizeioberkommissar.

*Wenn Sturm auf den Inseln ist, laufen die Fähren manchmal nicht aus. Das ist mir schon zweimal passiert. In Terschelling musste ich mich drei Tage versteckt halten, bis ich übersetzen konnte. Ich muss Norderney so schnell wie möglich verlassen. Hoffentlich geht ein Flieger.*

Die beiden Männer rannten zur Anlegestelle, wo sich hunderte von Urlaubern in der Halle drängelten. Dort herrschte Chaos. Viele waren ungehalten und gaben durchaus unweihnachtliche Flüche von sich.

Wencke Tydmers ging zum Flugplatz. Dort saßen zehn Gäste, die auf einen Platz in der nächsten Maschine warteten. Sieben Männer, drei Frauen.

Sie wandte sich an jede von ihnen, zeigte ihre Hundemarke und bat sie, kurz ihre Handschuhe auszuziehen. »Folgen Sie mir unauffällig!« Die Hauptkommissarin zeigte auf die Hautverfärbung. »Wir machen eine Gegenüberstellung auf dem Revier. Fröhliche Weihnachten allerseits!«

# Swiensterrtjes

**Zutaten:**
150 g Weizenmehl
2 ganze Eier
ein Eigelb zusätzlich
3 EL Rum und eine Prise Salz

**Zubereitung:**
Zu einem Teig verrühren und daraus kleine Schweinchen mit Ringelschwänzchen formen. Eine Viertelstunde bei 150 Grad ausbacken.

RENÉ PAUL NIEMANN

# Ewiges Meer

Dünner Nebel hängt über dem Moor, der Atem des Ewigen Meeres. Kein Windhauch geht. Die Luft ist leblos und dumpf. In den Tümpeln glänzt das Wasser wie Blei, dickflüssig, träge und schwer. Keinen Finger breit sieht man hinein. Hier und da kommt eine Luftblase an die Oberfläche, ein leises Glucksen, ein Dunst nach Moder und Moor.

Stina bleibt ganz plötzlich stehen. Sie lauscht mit offenem Mund. Nun kommt ein Blubbern aus der Tiefe. Es wispert im trockenen Gras. Ein Mäuslein kommt auf den Weg gesprungen und huscht ihr über den Fuß.

»Stina, wo bleibst du?«, ruft von da hinten jemand.

Sie rührt sich nicht. Sie lauscht.

»Stina!«, ruft es wieder, dann kommt ein Mädchen in einer blauen Daunenjacke angepustet, unwillig wie eine Dampflok, und greift nach ihrem Arm.

»Warum kommst du nicht?«, fragt sie erzürnt.

Stina aber schaut ganz ruhig.

»Pst«, macht sie. »Da ist es wieder!«

Sie legt sich den Finger auf die Lippen und schaut ein Loch in die Luft.

»Was ist da?«, fragt die andere unwirsch. »Komm endlich mit, es ist spät!«

»Aber hörst du denn nicht?«, fragt Stina, nun lächelnd.

»Was soll ich hören?«

»Da hat jemand meinen Namen geflüstert. Vom Wasser her, aus dem braunen Gras.«

»Du spinnst doch!«, sagt die andere böse. »Du willst mir wohl Angst machen, was?«

»Wo bleibt ihr denn?«, ruft nun einer der Jungen, die am Ende des Bohlenwegs stehen und gegen die hölzerne Kante treten.

»Sie sagt, sie hört Stimmen!«

Das klingt nun höhnisch. Und höhnisch tönt es zurück: »Die ist doch blöde, das ist doch klar! Lass sie da stehen und komm!«

Die andere, sie heißt Chantal, fasst ihren Arm und fragt noch einmal: »Kommst du nun endlich?«

Stina streift die plumpe Hand von sich ab und schüttelt wortlos den Kopf.

»Dann bleib hier stehen, bis du schwarz wirst«, sagt Chantal und stampft entrüstet davon, dass die Bohlenbretter beben.

Nun ist es still. Stina fröstelt und reibt sich die Hände, die ganz kalt geworden sind.

»Hallo?«, fragt sie leise und legt den Kopf etwas schräg.

Aber der Wind, der nun aufkommt, ist nur der Wind, und das Gras raschelt ganz wie Gras. Genauso wie jeden Tag hier im Moor. Es riecht nach Regen, nach den dicken Tropfen, die gleich niederklatschen und alles durchtränken werden.

Stina schüttelt sich. Dann zieht sie die Kapuze über den Kopf. Die ersten Tropfen sind noch dünn, dann beginnt es richtig zu gießen, und wie eine Katze läuft sie davon, den langen gepflasterten Fußweg entlang, durch die Wiesen der Straße zu, wo sie in einem roten Backsteinhäuschen bei ihrer Großmutter lebt.

Als sie ankommt, ist sie ganz außer Atem. In der Diele hängt sie die Regenjacke an den Haken, stellt die nassen Gummistiefel auf eine ausgebreitete Zeitung im Flur und zieht die Hausschuhe an, die dort für sie bereitstehen. Aus der Küche riecht es nach geschmorten Zwiebeln, nach Bratkartoffeln mit Speck.

»Da bist du ja endlich!«, sagt die Großmutter mit leisem Tadel.

Sie ist eine dieser Großmütter, wie es sie kaum noch gibt, mit weißen Haaren, die sie zu einem Dutt geknotet trägt, und einer bunt gemusterten Kittelschürze, die sie nur auszieht, wenn sie das Haus verlässt.

»Ich war im Moor mit Chantal und den anderen«, sagt Stina und setzt sich an den Tisch. »Es hat wieder mit mir geredet.«

»Das Wasser redet nicht, Kind. Das sind die anderen, um dich zu ärgern.«

Stina zieht die Stirn in Falten. Sie sagt nichts mehr. Nach dem Essen rollt sie sich in einer Ecke der großen Couch im Wohnzimmer zusammen, macht sich ganz klein unter der alten Decke. Sie lutscht an einem Kluntje, den sie aus dem Zuckertopf stibitzt hat, und blättert in ihren Büchern. Eigentlich ist sie schon zu groß dafür. Immerhin ist sie fast zwölf, und die Bücher haben mehr Bilder als Buchstaben. Aber sie mag es so. Es sind Bücher mit Einhörnern und Feen, mit Hexen und magischen Welten. Und natürlich Grimms Märchen, ein dickes Buch mit großer Schrift und farbigen Illustrationen, das viel älter ist als sie selbst. Es stand hier schon im Stubenschrank, als Großmutters Haar noch dunkel war und sie jahrein, jahraus auf ein Kind hoffte, dem sie daraus vorlesen könnte.

»Hast du keine Hausaufgaben?«, fragt die Großmutter aus der Küche.

»Nein«, sagt Stina und zieht sich die Decke hoch bis ans Kinn. Wen interessieren denn die Hausaufgaben? Wen interessiert die ganze dumme Welt da draußen, wenn sie hier in ihrem Nest liegen und träumen kann?

Jeden Tag geht sie nun ins Moor. Gleich nach der Schule, bei jedem Wetter. Der Bohlenweg knarrt leise. Sie kommt allein. Die anderen haben keine Ohren dafür und auch keinen Blick. Die wollen nur dumme Witze reißen und heimlich Zigaretten paffen, die Chantal bei ihrer Mutter klaut. Für alles andere sind sie blind. Stina aber kann durch die Dinge hindurchsehen. Dann schaut sie einfach nur und schaut, ohne zu denken, bis sie erkennt, was unter der Oberfläche liegt.

»Deine Mutter hat zu viele Drogen eingeworfen, darum stimmt bei dir was nicht«, hat Keno, der eine Klasse über ihr ist, einmal gesagt. Dabei ließ er seinen Zeigefinger an der Schläfe kreisen und verdrehte die Augen.

Stina wusste keine Antwort. Manchmal fällt ihr nichts Gescheites ein, als wäre ihr Kopf wie vernagelt. Dann fragt sie sich, ob Keno und Chantal und die anderen vielleicht recht haben, wenn sie so etwas sagen.

Macht ja auch nichts, denkt sie nun.

Sie steigt über die hölzerne Kante und geht ein paar Schritte durchs Gras. Direkt am Ufer des kleinen Tümpels hockt sie sich nieder. Mit der rechten Hand berührt sie das moorige Wasser, als wollte sie es streicheln, als wäre da ein Goldfisch unter den Wellen, den sie nicht erschrecken will. Ihr Armband wird nass. Die Bernsteinperlen leuchten wie Honig. Sie trägt es am Arm, solange sie denken kann.

»Komm doch her«, sagt sie leise, »und sag mir deinen Namen.«

Aber der Goldfisch, der kleine Frosch oder was immer es sein mag, das sich da sachte unter der Oberfläche bewegt, gibt keine Antwort.

»Hab keine Angst«, sagt Stina nun. »Ich sehe dich doch da unten.« Der Wind zaust ihr leise die Haare.

»Willst du nicht mit mir sprechen, oder kannst du es nicht?«

Ihre Finger schmerzen inzwischen vor Kälte. Sie zieht die Hand aus dem Wasser und trocknet sie an ihrer Hose ab.

»Stina«, säuselt es im Ufergras.

Sie läuft davon, denn es wird spät. Novembergrau ist die Welt. Nur im moorigen Wasser scheint ein kleines Leuchten zu sitzen, ein ewiges Licht aus der Tiefe.


»Erzähl mir die Geschichte«, sagt Stina am Nachmittag des Ersten Advent zu ihrer Großmutter, die gerade Tee eingießt. Die Kluntjes am Tassenboden knistern.

»Du weißt, dass sie jedes Jahr ein bisschen trauriger wird, weil du jedes Jahr ein bisschen mehr verstehst.«

»Das macht nichts«, sagt Stina und nimmt sich einen Zimtstern aus der Schale. »Ich bin doch schon groß. Ich kann das aushalten.«

Ihre Großmutter beginnt zu erzählen. »Dein Opa und ich hatten die Hoffnung auf ein Kind schon aufgegeben. Ich war über vierzig, und das ist für eine Frau ziemlich alt, um noch eins zu bekommen. Als deine Mutter zur Welt kam, war sie so süß! Sie war das schönste Kind in Ostfriesland, oder zumindest im Landkreis

Wittmund. Das haben alle Leute gesagt. Und sie lernte so schnell. Mit ihren Spielsachen hat sie kaum gespielt. In der Schule sagte man uns, dass sie sehr begabt sei. Wir waren so stolz auf sie.«

»Und dann?«, fragt Stina, in die Decke gekuschelt, als lauschte sie einem Märchen.

»Ja, dann ...« Die Großmutter macht eine nachdenkliche Pause. »Dann stellte sich heraus, dass sie mit anderen Dingen auch schneller war als die anderen. Wenn die Mädchen aus ihrer Klasse zum Konfirmationsunterricht gingen, lief sie ins Moor und traf sich mit einem Jungen. Sie war erst vierzehn, da hatte sie schon einen Freund.«

Stina zieht sich die Decke noch höher. »Ich bin bald zwölf. Aber du brauchst dir keine Sorgen zu machen, Oma. Ich will gar keinen Freund haben.«

»In ein paar Jahren vielleicht«, sagt die Großmutter. »Und diesmal würde ich es besser wissen. Ich würde dich gewähren lassen, denn mit Verboten erreicht man nichts.«

Darüber denkt Stina lange nach. Niemand wusste, wo ihre Mutter geblieben war. Sie hatte sich wohl ein anderes Leben gewünscht und war ihren Träumen nachgerannt, so weit die Füße sie trugen.

Am nächsten Morgen nimmt Stina einen besonders dicken Kluntje aus dem Zuckertopf und lässt ihn in die Jackentasche gleiten. Am Nachmittag, als sie von der Schule kommt, läuft sie von der Haltestelle gleich ins Moor. Mit einem Stöckchen plätschert sie im Wasser.

»Bist du da? Ich habe dir etwas mitgebracht«, sagt sie leise.

Aus der Tasche nimmt sie den Kluntje und legt ihn zwischen die Grashalme am Wassersaum.

»Das ist ein Kluntje«, sagt sie. »Wenn du willst, kannst du ihn dir holen.«

Aber der Goldfisch oder kleine Frosch lässt sich nicht sehen. Dennoch legt Stina den Kopf wieder schräg, wie sie es immer tut, wenn sie aufmerksam lauscht.

»Sie dachten, sie wäre in der Schule«, sagt sie plötzlich in die Luft. »Erst als sie am Abend nicht nach Hause kam, merkten sie, dass sie ausgerissen war. Aus Trotz, weil sie ihren Freund nicht mehr sehen durfte.«

Dann lauscht sie wieder, nickt, lauscht weiter.

»Eine ganze Woche«, sagt sie ernst. »In Leer, hat meine Oma gesagt. Und sie haben nicht mit ihr geschimpft, als die Polizei sie zurückbrachte. Sie waren einfach nur froh, dass sie sie wiederhatten.«

Das Wasser schweigt. Ganz starr sieht es aus, zeigt ihr nun die kalte Schulter, als hätte es sich abgewandt.

»Sprichst du nicht mehr mit mir?«

Wieder lauscht sie mit schrägem Kopf. Aber nichts mehr.

»Gut, dann nicht«, sagt Stina und erhebt sich. »Dann gehe ich nach Hause. Du kannst dir den Kluntje holen, wenn ich weg bin.«

Sie läuft davon, mit dem Wind auf den Fersen.

»Stina«, raunt es hinter ihr her. Aber das hört sie schon nicht mehr.


»Hat sie Drogen genommen?«, fragt Stina an diesem Abend.

»Wie kommst du darauf?«, fragt die Großmutter erschrocken.

»Keno hat gesagt, ich wäre blöde im Kopf, weil meine Mutter zu viele Drogen eingeworfen hat.«

»Keno ist ein dummer Bengel. Er weiß doch gar nichts davon.«

»Aber sie ist doch wieder weggelaufen, ja?«

Die Großmutter nickt. »Ja, immer wieder. Als sie sechzehn war, landete sie in Bremen, wo sie am Bahnhof oder bei fremden Leuten schlief. Es vergingen zwei Monate, ehe man sie fand und wieder nach Hause brachte. So ging es immer weiter. Als sie achtzehn war, wollte sie in den Süden fahren. Dahin, wo die Sonne scheint. Wo es immer Sommer ist. Das waren natürlich Träumereien. Nirgendwo ist immer Sommer. Aber sie glaubte nur, was sie selbst sah. Eines Morgens war sie wieder verschwunden und mit ihr die große Reisetasche. Kurt Hansen erzählte später, er hätte sie mit nach Oldenburg genommen. Er dachte, es wäre besser, wenn er sie mitnähme, als wenn sie an einen schlechten Kerl geriete. Von dort aus wollte sie per Anhalter weiter. Angst habe sie nicht, denn etwas Schlimmeres als das Leben in Eversmeer könne ihr ja nicht passieren.«

Die Großmutter wischt sich eine Träne fort und die Enkeltochter schweigt.

»Da bin ich wieder«, sagt Stina, als sie den Tümpel erreicht. In den Nächten friert es nun. Es ist der dritte Advent. Sie hat wieder Kluntjes in der Tasche. Eines legt sie auf ein Stück Holz, das aus dem Wasser ragt, und dann noch zwei oder drei zwischen die langen Gräser. Am nächsten Tag sind sie immer verschwunden. Hätte jemand ihr gesagt, dass sie sich einfach in der Feuchtigkeit auflösten, hätte sie es nicht geglaubt.

Das Murmeln aus der Tiefe wird langsam lauter, es klingt nun fast wie eine Sprache.

»Ich verstehe dich nicht«, sagt Stina und legt wieder die Hände aufs Wasser. Ein Spritzer benetzt ihr Armband. Der Bernstein leuchtet dunkler als sonst. Da hat sie plötzlich wieder den Eindruck, als würde sich da unten etwas bewegen, als wolle der unsichtbare Goldfisch heraufkommen.

»Stina«, rauscht es in den Birken.

Das Mädchen schaut mit aller Kraft. Da ist etwas Helles und Glattes, fast wie ein Fisch, wie kleine Aale, die sich auf und ab bewegen.

»Ja«, sagt Stina mit Nachdruck. »So hat meine Oma es mir erzählt. Und sie hat noch nie gelogen. Fast ein Jahr lang hörten sie nichts von ihr, und Opa wurde vor Sorge krank. Er bekam Geschwüre im Magen. Einmal kam eine Postkarte aus Marokko, dann eine aus Griechenland. Dann klopfte es am Heiligen Abend an die Tür. Oma dachte, es sei die Nachbarin. Oder Kurt Hansen, um die Weihnachtsgans zu bringen. Aber es war meine Mutter. Ihre Kleider waren dreckig. Sie war ein langes Stück gelaufen. Als Oma ihr den Mantel auszog, sah sie, dass sie einen ganz dicken Bauch hatte. Das war ich. Noch in der gleichen Nacht kam ich zur Welt. Wie das Christkind, sagt meine Oma, und sie waren überglücklich, dass meine Mutter wieder zu Hause war und dass sie nun ein Enkelkind hatten.«

Die kleinen Aale bewegen sich im Wasser. Fünf Stück, zählt Stina.

»Du bist kein Goldfisch«, flüstert sie erschrocken. »Du bist eine Nixe, nicht wahr?«

Die Umrisse verschwimmen, sinken in die Tiefe zurück.

Der Heilige Abend ist gemütlich. Sie sitzen vorm bullernden Ofen. Großmutter hat neue Zimtsterne gebacken und es gibt Tee mit Kluntjes und Rahm.

»Erzähle mir weiter von meiner Mutter«, sagt Stina.

»Wenn es denn wirklich sein muss«, sagt die Großmutter und erzählt: »Sie erholte sich gut von den Strapazen. Nach drei Tagen konnte sie schon wieder aufstehen. Sie schaute dich stundenlang an, wollte dich aber nicht auf den Arm nehmen. Sie war kratzbürstig und nervös. Sie weinte und sagte, dass sie es hier einfach nicht aushalten könne. In der nächsten Woche begann sie zu telefonieren, und ich machte mir gleich wieder Sorgen.«

»Wollte sie wieder in den Süden?«

»Nein, den Süden hatte sie satt. Nun wollte sie den Himalaya sehen, am anderen Ende der Welt. Im Januar verschwand sie für drei Tage nach Bremen, und als sie wiederkam, trug sie dieses Armband. Für dich hatte sie das gleiche mitgebracht. Bernstein halte die bösen Geister fern, sagte sie. Sie zündete ein Räucherstäbchen an und legte dir das Armband um. Dann steckte sie sich eine Zigarette an. Sie habe einen neuen Freund, sagte sie. Der wolle auch in den Himalaya und werde sie demnächst abholen.«

Die Großmutter löscht die Lichter am Baum, eines nach dem anderen, bis nur noch eine Flamme übrig ist.

»Und dann?«, fragt Stina.

»Und dann«, wiederholt die Großmutter müde. »Dann, als du gerade sechs Wochen alt warst, ging sie eines Morgens aus dem Haus, um sich mit ihrem neuen Freund zu treffen. Er wartete an der Haltestelle auf sie. Zu uns ins Haus zu kommen, traute er sich wohl nicht. Danach kam sie nicht mehr zurück. Sie verschwand, ohne etwas mitzunehmen außer ihrer Handtasche und ein bisschen Kleingeld. Ein ganzes Jahr lang hofften wir auf Post, auf eine kleine Karte aus dem Himalaya. Aber vergebens. Wir haben nichts wieder von ihr gehört. Auch die Polizei hat keine Spur von ihr gefunden.«

Nun schweigen beide eine Weile, Stina schmiegt sich in Omas Arm.


In dieser Nacht steht Stina noch lange an ihrem Fenster.

»Das Ende der Welt«, murmelt sie leise, als sie an den Himalaya denkt.

Dann zieht sie sich flink wieder an, die Hose und dicke Socken und die Stiefel. Und in der Diele die Regenjacke. Bevor sie geht, schleicht sie leise in die Küche und nimmt eine Handvoll Kluntjes aus dem Zuckertopf.

Das Wasser ist dunkel. An der üblichen Stelle lässt sie sich nieder, macht sich ganz klein und rund gegen den Wind. Der weht aus Leibeskräften, weht alle Wolken weg. Als der Himmel klar wird, beginnt der Mond zu steigen, wie eine riesige Laterne über dem erstarrten Moor.

»Da ist der Mond«, sagte Stina zum Wasser. »Kannst du ihn auch sehen?«

Das Wasser gluckert leise, Luftblasen steigen auf.

»Ja, zwölf«, sagt Stina ernsthaft. »Aber erst um Mitternacht.«

Dann ist sie wieder still. Mit dem Mond kommt die Kälte. Sie macht sich noch kleiner und zieht die Kapuze weit ins Gesicht. Ihre Füße sind längst zu Klumpen gefroren. Sie fühlt sie schon gar nicht mehr. Sie legt den Kopf wieder schräg, als würde sie lauschen, als wäre da zwischen dem Pfeifen des Windes und dem Rascheln der trockenen Halme noch ein anderes Geräusch.

»Hab keine Angst, ich bleibe bei dir«, sagt sie zitternd.

Die Arme hat sie eng vor sich gepresst, die Hände in den Ärmeln der Jacke geborgen. Nun schlüpft die rechte Hand hervor aus dem Nest und tastet sich zum Wasser hin. Die Kälte schneidet ihr durch die Haut. Aber die Hand findet, was sie sucht. Man muss nicht in den Himalaya reisen. Das Ende der Welt ist manchmal ganz nahe. Viel näher, als man denkt. Das Wasser ist kurz vorm Gefrieren.

»Ist nicht so schlimm«, sagt Stina leise.

Und zwei, drei Minuten später: »Nun fühle ich schon gar nichts mehr.«

Am Morgen findet die Großmutter die Haustür unverschlossen und von Stina keine Spur.

Sie eilt nach draußen, die Straße entlang.

»Stina!«, ruft sie. »Kind, komm ins Haus!«

Die Nachbarin und Kurt Hansen, der gerade seine Runde macht, und ein paar andere Leute, die zufällig aus den Fenstern schauen, laufen auch gleich hinterher.

»Ins Moor!«, ruft Kurt, der sie dort oft sitzen sah.

Alle laufen zum Bohlenweg, zu den Tümpeln, die heute ganz still sind unter einer eisigen Schicht.

»Da ist sie!« Jemand deutet in die Ferne, wo ein Stückchen den Weg hinauf ein glänzendes Häuflein hockt.

»Das ist ihr Regenmantel!«

Alle laufen, so schnell sie können. So sehr sie sich aber beeilen, kommen sie doch zu spät. Das kleine Häuflein ist ganz starr, die Kapuze beschattet ein kalkweißes Gesicht, in dem die Lippen blau geworden sind. Als man das Mädchen berührt, ist es so kalt wie ein Stein. An ihren Wimpern hängt glitzernder Reif, so wie bei den Feen in den Märchenbüchern. Die Augen, weit geöffnet und klar, haben ihr Ziel gefunden.

»Sie schaut für immer ins Moor«, sagt irgendjemand leise.

Die Großmutter schwankt wie ein Halm im Wind.

»Mein Kind, meine arme Kleine …«, flüstert sie mit brechender Stimme. »Wollen wir sie nicht ins Warme bringen?«

»Sie friert ja nicht mehr«, sagt Kurt und nimmt seinen Hut ab.

Alle schauen auf das kleine Häuflein, das so still und unberührt ist wie ein fremdes Land.

»Nehmt ihr wenigstens die Hand aus dem Wasser«, sagt schließlich eine Nachbarin. »Die friert da ja schon fest.«

Wirklich, Stinas rechte Hand steckt bis über das Gelenk im Wasser, das nicht die kleinste Regung zeigt.

Kurt geht in die Knie und fasst sachte den kalten Arm.

»Das Moor hält sie fest«, sagt er trocken.

»Nein, das Mädchen hält etwas fest«, sagt ein anderer und durchbricht mit seiner großen Hand die dünne Eisschicht. Er tastet im Wasser herum und versucht Stinas Finger zu lösen, die sich in der Tat um einen länglichen Gegenstand geschlossen haben.

»Was ist das denn?«, murmelt er. »Eine Wurzel oder ein Ast?«

Kurt, der Gummistiefel an den Füßen trägt, setzt den einen vorsichtig ins Wasser und fasst mit an, und als sie gemeinsam ziehen, kommt da ein morastiges Ding herauf, ganz braun und faul und glitschig. Es ist keine Wurzel und auch kein Ast. Es ist ein Arm mit einer Hand, ein ganzes menschliches Wesen, das hier schon wer weiß wie lange im Moortümpel liegen mag. Stinas Hand hält noch immer das modrige Gelenk umschlossen. Um dieses Gelenk aber, das früher einmal fein und zart gewesen sein mag, liegt eine in Silber gefasste Perlenschnur, und als ein Strahl der kalten Sonne darauf fällt, sieht man, dass es Bernstein ist, genauso wie das Armband des Mädchens.

»Allmächtiger«, sagt Kurt und wird bleich.

Die Großmutter sinkt in die Knie.

Der Wind weht noch immer, nun kommt er aus Westen und ist etwas lauer. Übers Ewige Meer hört man Glocken. Es ist Weihnachten geworden.

## Ostfriesische Teezeit

*Teetrinken ist seit Langem Bestandteil der ostfriesischen Kultur. Die Art des Zubereitens und des Genusses ist dabei sehr wichtig. Spülen Sie zunächst die Kanne mit heißem Wasser aus, um das Porzellan anzuwärmen. Dann geben Sie pro Person einen Teelöffel Tee hinein und einen zusätzlich für die Kanne. Stellen Sie die Kanne auf das Stövchen und geben Sie sprudelnd kochendes Wasser zu, aber nur so viel, dass die Blätter frei schwimmen. Lassen Sie den Tee nun ziehen: eine Broken-Mischung fünf Minuten, einen Blatt-Tee etwas länger, feinen Tee etwas kürzer. Danach die Kanne mit kochendem Wasser auffüllen, kurz warten, bis die Blätter wieder absinken, und dann einschenken.*

*Geben Sie in jede Teetasse ein großes Stück Kandis und gießen Sie den Tee zu. Oft wird der Kandis beim Übergießen leise knistern. Die Tasse sollte nur gut bis zur Hälfte gefüllt werden. Nun mit dem Sahnelöffel gegen den Uhrzeigersinn vorsichtig etwas Teesahne auf den Tee legen – sie sollte am Tassenrand hinuntergleiten und eine kleine Wolke auf dem Tee bilden. Diese Sahne, der »Rohm«, ist keine normale Milch, sondern eine besonders hochprozentige (über 35 %) Teesahne. Echte Teesahne ist außerhalb Ostfrieslands nur schwer zu bekommen. Stattdessen können Sie auch Schlagsahne nehmen.*

*Trinken Sie nun, ohne umzurühren, damit die Dreiteilung des Tees nicht verlorengeht: Der erste Schluck ist mild und rahmig, der zweite Schluck hat den vollen, herben Teegeschmack, und mit dem dritten Schluck, mit dem das kleine ostfriesische Koppke bereits zur Neige geht, schmecken Sie die Süße des Kandis.*

*Drei Tassen stehen jedem Gast zu. Sie werden in Ostfriesland aber immer auch mehr Tee bekommen, besonders seit im Dezember 2016 die ostfriesische Teekultur von der Deutschen UNESCO-Kommission als Immaterielles Kulturerbe anerkannt wurde.*

BARBARA WENDELKEN

# Der Weihnachtsmann räumt auf

27. Dezember

Es klingelt.

Durch die Milchglasscheibe der Haustür erkennt Joke eine hochgewachsene Gestalt in Dunkelblau. Polizei.

Am liebsten würde er jetzt weglaufen, aber wohin? Und welchen Sinn würde das machen? Wenn einer Mist baut, muss er dafür geradestehen, das hat er seinen Kindern so beigebracht und für ihn selbst sollte dasselbe gelten. Also holt er dreimal tief Luft, stößt die Haustür auf und streckt seine Arme aus, damit die Handschellen angelegt werden können.

»Was soll das?«, fragt Jan Janssen irritiert. »Ich bin nur hier, um deine Aussage aufzunehmen.«

Er und Joke haben gemeinsam die Schulbank gedrückt. So ist das auf dem Fehn, jeder kennt jeden. Manchmal ist das gut so, aber heute findet Joke es peinlich, dass ausgerechnet Jan gekommen ist. Mit gesenktem Kopf führt er den Polizisten in die Küche. Gerta, die nicht mehr mit ihm redet, seit er ihr alles gebeichtet hat, nickt Jan zu. »Moin. Tee?«

»Gern.«

Während Jokes Ehefrau Wasser aufsetzt, Tee in die Kanne löffelt und mit den Tassen hantiert, nehmen die beiden Männer am Küchentisch Platz. Gerta, die wieder fleißig gebacken hat, stellt wortlos einen Teller mit Plätzchen auf den Tisch, so weit nach links, dass der Polizist herankommt, Joke aber nicht.

»Mir liegen mehrere Anzeigen vor«, seufzt Jan. »Diebstahl, Nötigung, Sachbeschädigung, Körperverletzung und Amtsanmaßung.« Er verzieht sein rundes Gesicht. »Das Letzte ist wohl etwas übertrieben, das können wir streichen. Der Rest allerdings ... erzähl, was am Vierundzwanzigsten passiert ist.«

24. Dezember

Endlich hat Joke den idealen Nebenjob gefunden. Ein dicker Bauch wie seiner, über den Gerta immer meckert, ist ausdrücklich erwünscht, keiner fragt nach Referenzen oder seinem Alter und die Berufskleidung wird gestellt.

Gerta findet das Material des roten Mantels zu dünn, es glänze komisch und sehe billig aus. Und dem Bart könnte man schon aus hundert Metern Entfernung ansehen, dass er so falsch ist wie die Zähne ihrer Schwester. Joke stört das nicht und die Kinder wird es auch nicht stören. Denen ist doch egal, wie der Weihnachtsmann aussieht, die wollen ihre Geschenke. Immerhin hat Gerta heute Morgen seine schwarzen Gummistiefel auf Hochglanz poliert. Kein Mensch wird merken, dass er sie zuletzt im Garten getragen hat.

Acht Familien soll er besuchen, alle hier in Jheringsfehn. Gestern Abend haben die Leute von der Weihnachtsmann-Vermittlung die Jutesäcke, bedruckt mit goldenen Sternen, gebracht. Mit Briefen, damit er weiß, wie die Kinder heißen und was er fragen soll. In drei Stunden geht es los, achtmal Bescherung und Joke wird der Weihnachtsmann sein. Es mag albern erscheinen, aber so wichtig hat er sich selten in seinem Leben gefühlt.

Kaum zu glauben, wie viel Geld die Leute für Geschenke ausgeben, die Säcke sind bis obenhin gefüllt und ordentlich schwer. Früher kriegte man ein Feuerwehrauto, einen bunten Teller und einen gestrickten Pullover von der Oma, der schrecklich kratzte. Vor der Bescherung gab es Kartoffelsalat und Würstchen in der Küche. Erst wenn die Teller leer waren, durfte man in die gute Stube und da stand der Weihnachtsbaum. Mit echten Kerzen und Lametta, ganz viel Lametta. Singen musste man, bevor es ans Auspacken ging, weil nichts im Leben umsonst ist, nicht mal die Weihnachtsgeschenke.

Gerta steht in der Küche und bereitet das Essen für den ersten Feiertag vor, da kommen die Kinder und die Enkel. Es soll Rouladen geben. Dazu genehmigt sie sich wahrscheinlich ein paar Gläschen von ihrem Weihnachtslikör, den sie immer am ersten Advent ansetzt.

Joke sitzt in der Stube, vor sich die prall gefüllten Säcke. Er holt ein paar der bunten Päckchen hervor und liest, was auf den kleinen Anhängern steht. Es sind nicht nur Spielsachen für die Kinder drin, sondern auch Geschenke für die Erwachsenen. Für Mama, für Papa, für Oma Theda, für Opa Harm. Die Frauen kriegen kleinere Päckchen, wahrscheinlich Schmuck und Parfüm. Die Männer bekommen große, schwere Pakete, die vermutlich technischen Schnickschnack enthalten oder Hochprozentiges, das in Geschenktüten steckt, die oben offen sind. Bei den Püttmanns soll Opa Harm spanischen Brandy bekommen. Carlos Primero Imperial.

Harm Püttmann. Joke weiß genau, wer das ist. Harm betreibt eine kleine Autowerkstatt und hat ihn mal übers Ohr gehauen. Fünf oder sechs Jahre dürfte das her sein. Er hat seinen Astra in Harms Werkstatt gebracht, ein Fehler in der Zündanlage, und hinterher lief der Wagen noch schlechter als vorher. Trotzdem musste er an die tausend Euro bezahlen.

Nachdenklich betrachtet er die Flasche, der Brandy kostet bestimmt vierzig Euro, das hat einer wie Harm doch gar nicht verdient. Kurzerhand geht Joke runter in den Keller, ganz leise, damit Gerda nichts mitkriegt, und holt den Mariacron, der schon ewig da unten rumsteht. Er pustet den Staub von der Flasche, dann lässt er sie in die bunte Tüte gleiten. Eisbären, die Ski fahren, wer denkt sich so albernes Geschenkpapier aus. Eisbären stehen doch unter Naturschutz. Eigentlich macht der Mariacron sich ganz gut in der Verpackung, sieht gleich nach mehr aus und Harm soll mal ganz ruhig sein, dieser Betrüger! Joke holt ein Glas aus dem Schrank, öffnet die Flasche und gießt sich einen Carlos ein. Mmh, der schmeckt nach mehr. Davon kann man sich auch ein zweites Gläschen gönnen, ist schließlich Weihnachten.

Der nächste Sack ist dran. Die Bruhnkens aus der Georgswieke leisten sich einen bezahlten Weihnachtsmann. Aber mit den

Hausraten sind sie im Rückstand. Das weiß er von seinem Schwager, der bei der Bank arbeitet. Die Kinder kriegen dicke Geschenke, Mama auch. Eine von diesen flachen, länglichen Schachteln, die Schmuck enthalten. Für Gerta hat er eine Armbanduhr bei Aldi gekauft, sieht ganz nett aus, hat aber nicht viel gekostet.

Gar zu gern hätte er gewusst, was Alma Bruhnken zu Weihnachten kriegt. Warum soll er nicht das Päckchen öffnen, reinschauen und danach neu verpacken? Geschenkpapier liegt in der untersten Schublade vom Wohnzimmerschrank. Erst ein Carlos, dann reißt er das Papier auf. Schau an, Alma kriegt auch eine Uhr, ihre stammt allerdings vom Juwelier und hat bestimmt hundert Euro gekostet. Kein Wunder, dass die ihren Abtrag nicht zahlen können. Joke und Gerta sind keinem was schuldig. Wenn eine Frau in Jheringsfehn so eine schöne Uhr verdient, dann ja wohl seine Gerta. Kurzerhand tauscht er die Uhren aus und packt Alma Bruhnkens Geschenk wieder ein. Das Papier ist nicht so schön wie das vom Juwelier, aber das spielt ja wohl keine Rolle.

So geht es weiter. Die Stichsäge aus dem Baumarkt, die er seinem Sohn zu Weihnachten schenken wollte, wird durch einen Makita-Akkuschrauber ersetzt, ein richtig gutes Teil. Tamme Vieth, der den Schrauber eigentlich kriegen sollte, hat sowieso zwei linke Hände. Über das teure Parfüm für Gabriele Wehmeier wird sich morgen Jokes Schwiegertochter freuen und die Kamera, die der komische Lehrer aus der Rudolfswieke seiner Frau schenken will, bekommt Jokes ältester Sohn, der immer die Familienfotos macht. Erst als alle Erwachsenen aus seiner Familie neu bedacht sind, ist Joke zufrieden. Einzig die Geschenke für die Kinder rührt er nicht an.

Um halb fünf senkt sich Dunkelheit über Jheringsfehn.

»Musst du nicht los?«, fragt Gerta. Dann schnuppert sie misstrauisch. »Hast du etwa was getrunken?«

»Nee, was denn? Hier ist doch nix.« Stimmt. Den Carlos Primero hat er vorhin in den Keller gebracht. Der Rest ist für später oder morgen. Schließlich muss er noch Auto fahren.

Joke zieht sich an, der Mantel ist ziemlich eng, hoffentlich halten die Knöpfe. Braucht ja keiner den grünen Jogginganzug sehen, den er darunter trägt. Dann schleppt er die Säcke mit den Geschenken zu seinem Wagen, einen alten Ford Kombi. Schade, dass keiner ein Auto zu Weihnachten verschenkt, den Ford hätte er auch gern ausgetauscht. Er kichert albern und muss gleich darauf niesen, weil der Wattebart seine Nase kitzelt.

Im letzten Moment entschließt er sich, noch den alten Strauchbesen mitzunehmen, der schon ewig in der Garage rumsteht und voller Staub und Spinnweben ist. Was wäre der Weihnachtsmann ohne Rute?

Auf geht's, der Weihnachtsmann kommt.

Er schaut auf die Liste. Pro Bescherung hat die Agentur eine halbe Stunde angesetzt. Um viertel vor fünf die erste, aber er braucht ja nicht lange fahren, nur in die Westerwieke.

Ein Mehrfamilienhaus, Neubau. Die jungen Leute kennt er nicht, nur die Eltern, Harm und Theda Püttmann. Hoffentlich erkennen sie ihn nicht. Die Kinder sind noch klein, fünf und sieben, und haben unaussprechliche Namen. Als er klingelt, reißt eine junge Frau die Tür auf, die Mama, ihr Name steht nicht auf dem Zettel. Sie zwinkert ihm zu, dann dreht sie sich um und ruft scheinbar überrascht: »Der Weihnachtsmann ist da!«

Zwei festlich gekleidete Mädchen drücken sich an ihrer Mutter vorbei.

»Hohoho«, dröhnt er. »Darf ich reinkommen?«

Er darf. In dem riesigen Wohnzimmer sorgt ein hell erleuchteter Weihnachtsbaum für die richtige Stimmung. Alle sind versammelt, auch Harm, dieser Betrüger.

Vor lauter Aufregung wollen Joke die Namen der Mädchen nicht einfallen. Irgendwas mit M. Zum Glück kommt ihm die Mutter zu Hilfe.

»Minou, Malaika, ihr habt doch ein Gedicht auswendig gelernt.« Sie nickt den beiden zu und die leiern brav ein paar Zeilen runter. Niedlich. Als sie fertig sind, greift Joke in den Sack und holt die ersten Päckchen raus. Kaum zu glauben, wie schnell die Mädchen auspacken können, sie fetzen das Papier auseinander und lassen es einfach auf den Boden fallen. Beim Anblick der Puppe kreischt die eine vor Glück, die andere jubelt über einen Pferdehof von Playmobil, den irgendjemand heute Abend noch zusammenbauen muss. Hoffentlich nicht Harm, der kann ja nicht mal eine Zündanlage reparieren.

Jetzt ist Harm an der Reihe. Darauf freut Joke sich schon die ganze Zeit. »Für den Opa hab ich auch was dabei.« Zu spaßig, wie Harms Gesichtszüge beim Anblick der Flasche entgleisen. Natürlich ahnt er nicht, dass Joke sein Geschenk ausgetauscht hat, sondern verdächtigt seine Frau, ihn so billig abgespeist zu haben.

»Soll das ein Scherz sein?«, hört Joke ihn fluchen.

Theda schüttelt den Kopf. »Das ist überhaupt nicht mein Geschenk. Ich hatte den spanischen Brandy besorgt, den du mir aufgeschrieben hast.«

»Das sieht aber verdammt noch mal nicht so aus!«

Die Mädchen zucken zusammen. Keine Frage, jetzt muss der Weihnachtsmann eingreifen.

»Was höre ich da? Ich glaube, hier braucht einer einen Schlag mit der Rute!« Drohend hebt Joke den Strauchbesen.

Eben noch rosarot, macht Harms Gesichtsfarbe jetzt Jokes Mantel Konkurrenz. »Was willst du von mir, du Clown? Du bist doch Joke, glaubst du etwa, dass ich dich nicht hinter dem albernen Wattebart erkenne? Hast du was damit zu tun?« Er zeigt auf den Mariacron.

Ohne große Worte, schließlich ist er der Weihnachtsmann, lässt Joke den Besen zuerst auf Harms Kopf und dann auf seine linke Schulter sausen. Die Flasche fliegt auf den Boden, bleibt aber heil. Bei seinem Versuch, einem weiteren Schlag auszuweichen, reißt Harm die Tischdecke runter, mitsamt dem Adventskranz und den brennenden Kerzen. Es riecht verbrannt, weil der Teppich schmort, und Joke schüttet schnell die restlichen Geschenke auf den Boden, bevor er fluchtartig das Haus verlässt.

Weiter geht es zur Georgswieke. Hier gibt es drei Kinder, Keno, Onno und Okko. Alte ostfriesische Namen. Ein Gedicht sagen sie erst auf, als er droht, die Geschenke wieder mitzunehmen. Genau wie eben freuen die Kleinen sich über ihre Pakete, während die Großen meckern. Alma Bruhnken guckt die Armbanduhr an, als wäre sie ein ekliges Tier. »Spinnst du?«, will sie von ihrem Mann wissen, der schwört, eine andere Uhr gekauft zu haben.

Im Nachhinein wäre es sicher klüger gewesen, an dieser Stelle den Mund zu halten. Joke hätte das auch getan, der Weihnachtsmann allerdings nicht. »Mehr können Leute, die ihren Hausabtrag stunden lassen, sich nun mal nicht leisten.«

Ein Fehler! Almas Ehemann, der die Fußballjugend trainiert, stürzt sich auf ihn, nimmt ihn in den Schwitzkasten und beschimpft ihn aufs Übelste. Mit letzter Kraft rammt Joke, der kaum noch Luft kriegt, den Besenstiel dorthin, wo es seinem Peiniger richtig wehtut. Der lässt los und taumelt rückwärts, dabei stößt er gegen Alma, die mit ausgebreiteten Armen gegen den Weihnachtsbaum fällt, der gegen die Terrassentür knallt. Es klirrt, die Kinder schreien, Alma kreischt, ihr Mann hüpft wimmernd durch den Raum und Joke gelingt die Flucht.

Gerade als er draußen in den Ford springen will, hält ein weißer Sprinter auf der Straße und ein kleiner, dicker Mann in einem schwarzen Ledermantel hüpft heraus, der Chef der Weihnachtsmannvermittlung. Mit ausgestreckten Armen stellt er sich Joke in den Weg. »Sind Sie von allen guten Geistern verlassen? Ich hatte gerade einen Anruf von der Familie Püttmann. Das hat ein Nachspiel, mein Lieber! Und jetzt geben Sie mir die restlichen Säcke, aber sofort. Wehe, da stimmt etwas nicht mit den Geschenken!«

Joke widersteht dem Drang, dem Dicken eins mit dem Strauchbesen überzubraten, und öffnet den Kofferraum. Er hat ohnehin keine Lust mehr. Dass der Mann ihm so unsanft den Mantel herunterreißt, dass alle Knöpfe abreißen, ist ihm egal, das Ding taugt sowieso nicht viel.

*

27. Dezember

»Die Sache ist ein bisschen aus dem Ruder gelaufen«, seufzt Joke zerknirscht. »Tut mir echt leid, vor allem für die Kinder. Es ist einfach über mich gekommen.« So unauffällig wie möglich versucht er, einen von Gertas Keksen zu stibitzen.

Vergeblich, Gerta hat ihre Augen überall. »Lass das!«

Jan klappt sein Notizbuch zu. »Morgen früh erwarte ich dich auf dem Revier, da nehmen wir deine Aussage auf. Du wirst leider nicht ungeschoren davonkommen. Mensch Joke, warum machst du so einen Blödsinn?« Er schüttelt den Kopf und greift nach einem Vanillekipferl. Dann sagt er zu Gerta: »Nun sei mal nicht so streng mit ihm.« In der Haustür raunt er Joke zu: »Ich hoffe, dass du bei Harm Püttmann nicht zimperlich warst. Der hat mir mal einen Motor repariert und hinterher lief der Wagen nur noch auf drei Pötten. Aber beweis das mal.«

# Gertas Weihnachtslikör

*Zutaten:*
125 g brauner Kandis (wichtig wegen der Farbe!)
200 ml Wasser
25 g Ostfriesentee
250 ml Wasser
1 große Zimtstange, in Stücke gebrochen
1 Vanilleschote, der Länge nach aufgeschlitzt
3 Sternanis
400 ml Rum oder Branntwein

*Zubereitung:*
Den Kandis mit 200 ml Wasser aufkochen lassen, bis sich alles gelöst hat, dann die Gewürze dazugeben und alles erkalten lassen.
Den Tee mit 250 ml kochendem Wasser aufgießen und ein paar Minuten ziehen lassen, dann durch ein Haarsieb geben. Wenn der Teesud kalt ist, mit Zuckersirup und dem Alkohol mischen.
In eine Flasche mit großer Öffnung geben und an einem kühlen, dunklen Ort aufbewahren. Zweimal täglich schütteln. Zwei bis drei Wochen ziehen lassen. Dann noch mal durch ein feines Sieb gießen und in kleine Flaschen füllen.

KAI ENGELKE

# Klostermoor

»Die Vergangenheit ist nicht tot; sie ist nicht einmal vergangen.«
(William Faulkner)

Der Spätherbst in Klostermoor zeigte sich von seiner allerfreundlichsten Seite. Es war noch angenehm mild draußen. Die letzten Sonnenstrahlen des Tages tauchten den großzügig angelegten, von hohen Rhododendron-Hecken umgebenen Garten mit den vielen Laubbäumen und den farbenfroh leuchtenden Blättern in ein nahezu unwirkliches Licht, das die Atmosphäre einer Märchenszenerie vermittelte.

Indian Summer in Klostermoor, dem südlichsten Dorf Ostfrieslands.

Möglicherweise hätte sich niemand gewundert, wenn in den Baumkronen ein leises, bedeutsames Wispern zu hören gewesen oder wenn gar hinter einem der wuchtigen Baumstämme eine winzige Elfe hervor geschwebt wäre, die mit feiner Stimme Geheimnisvolles zu verkünden hätte.

Wer weiß, vielleicht war es ja wirklich so. Katharina Simons allerdings konnte es nicht sehen und auch nicht hören, denn sie horchte und blickte direkt in ihre Seele hinein. Sie stand, mit dem Rücken an die Wand gelehnt, auf der Terrasse ihres Hauses, und die warme, stille Schönheit des Gartens wies ihr den Weg nach innen.

Ja – wenn sie es recht bedachte, dann war sie durchaus ein glücklicher Mensch. Verheiratet mit Jan Simons, den sie liebte; zwei gesunde Töchter, ein Häuschen im Grünen, wie es immer so schön hieß, keine Geldsorgen, beide Eltern berufstätig, Katharina arbeitete halbtags als Erzieherin in der örtlichen Kindertagesstätte »An den Kiebitzwiesen«, Jan war ein angesehener Handwerksmeister, der täglich zwischen Klostermoor und Leer pendelte.

Ich müsste dankbar sein, dachte Katharina. Es ist nicht selbstverständlich, dass ich jeden Tag satt zu essen habe, dass ich im Winter im Warmen sitzen kann, dass ich nie einen Krieg erleben musste, kein Erdbeben, keine Feuersbrunst, keine Orkane, die ganze Dörfer zerstören, keine Fluten oder Lawinen, die alles unter sich begraben. Zerstörerische Naturphänomene, von Menschen verursacht, früher ganz weit weg, mittlerweile beängstigend nah.

Wir sind gesund, noch geht es uns gut. Es geht uns gut.

Aber das kann sich von einer auf die nächste Sekunde ändern, das machte sie sich immer wieder klar. Und dann ist nichts mehr so, wie es gerade eben noch war. So etwas liest man doch täglich in der Zeitung, die Nachrichten verkünden es: ein schrecklicher Unfall, eine tödliche Krankheit – ich habe kein verbrieftes Recht auf Glück, dachte Katharina. Niemand hat das.

Wenn ein Mensch sein Leben durch ein Verbrechen verloren hat, dann sind am Tatort, zwischen welkenden Blumen und flackernden Kerzen, oft Schilder mit der Aufschrift zu lesen: Warum?

Katharina dachte dann jedes Mal: Ja, warum denn nicht? Wieso soll Schlimmes nur immer den anderen passieren und niemals mir oder meiner Familie?

Niemand hat vor dem Schicksal das Recht auf innere und äußere Unversehrtheit. Niemand!

Katharinas Gemütszustand verfinsterte sich zunehmend. War ihr Körper gerade eben noch erfüllt von dem warmen Gefühl des persönlichen Glücks, so ergriff nun eine dumpfe Niedergeschlagenheit ihre Seele, sie blickte in den schwarzen Abgrund einer unwägbaren Bedrohung, vor dem auch der Garten sie nicht bewahren konnte, denn es war dunkel geworden, ohne dass Katharina es bewusst wahrgenommen hatte.

Ihr war, als erwachte sie eben aus einem bösen Traum. Sie bemerkte erst jetzt, dass auch die letzte Wärme verschwunden war. So ging sie ins schützende Haus.

Es geschah immer wieder und in letzter Zeit immer öfter, dass Katharina ganz plötzlich und völlig unerwartet von finsteren Gedanken überfallen wurde, dass sie ein lauerndes Unheil empfand, dessen Ursprung sie noch nicht einmal erahnen konnte. Was war das? Sie wusste es nicht.

Ihre Kindheit – Katharina war inzwischen fünfunddreißig Jahre alt – hätte sie jederzeit durchaus als fröhlich und unbeschwert bezeichnet. Zwar war sie ohne Vater aufgewachsen, das hatte sie aber niemals als Makel empfunden. Ihre Mutter war stets bemüht gewesen, den fehlenden Elternteil zu ersetzen, sie nahm sich viel Zeit für Katharina. Half ihr bei den Hausaufgaben, spielte mit ihr, las Geschichten vor, erzählte von früher. Katharina konnte jederzeit ihre Freundinnen empfangen, es gab tolle Partys und Geburtstagsfeste, viele gemeinsame Ausflüge und Reisen, die beiden waren schon früh mehr Freundinnen als Mutter und Tochter. Katharina war nicht die Einzige in ihrer Klasse, die ohne Vater aufwuchs. Also eigentlich alles ganz normal.

Aber eines Tages, Katharina war vielleicht zehn Jahre alt, geschah etwas Seltsames, da fragte sie beim Abendbrot, fast wie nebenbei: »Mama, was ist eigentlich mit Papa?«

»Was soll mit ihm sein?«

»Ich kenne ihn überhaupt nicht.«

»Sei froh!«

»Wie meinst du das?«

»Ich möchte nicht darüber sprechen.«

»Aber Mama …«

»Hast du nicht gehört, was ich gesagt habe? Ich möchte nicht darüber sprechen!«

Ihre letzten beiden Sätze hatte die Mutter in einer Schärfe gesagt, die Katharina erschreckte. Da schlug ihr Kälte und harte Ablehnung entgegen. So kannte sie ihre Mutter nicht. Was hatte das zu bedeuten?

»Mama, meinst du nicht ...«

»Sag mal, bist du taub? Schluss jetzt! Kein Wort mehr!«

Katharinas Augen füllten sich mit Tränen. Ihr war der Appetit vergangen. Sie stand auf und ohne ein weiteres Wort zu sagen, verließ sie die Küche, in der die gemeinsamen Mahlzeiten eingenommen wurden, schlug die Tür hinter sich zu und lief in ihr Zimmer. Sie warf sich auf ihr Bett und weinte.

Seit diesem Tag fragte Katharina die Mutter nie wieder nach ihrem Vater, und auch die Mutter vermied das Thema wie ein Tabu.

Doch für Katharina hatte sich seither etwas entscheidend verändert. Ihr war ein Stück Unbeschwertheit abhandengekommen. In ihrem Tagebuch notierte sie: »Ich glaube, meine Kindheit ist ab heute vorbei.«

Das war nun viele Jahre her. Längst hatte sie ihr Elternhaus am Hahnentanger See in Rhauderfehn verlassen und war gleich nach ihrer Ausbildung als Erzieherin zu Jan nach Leer in dessen Mietwohnung gezogen.

Nach dem Tod der Mutter erbte Katharina ihr Elternhaus, in dem sie aber nicht wohnen wollte. Da war so ein Gefühl, das sie nicht definieren konnte, ein dunkles Gefühl. Sie wollte lieber für ihre Familie etwas Eigenes, Helleres schaffen. Mit dem Erlös des Hausverkaufs war das keine große Schwierigkeit. Katharina und Jan bauten auf einem bewaldeten Grundstück in der Siedlung Klostermoor, die ebenfalls zur Gemeinde Rhauderfehn gehörte, ihr neues Zuhause.

*

»Wann kommt uns der andere Opa einmal besuchen?«, fragte Lisa, die ältere der beiden Töchter eines Abends beim gemeinsamen Abendessen.

»Welcher andere Opa?«, murmelte Jan kauend, ohne den Blick von seinem Teller abzuwenden.

»Na, der von Mama!«

»Mama hat keinen Opa!«

»Ich meine ja auch nicht Mamas Opa, sondern Mamas Papa«, rief Lisa mit Ungeduld in der Stimme.

»Ja, da musst du wohl die Mama selbst fragen«, entgegnete Jan und schaute zu Katharina hinüber.

»Das ist eine lange Geschichte«, sagte Katharina ausweichend, und ihr war klar, dass es für sie nun schwierig werden könnte.

»Erzählst du mir die Geschichte?«, drängelte Lisa.

»Au ja, eine Geschichte!«, freute sich Laura, die jüngere Schwester.

Jan half seiner bedrängten Frau aus der Bredouille, indem er auf die fortgeschrittene Zeit verwies, die Kinder aufforderte, sich zum Schlafengehen fertigzumachen und ihnen versprach, eine spannende Räubergeschichte vorzulesen.

»Danke«, sagte Katharina leise zu ihrem Mann, und sie wusste, dass sie etwas ändern musste. Da waren ja nicht nur die Fragen der Kinder, es gab auch ihre eigenen, zunehmend drängender werdenden Fragen: Wer ist mein Vater? Was ist damals geschehen? Wo komme ich her? Wer bin ich? Welches dunkle Geheimnis hatte die Mutter mit in ihr Grab genommen?

Katharina beschloss, ihren Vater zu suchen. Hoffentlich lebte er überhaupt noch. Gut möglich, dass er überhaupt kein Interesse hatte, Katharina zu sehen.

Aber versuchen wollte sie es.

Wo sollte sie mit der Suche beginnen? Alle Verwandten, die sie befragte, konnten oder wollten ihr nichts sagen. Jurij Watermann, so lautete der Name ihres Vaters – kein Treffer bei Google. Telefon- und Adressbücher – Fehlanzeige. Verwaltungsbüros, Einwohnermeldeämter, Berufsgruppenvertretungen – nichts. Seniorenstifte, Pflegeeinrichtungen – ebenfalls nichts. Sie könnte einen Privatdetektiv beauftragen, ihren Vater zu finden, doch das könnte teuer werden.

Schließlich fiel ihr die TV-Sendung mit dem programmatischen Titel » Wo bist du? « ein. Etwas knallig, aber wie es schien, recht erfolgreich. Diesen Eindruck vermittelten zumindest die gezeigten Szenen, die Katharina schon einmal gesehen hatte. Und ihr gefiel die Moderatorin Leevke van Holm – sehr blond, ziemlich quirlig und ausgesprochen freundlich, jedenfalls auf dem Bildschirm. Man könnte sich ja mal bewerben, dachte Katharina. Mehr als eine Ablehnung riskiere ich ja nicht.

*

Eines Tages stand ein kleiner TV-Übertragungswagen in der Birkhuhn-Straße in Klostermoor. Leevke van Holm war wirklich so sensibel und mitfühlend, wie sie in ihrer Sendung wirkte. Sie stellte eine Menge Fragen, und Katharina erzählte ihr alles, was sie über ihren Vater wusste. Sehr viel war das allerdings nicht, doch die Moderatorin gab sich zuversichtlich und machte Katharina Hoffnung darauf, dass sich letztlich alles zum Guten wenden werde.

»Ich werde deinen Vater suchen«, sagte Leevke van Holm bei der Verabschiedung, nahm Katharina kurz in den Arm, nickte ihren beiden Mitarbeitern – Kameramann und Tontechniker – zu und verschwand.

Eine Weile saß Katharina gedankenversunken in ihrem Wohnzimmer und war sich nicht sicher, ob sie nicht soeben versucht hatte, eine für alle Zeit verbotene Tür gewaltsam zu öffnen. Eine Tür, die womöglich besser für immer verschlossen geblieben wäre. Aber waren das nicht die Gedanken ihrer Mutter? Katharina wollte lieber denken wie sie selbst.

Wieder einmal war es Winter geworden im südlichen Ostfriesland, und was im feucht-kühlen Klima dieser Region recht selten vorkam: Es lag nicht nur ungewöhnlich viel Schnee, sondern die Kältegrade hatten sich auch gefühlt sibirischen Werten angenähert. Endlich, nach langer Zeit, würde es wieder einmal weiße Weihnachten geben in Klostermoor!

Das Telefon in der Birkhuhn-Straße klingelte, Jan nahm das Gespräch entgegen, hörte eine Weile zu, was man ihm am anderen Ende der Leitung mitzuteilen hatte, und hielt dann Katharina den Hörer hin: »Hier, für dich. Das Fernsehen. Sie haben deinen Vater gefunden.«

Einen Moment lang zögerte Katharina. Sie hätte am liebsten gesagt: Ich will das nicht! Sag denen, sie sollen das Ganze abblasen, einfach vergessen! Aber das war jetzt doch wieder ihre Mutter! Wie oft hatte Katharina in den vergangenen Tagen in den Spiegel gesehen und für Momente geglaubt, ihren größten Feind zu erblicken – sich selbst! Aber so war es doch nicht! Sei endlich du selbst, Katharina! Steh doch zu dir!

»Gib her!«, stöhnte Katharina und riss dem erschrockenen Jan den Hörer förmlich aus der Hand.

»Ich habe eine ganz besondere Weihnachtsüberraschung für dich, liebe Katharina, ich habe nämlich deinen Vater gefunden. Er lebt in Frankfurt am Main. Willst du ihn sehen?«, fragte Leevke van Holm. Ihre Stimme klang fröhlich und sehr selbstbewusst.

»Ja«, hauchte Katharina, und das Herz pochte bis in ihren Hals hinein. »Wann kann ich ihn denn treffen?«

»Wenn du willst, noch heute. Er ist hier. Ich hole dich in einer halben Stunde in Klostermoor ab, okay?«

Katharina fühlte sich wie in einem Traum. War es ein guter Traum? Oder war es eher ein Alptraum? Sie konnte ihre Gedanken kaum steuern. Chaos in ihrem Kopf.

»Zieh dich warm an, es ist bitterkalt draußen«, sagte Jan.

Kurz darauf klingelte es an der Haustür. Leevke van Holm strahlte Katharina an wie eine Siegerin.

»Dein Vater wartet am Hahnentanger See auf dich. Na, wenn das kein vorgezogenes Weihnachtsgeschenk ist! Freust du dich?«

»Ja, ich freue mich«, hauchte Katharina. In ihrer Brust spürte sie aber keine Freude, eher Furcht.

Schweigend fuhren die beiden Frauen auf schneebedeckter Straße die kurze Strecke bis zum zugefrorenen, von raureifgeschmückten Bäumen umgebenen See. Fürsorglich legte

Leevke van Holm ihren Arm um Katharinas Schulter, als spürte sie, was in Katharina vorging. »Geh einfach den Rundweg entlang. Hinter der ersten Biegung wartet dein Vater auf dich.«

Katharina setzte vorsichtig einen Fuß vor den anderen, als ginge sie auf extrem dünnem Eis.

Da stand er. Ein älterer Mann von gedrungener Gestalt. Er lächelte nicht, er grinste. Seine wässrigen Augen fixierten sie gleichzeitig mit starrem Blick. Sie empfand nicht das Bedürfnis, ihn zu umarmen, doch er kam ihr zuvor, indem er sie an sich riss und mehrmals auf die Wangen küsste.

Schon stand Leevke van Holm neben ihnen. »Ihr habt euch jetzt bestimmt eine Menge zu erzählen«, sagte sie. »Ich wünsche euch beiden ganz viel Glück!« Mit diesen Worten verabschiedete sie sich und ließ Katharina mit dem fremden Mann allein zurück.

Wie komme ich denn jetzt wieder nach Hause, war ihr erster Gedanke, als sie das Auto der Fernsehmoderatorin wegfahren sah.

»Sieh mal da vorne. Da haben wir mal gewohnt.«

»Ja«, sagte Katharina, »da habe ich mal mit Mama gewohnt.«

»Schwierige Zeit! Sehr schwierige Zeit«, sagte der Mann, der ihr Vater war. Was sollte Katharina darauf antworten? Sie schwieg lieber.

»Aber deine Mutter hat damals manchmal Kartoffeln mit Krabben zubereitet. Das war immerhin schön. Dazu gab's gekühlten Weißwein. Alkohol ist zwar keine Lösung, aber Mineralwasser auch nicht.« Er stieß ein meckerndes Lachen aus.

Kartoffeln mit Krabben? Stimmt, die gab es manchmal im Haus am See, daran konnte sie sich erinnern. An ihren Vater nicht.

Sie tauschten ein paar Sätze aus, während sie um den gefrorenen See herumwanderten. Belanglose Sätze. Sätze ohne Nähe. Katharina wusste vom ersten Moment an: Diese Begegnung herbeizuführen, war ein Fehler gewesen. Sie wollte die Situation so schnell wie möglich beenden. Der Mann war und blieb ein Fremder.

»Wie lange bleibst du?«, fragte sie. Das Wort *Papa* brachte sie nicht über die Lippen.

»Mal sehen«, sagte er, »kommt drauf an, wie sich die Dinge entwickeln.«

»Mir ist kalt«, sagte sie, während sie ihren Mantelkragen mit klammen Fingern zusammenhielt, »vielleicht können wir uns ein andermal treffen. Hast du eine Telefonnummer?« Der Mann kramte einen Tankzettel aus der Manteltasche, Katharina fand einen Bleistift in ihrer Handtasche, und dann schrieb er ihr eine Handyverbindung auf.

»Mach's gut«, sagte sie, und beide gingen in entgegengesetzten Richtungen davon. Die Tatsache, dass nun wieder eine räumliche Entfernung zwischen ihnen war, empfand Katharina als große Erleichterung. Irgendwann blieb sie stehen, um sich per Smartphone ein Taxi zu bestellen. Als sie im warmen Taxi sitzend das Ziel Klostermoor, Birkhuhn-Straße nannte, hatte sie wieder einmal das Gefühl, aus einem bösen Traum erwacht zu sein.

»Und, wie war's?«, fragte Jan gespannt.

»Nicht so gut«, sagte Katharina, und Jan wusste, dass er seine Frau nun für eine Weile in Ruhe lassen musste.

Katharina hatte sich in ihr Zimmer zurückgezogen und kramte ziellos in einem Umzugskarton mit Schriftstücken aus ihrem Elternhaus. Sie hatte diesem Papierkram bisher kaum Beachtung geschenkt. Viel wichtiger als die Vergangenheit war ihr die Jetztzeit. Aber nun hatte sie selbst die Vergangenheit in ihr Leben zurückgezwungen.

Da waren Zeugnisse, Rechnungen, Briefe, geöffnete und ungeöffnete Umschläge, Fotos, auf denen Menschen abgebildet waren, die ihr nicht vertraut waren, alte Schulhefte, Kinderzeichnungen. Ganz unten, am Boden des Kartons fand Katharina eine blaue Mappe mit der Aufschrift *Jurij*. Interessant! Die hatte sie bisher noch nie gesehen. Katharina öffnete die Mappe – und erstarrte. Gerichtsakten kamen zum Vorschein. Polizeiliche Vorladungen. Vernehmungsprotokolle.

Schreiben von Rechtsanwälten. Ein Gerichtsurteil. Immer wieder las sie Begriffe wie *Häusliche Gewalt* oder *Missbrauch von Schutzbefohlenen* und *Sexueller Missbrauch eines Kleinkindes*.

Das Kleinkind war sie, Katharina! Der Täter war ihr Vater, Jurij! Katharina rang nach Luft, hatte das Gefühl zu ersticken.

Irgendwann klopfte Jan an ihre Zimmertür, öffnete sie einen Spalt und fragte: »Alles in Ordnung?«

»Ja«, sagte Katharina, »ich komme gleich.«

Sie fühlte sich betrogen, gedemütigt, beschmutzt. Dann stieg Wut in ihr auf, eine unbändige Wut. Oder war das schon Hass? Sie raffte all die Papiere zusammen, warf sie in den Karton zurück, schob ihn unter ihren Schreibtisch und verließ das Zimmer.

»Jan, lass uns später über all das reden. Ich muss erst einige Dinge in meinem Kopf klären. Ich bin so müde.«

»Ja«, sagte Jan, »lass uns später reden.«

So war er. Im Zusammenleben mit Katharina hatte er gelernt, so etwas wie eine vertrauensvolle Gelassenheit an den Tag zu legen. Jan war ein Beschützer.

Während Katharina sich schon zurückgezogen hatte, betrat Jan aus einem inneren Impuls heraus ihr Zimmer. Sein Blick fiel sogleich auf den Karton unter ihrem Schreibtisch.

Katharina schlief unruhig. Hatte Wachträume, sah imaginäre Bilder, die sich übereinander und ineinander schoben, Bilder, die sich zu grellen Filmen verdichteten, die sie nicht deuten konnte, Lichtblitze schossen dazwischen, erhellten kurz die Finsternis, dumpfes Grollen, brutale Gewalt, und immer wieder die aufgebrachte Stimme ihrer Mutter, auch ihre eigene Stimme, die Stimmen ihrer Töchter, verzweifelte Rufe, gellende Schreie nach Hilfe, Schmerzen, so entsetzliche Schmerzen, am Körper und in der Seele.

Auch Jan fand keinen erholsamen Schlaf in dieser Nacht.

*

»Hier ist Katharina. Bist du noch in der Gegend? Wir könnten uns doch heute nochmal verabreden. Ich war gestern etwas überfordert.«

Hoffentlich bemerkt er das Zittern in meiner Stimme nicht, dachte sie.

»Das verstehe ich sehr gut«, sagte Jurij. »Ich bin in Leer, im Hotel Ostfriesenhof. Willst du herkommen?«

»Was hältst du davon, wenn wir uns nochmal hier in Rhauderfehn treffen? Wir gehen ein wenig spazieren, und anschließend lade ich dich zu Kartoffeln mit Krabben ein. Einen kühlen Weißwein gibt's natürlich auch dazu.«

Katharina hatte Angst, sich zu verschlucken. Ihr Mund fühlte sich wie ausgetrocknet an.

»Das ist ja eine prima Idee!«, rief der Mann aus Frankfurt erfreut. »Wo soll der Treffpunkt sein?«

Er redete, als lägen nicht ein fortgesetztes Verbrechen und dreiunddreißig Jahre Schweigen zwischen Gestern und Heute.

»Kennst du die die acht rot-weißen Sendetürme in der Jammertalstraße? Da kann man gut ein paar Schritte gehen. Wir könnten uns gleich am Eingang der Marinefunkstelle treffen. Dort ist auch genügend Platz zum Parken. Sagen wir dreizehn Uhr?«

Katharina atmete schwer, ihr Puls raste, sie zitterte bis in ihr Innerstes hinein.

»Ich werde dort sein. Bis später dann«, sagte ihr Vater.

Damit war das Gespräch beendet.


»Komm, lass uns erst einmal anständig frühstücken«, sagte Jan, der Katharinas Qualen wie seine eigenen verspürte. Der Frühstückstisch war gedeckt, es roch nach frisch zubereitetem Kaffee. Sie nippte schweigend an ihrem Becher, brachte keinen Bissen hinunter, während Jan kräftig zulangte.

»Ich muss kurz an die frische Luft«, sagte Katharina. »Bin gleich zurück.«

Etwa fünfzehn Minuten später stand sie wieder in der Küche.


»Ach, ehe ich es vergesse, dein Vater hat gerade angerufen«, log Jan. »Er wird erst gegen vierzehn Uhr dreißig bei den Türmen sein. Irgendein Problem mit seinem Auto. Ich fahre dann jetzt mal zur Arbeit. Wir sehen uns heute Abend. Alles Gute für dich, und lass dich nicht unterkriegen!«

Katharina nickte apathisch.

Zu seiner Arbeitsstelle in Leer fuhr Jan an diesem Tag nicht. Stattdessen stand er pünktlich um dreizehn Uhr vor dem Eingang der Marinefunkstelle in der Jammertalstraße in Rhauderfehn und wartete auf ein Auto mit Frankfurter Kennzeichen.

Exakt neunzig Minuten später saß Katharina an gleicher Stelle im ausgeliehenen Kleinwagen ihrer Nachbarin und wartete ebenfalls auf ein Auto mit Frankfurter Kennzeichen. Unter ihrem Mantel verborgen hielt sie den ergonomisch geformten Griff ihres Fleischmessers fest umklammert.

Sie wartete eine Stunde, dann fuhr sie zurück nach Klostermoor.

»Was ist mit deinem Vater?«, fragte Jan am Abend.

»Er ist nicht gekommen.«

»Sei froh!«

»Wie meinst du das?«

»Ach, lass uns über etwas anderes sprechen. In ein paar Tagen ist Weihnachten.«

*Strücklingen (eigener Bericht) – Zu einem Verkehrsunfall mit tödlichem Ausgang kam es gestern in den frühen Abendstunden, als ein PKW mit Frankfurter Kennzeichen auf der B72 Richtung Cloppenburg auf eisglatter Fahrbahn ins Schleudern geriet und mit einem entgegenkommenden LKW kollidierte. Der Fahrer des PKW verstarb noch an der Unfallstelle, der LKW-Fahrer hingegen blieb unverletzt. An dem PKW entstand Totalschaden.*

# Kartoffeln mit Krabben à la Klostermoor

**Zutaten:**
10 nicht zu große Bio-Kartoffeln
300 g Krabben
ein Bund Petersilie
50 g Speck
Butter
Mehl
Salz
Pfeffer

**Zubereitung:**
Kartoffeln gründlich säubern, in Salzwasser garen, den Speck in etwas Butter auslassen, mit Mehl bestäuben, mit Weißwein ablöschen, mit Pfeffer und Salz abschmecken, die klein gehackte Petersilie dazugeben, die Krabben in die Soße rühren und über die ungepellten Kartoffeln gießen.
Dazu trockenen, gut gekühlten Weißwein reichen.

# Nichts als die Wahrheit

Muss es wirklich immer die ganze Wahrheit sein? Sollte man sie manchmal nicht lieber in Geschenkpapier packen und etwas aufbereiten? Wenn mich zum Beispiel eine Kundin in einem richtig schrillen Kleid fragt: »Na, wie sehe ich aus?«, soll ich da ehrlich sagen: »Zum Davonlaufen.«? Oder nicht doch lieber: »Das sind wunderbare Farben für eine selbstbewusste Frau.« – Na also! Außerdem ist bald Weihnachten und ich will den Leuten die Stimmung nicht verderben.

Ich soll Ihnen das Geheimnis meiner glücklichen Ehe verraten? Na gut. Sie kommen ja nicht aus Leer und sehen aus wie jemand, der auch mal was für sich behalten kann. Also das meiste, was ich über Männer weiß, habe ich von Kalle gelernt. Das war der Labrador-Schäferhund-Mischling, den meine Eltern mir als Zwölfjährige geschenkt haben. Ein treuer, fröhlicher Kerl, mit dunklem, dichtem Fell und kräftiger, weißer Brust. Ungefähr so wie mein Henk, als er noch Haare hatte. Kalle musste beschäftigt werden, freute sich über ein Lob und ein Leckerli und war glücklich, wenn man ab und zu mit ihm kuschelte oder spielte. Genauso wie mein Henk eben.

Kennen Sie das Lied *Männer muss man loben*? Ja? Na, dann wissen Sie ja, was ich meine.

Nur damit wir uns richtig verstehen, ich habe es nicht eine Sekunde lang bereut, einen Ostfriesen geheiratet zu haben. Ganz im Gegenteil! Ich liebe diesen Menschenschlag: rau aber herzlich mit einer großen Prise trockenem Humor, verlässlich, pragmatisch, bodenständig.

Mein Henk verkörpert tatsächlich all diese wunderbaren Eigenschaften. Aber das Leben steckt nun mal voller Herausforderungen und man weiß nie, was an der nächsten Ecke auf einen lauert. So wie letztes Jahr im Dezember.

Die festlich dekorierten Schaufenster, der herrliche Duft nach Glühwein und Tannennadeln, die schmucke Leeraner Innenstadt mit dem Weihnachtsmarkt, das lustige Gemisch aus gleichzeitig laufenden Weihnachtsliedern und überall diese ansteckende, fröhliche Geschäftigkeit. Wie ich das alles liebte!

Im Laden hatten Wiebke und ich gut zu tun. Die Kunden suchten nicht nur nach Geschenken, sondern wollten auch selbst fein aussehen. Bei Wiebke und mir waren Stil- und Lebensberatung im Service inbegriffen. Nach all den Jahren waren unsere Augen und Ohren geschult. Besonders Wiebke hatte die wunderbare Gabe, auch die traurigsten Leute zum Lachen zu bringen.

Wenn es da nur nicht den blinden Fleck bei ihr selber gäbe. Ich musste ihr irgendwie beibringen, dass wir ihren Maik schon öfter in schlechter Gesellschaft gesehen hatten. Es konnte nicht leicht sein, einen rebellierenden Halbwüchsigen allein groß zu ziehen. Außerdem war das Geld immer knapp gewesen. Fiel ihr denn gar nicht auf, dass Maik nur noch teure Markenkleidung trug?

In einer kurzen Verschnaufpause schauten wir hinaus auf den bunten Menschenstrom in der Mühlenstraße. Ich räusperte mich und holte tief Luft. »Du, Wieb…«

»Da kommt er wieder«, sagte Wiebke plötzlich und sah mich mitleidig an.

Seit Henk nicht mehr arbeitete, war es schwieriger mit ihm geworden. So kämmte er zum Beispiel die Teppichfransen und ordnete den Inhalt des Wohnzimmerschranks alphabetisch, wodurch ich zu Hause nur noch vorsichtig auftreten und kaum etwas wiederfinden konnte. Da half auch alles Loben nicht mehr.

Heute wartete er schon eine halbe Stunde vor Ladenschluss auf mich. Diesmal ohne Fahrrad. Er ließ den Kopf hängen und blies mit jeder Atemwolke Trübsal. Ich schluckte. Wiebke klopfte mir auf die Schulter und wandte sich einer Kundin zu.

Henk war beim Bäcker das Fahrrad gestohlen worden. In einem kurzen Moment der Unaufmerksamkeit hatte sich ein junger Kerl das Rad geschnappt und war auf und davon gefahren.

Wiedererkennen würde er ihn nicht. Der Polizeibeamte hatte ihm keine großen Hoffnungen gemacht. Die Fahrraddiebstähle hätten sich in letzter Zeit gehäuft. Noch ärgerlicher wären seit Kurzem die Autoteildiebstähle. So manch ein Autobesitzer hätte schon eine böse Überraschung erlebt. Aber das tröstete Henk wenig.

Ich seufzte leise. »Wie lieb, dass du mich trotzdem abholst«, sagte ich und strich ihm über den Rücken.

Zu Hause kochte ich ein Leckerli.

Als ich am Samstagmorgen die *Ostfriesen-Zeitung* aufschlug, verschluckte ich mich beinahe. Eine Kleinanzeige pries ein gebrauchtes Fahrrad an, das verdächtig nach Henks geliebtem Eigentum klang. Darunter eine Handynummer.

Beim Frühstück schob ich Henk die Zeitung zu. »Guck doch mal, ob jemand günstig ein Rad verkauft. Damit du nicht immer das Auto nehmen musst.« Ich bemühte mich, möglichst unaufgeregt zu klingen.

»Hmmm.« Henk kaute missmutig an seinem Marmeladenbrötchen. Er setzte die Tasse an den Mund, stutzte und prustete im nächsten Moment: »Das gibt's doch nicht! Ich glaub, hier verkauft ein Typ mein Fahrrad! In Hohegaste! Wie dreist ist das denn?«

Henk suchte nach dem Telefon. Eine junge Männerstimme antwortete mit »Ja?« Das Fahrrad war noch zu haben.

Henk sprang auf. »Der Kerl wartet in einer halben Stunde auf dem Lidl-Parkplatz auf uns.«

»Damit wir nicht wissen, wo er wohnt«, stellte ich fest.

Henk nickte brummend mit dem Kopf. Wir fuhren zügig und wollten das Gespräch mit dem Dieb schnell auf den Punkt bringen. Doch dazu sollten wir keine Gelegenheit bekommen.

»Da sind sie!« Ich zeigte auf die beiden jungen Männer mit dem schwarzen Hercules-Rad am anderen Ende des Parkplatzes.

Kaum waren wir aus dem Wagen gestiegen, sprangen die zwei Typen auf ein Motorrad und machten sich davon.

»Mist, der Kerl hat mich wiedererkannt«, schimpfte Henk und holte sich sein verwaistes Rad zurück.

Oder mich, dachte ich. Der Kleinere von beiden war mir sofort bekannt vorgekommen. Ich musste dringend mit Wiebke reden. Aber was genau sollte ich ihr sagen? Hundert Prozent sicher war ich mir nicht.

»Tolle Detektivarbeit, Henk! Dass du die Anzeige gleich entdeckt hast ...«

Zur Feier des Tages spendierte ich uns ein Stück warmen Apfelkuchen in der *Ostfriesischen Teestube*.

Henk strahlte mich an. Ich lächelte zurück und dachte verzweifelt, was nun? Unsere Tochter lebte in Mannheim, Enkelkinder hatten wir nicht und irgendwann wäre auch das letzte Zimmer nach Farben oder Anfangsbuchstaben sortiert. Henk hatte sich nicht auf den Ruhestand vorbereitet und wusste auf einmal nichts mehr mit sich anzufangen. Dabei hatte er noch so viel anzubieten. Ich vermisste den alten, tatkräftigen Optimisten von früher.

Wir wurden Stammkunden im *Tatort Taraxacum*, lasen Ermittlerkrimis und entsprechende Fachliteratur und tranken *Tote Tante*. Aber als ich Henk vorschlug, es doch mal als Privatdetektiv zu versuchen, winkte er ab. Er habe keine Lust, untreuen Eheleuten nachzuspionieren.

Ich war ratlos. Bis zum dritten Advent. Da kam Silke wie jedes Jahr zum Plätzchenbacken zu uns.

Wovon Henks jüngere Schwester lebte, wusste niemand so genau. Sie war schon immer eine Lebenskünstlerin gewesen, hatte jahrelang die Welt bereist, bevor sie bei einem Guru in Indien hängengeblieben und dann aus heiterem Himmel wieder in Ostfriesland aufgetaucht war. Jetzt hatte sie ihren grünen Bauwagen auf dem Rest-Hof einer alten Jugendliebe im Moormerland aufgestellt. Allerdings waren die Erntezeiten etwas seltsam und sie roch dann immer so verdächtig nach ... Egal. Ich mischte mich da nicht ein.

Jedes Jahr probierten wir mindestens drei neue Rezepte aus. Nur die Nussknacker blieben immer gleich. Das waren Henks Lieblingsplätzchen.

Die Küche glich bald einer duftenden, mehlbedeckten Winterlandschaft, in der Silke und ich uns nach Herzenslust austobten. Zusammen mit Henk stachen wir Stiefel, Sterne und Monde aus und sangen voller Innbrunst Weihnachtslieder. Aber diesmal war Silke besonders eigen.

»Das sind meine Kekse und das sind eure«, sagte sie, legte all ihre Kekse in die blaue Dose und schob uns die rote zu. »In meinen steckt noch eine Extra-Zutat.« Silke lächelte so mysteriös wie die Mona Lisa mit Rasta-Locken.

Ich sah Henk bedeutungsvoll an, aber der reagierte nicht. Hatte er wirklich keine Ahnung?

Kaum hatte sich Silke wieder in ihren alten VW gesetzt und war nach Hause geklappert, da wollte Henk schon über die Nussknacker herfallen. Ich rettete die Kekse und stellte die blaue Dose in den Schrank. Warte mal, war die rote nicht unsere Dose gewesen und die blaue...? Henk genehmigte sich einen Bommerlunder aus dem Kühlschrank und grinste verschmitzt.

Draußen war es schon dunkel, aber wir wollten noch mal los. In Oldenburg gab es heute Abend ein Santiano-Konzert.

»Fahr du!«, sagte Henk nur und lächelte selig vor sich hin. Wahrscheinlich war das nicht das einzige Gläschen Bommerlunder gewesen.

»Tanken müssen wir auch noch.« Henk reichte mir den Autoschlüssel.

An der Aral-Tankstelle in der Heisfelder Straße war viel los. Vor der Kasse stand schon eine kleine Schlange. Der ältere Herr an der Kasse wollte sich unbedingt seines gesamten Kleingelds entledigen und fing an, die Cent-Stücke zu zählen. Die Frau hinter ihm sah immer wieder auf die Uhr. Sieben Cent fehlten noch. Der ältere Herr begann in seinen Hosentaschen zu suchen.

»Das glaub ich jetzt nicht«, maulte die junge Frau ungeduldig.

An dritter Stelle erkannte ich den Pastor aus der Pauluskirche. Er kramte in seinem Portemonnaie und wurde fündig.

»Hier sind sieben Cent, damit es weitergeht.« Er legte die Münzen auf den Tresen.

Der Mittfünfziger hinter mir applaudierte.

Plötzlich stieß mich ein starker Arm zur Seite. Ein schwarzgekleideter Typ mit Sturmhaube griff sich den älteren Herrn und hielt ihm einen seltsamen Gegenstand an die Brust.

Der Maskierte starrte die junge Frau vor mir an. »So, alle mal herhören! Das hier ist ein …«

»Elektrosch-sch-schocker?«, fragte die junge Frau heiser.

»Genau! Und der hat 500.000 Volt. Keine Ahnung, ob der Opa hier das überlebt.«

Meine Knie wurden weich.

»Nimm diese Plastiktüte und mach die Kasse leer!«, herrschte der Typ die Frau hinter dem Tresen an. »Sonst geht's Opa schlecht. Deine Verantwortung!«

»Junger Mann, ich hab den Krieg überl…«

»Mensch, mach mich nicht nervös!« Der Maskierte schüttelte den dünnen, alten Herrn ungeduldig.

Die Kassiererin brauchte mehrere Anläufe, um die Plastiktüte zu öffnen.

»Wird's bald!«, schrie der Typ sie an. »Sonst bist du gleich das Opfer!«

Die Frau an der Kasse begann zu weinen. Der Pastor neigte den Kopf und faltete die Hände.

Ich hoffte inständig, dass Henk da draußen etwas von dem Überfall mitbekam und die Polizei rief.

Die Tür ging auf. Henk kam lachend hereinspaziert und klatschte in die Hände. Oh je, hatte er etwa doch von Silkes Hasch…? »Bravo!«, rief Henk und ging langsam auf den Maskierten zu. Wie viele Bommerlunder hatte er wirklich getrunken? Was machte er da? »Das war erste Sahne! Erste Sahne war das!« Henk applaudierte wieder. Du lieber Gott!

»Bleib sofort stehen, du Knallkopf!«, brüllte der Maskierte.

Henk ging weiter. »Das war ganz großes Kino, Junge!« Henk war fast bei ihm angekommen und schien immer noch begeistert zu sein. »Das Casting morgen machst du mit links. Wenn die dir die Rolle nicht geben, fress ich 'n Besen, Maik.«

Der Maskierte hatte einen Moment lang die Fassung verloren. Henk schlug ihm den Elektroschocker aus der Hand und riss ihm die Sturmhaube vom Gesicht. Mein Gott! Entsetzt sah ich in Maiks blasses, verstörtes Gesicht. Warum hatte ich Wiebke bloß nichts gesagt? Mir war elend zumute.

Henk legte seinen Arm um Maiks Schulter und sah uns alle mit seinem Dackelblick an. »Es tut mir aufrichtig leid, wenn wir Sie erschreckt haben. Ich hätte nie gedacht, dass der Junge so aus sich raus... Mensch, Maik, du hast echt Talent!« Henk wuschelte ihm durchs Haar.

Ich trat aus der Reihe. »Von wegen großes Kino! Wisst ihr eigentlich, wie peinlich das ist?« Dann schnappte ich mir Henk. »Sag mal, kannst du den Jungen nicht einfach abfragen wie andere Väter auch? – Raus mit euch!«

Maik starrte uns mit offenem Mund an.

»Moment mal! Für diese Art von Spaß habe ich überhaupt kein Verständnis«, sagte der Mittfünfziger plötzlich und zückte sein Handy. »Sie glauben doch nicht im Ernst, dass Sie nach dieser Aktion hier ungeschoren davonkommen. Ich rufe jetzt die Polizei.«

Der Pastor mischte sich ein: »Wollen wir nicht erstmal hören, was ...«

»Nein, wollen wir nicht!«, unterbrach ihn der Mittfünfziger. »Ich lass mich doch nicht von einem bewaffneten Halbstarken verarschen.«

In diesem Moment klingelte sein Handy. Der Mittfünfziger zuckte überrascht zusammen und meldete sich. »Was? Ich hör euch schlecht. – Das Kind ist da? – Och ...«, sagte er gerührt. »Ein Junge.«

»Uns ist ein Kind geboren«, zitierte der Pastor lächelnd aus der Bibel. »Ein Sohn ist uns gegeben.«

»Wie soll er denn heißen?« fragte der Mittfünfziger.

»Und er heißt Wunder-Rat, Gott-Held, Ewig-Vater, Friedefürst ...«

Die Kassiererin sah den Pastor entrüstet an. »Mann, das Kind muss doch mit dem Namen leben können.«

»Wie? Enno? ... Enno! So 'n richtiger Ostfriese also?« Der Mittfünfziger lächelte.

Henk stimmte laut *Oh du fröhliche* an und stieß Maik in die Rippen. Der sang leise mit. *Oh du selige ...* Jetzt sangen wir alle. *Gnadenbringende Weihnachtszeit ...*

»Was wäre das Leben ohne Gnade?« fragte Henk in die Runde, packte Maik am Arm und eskortierte ihn hinaus.

Ich zahlte schnell, rief den übrigen Sängern »Frohe Weihnachten!« zu und lief glücklich zum Auto. Er war wieder da, mein cooler, alter Henk, der so unaufgeregt Probleme lösen konnte.

»Du machst deiner Mutter keinen Kummer mehr«, sagte Henk ernst. »Und den Mist mit den Autoteilen lässt du ab sofort sein, verstanden?«

Maiks Gesichtsfarbe passte sich dem winterlichen Hintergrund an. Er nickte.

»Keine Sorge, das bleibt alles unter uns. Versprochen!«

»Danke!«, murmelte Maik und setzte sich auf sein Motorrad.

»Und wenn du bei irgendwas Hilfe brauchst, Schule, Ausbildung ..., ich hab jede Menge Zeit. Frohe Weihnachten, Junge!«

»Frohe Weihnachten!«, sagte Maik erleichtert und fuhr los.

»Ein Sohn ist uns gegeben«, wiederholte ich nachdenklich.

Henk nahm meine Hand. »Muss ja nicht immer der eigene sein.«

»Du bist der Beste, Henk!«, sagte ich. Und das war nichts als die Wahrheit.

# Nussknacker

*(ohne Silkes Extrazutat)*

**Zutaten:**
250 g Butter oder Margarine
200 g Zucker (fein)
1-2 Eier
1 Prise Salz
1 TL Zimtpulver
375 g Mehl
1/4 Tüte Backpulver
100 g Haselnüsse (gemahlen)
100 g Haselnüsse (gehackt)
Hagelzucker zum Wälzen

**Zubereitung:**
*(Arbeitszeit ca. 30 Min., Backzeit ca. 10 Min., Ruhezeit ca. 1 Std.)*
Die gemahlenen Haselnüsse auf einem Backblech im Ofen braun rösten und immer wieder umschichten. Dann Butter, Zucker und Eier aufschlagen, mit den restlichen Zutaten vermengen und einen Mürbeteig herstellen.
Rollen mit ca. 25 mm Durchmesser formen und diese im Hagelzucker wälzen. Im Kühlschrank kalt stellen.
Die Rollen in Scheiben schneiden, diese auf ein gefettetes Backblech legen und bei 190 Grad 10-12 Minuten backen.

# Upschmoort tuffels

1985

»Nele, hör auf zu trödeln. Du musst an Bord!« Mama drückte mir einen Kuss auf die Stirn. »Sei lieb. Und pass auf deinen Rucksack auf.« Ja, war klar. Ich wusste, was Sache war. Genau wie die anderen Kinder, die am Hafen von ihren Eltern verabschiedet wurden. Die Mamas hatten Tränen in den Augen und mochten ihre Kinder gar nicht loslassen und auch die Papas schauten nicht gerade fröhlich über das Watt. Allerdings lag die Sache bei mir ein wenig anders. Bei mir war es nur die Mama. Mein Stiefvater kam grundsätzlich nicht, worüber ich auch nicht böse war. Dieses Ekel sollte man schön zuhause bleiben und auf dem Sofa seinen Sonntagsrausch ausschlafen. Meine Mama weinte nicht. Normalerweise. Und einen Kuss bekam ich auch nicht. Bis auf heute.

Meine Mama stand mit ihrem dicken Bauch etwas abseits der anderen. Ich winkte ihr zu, stieg an Bord der *Baltrum III* und setzte mich zu den anderen Kindern. Britta, Daniel und Bernd saßen bereits zusammen auf der hinteren Bank und ich schob mich dazu, obwohl ich eigentlich gar nicht mehr zu der Clique gehörte. Die drei waren nämlich im Internat in Esens auf der weiterführenden Schule und ich wohnte in Norden bei Broses und ging auf das Ulrichsgymnasium. Darum konnte ich bei den meisten Themen auch gar nicht mitreden. Aber wir kannten uns, seitdem wir Babys waren. Logisch. Schließlich waren wir auf einer kleinen Insel aufgewachsen und hatten gemeinsam den Kindergarten und die Inselschule aufgemischt.

Die drei zählten ihre Weihnachtsgeschenke auf und ich musste feststellen, dass ich nicht mithalten konnte. Ein Plüschäffchen und ein Pulli, den ich sonst auch bekommen hätte, damit konnte man nicht protzen. Ich hielt mich zurück und dachte an Heiligabendmittag. Da hatte es aufgeschmorte Kartoffeln gegeben. Wie jedes Jahr, seitdem ich mich erinnern konnte. Allein der Duft, wenn man die Küche betrat – das war mein schönstes Geschenk. Na ja, viel mehr gab es auch nicht.

## 2019

*Nelly Braxley parkte ihren Wagen am Neßmersieler Anleger und ging zu dem Häuschen, an dem Garagenvermietung Assing stand. »Kann ich Ihnen mein Auto überlassen?«, fragte sie den jungen Mann hinter dem Schalter.*

*Er lächelte. »Sie meinen aber sicher nur für ein paar Tage, oder? Wie lange bleiben Sie denn?«*

*»Ich weiß noch nicht, aber über Weihnachten bis Neujahr bestimmt«, sagte Nelly.*

*»Wäre dann Sonntag, der dritte Januar okay?«*

*Nelly merkte, wie sich eine leichte Ungeduld bei ihr einschlich. Das Schiff fuhr gleich und wenn sie es verpasste, konnte sie erst morgen fahren. Sie nickte. »Einzelgarage bitte. Und hier ist mein Schlüssel.«*

*»Macht hundertsechzig Euro.«*

*Sie zog die Scheine aus der Tasche, warf sie beinahe auf den Tresen, rannte über die Pier und war die Letzte, die an Bord ging, bevor der Landgang zurückgeschoben wurde. Wie lange war es her? Fast musste sie lachen. Welch eine Frage! Es waren genau vierundzwanzig Jahre und dreihundertfünfundvierzig Tage. Auf der Bank, ganz hinten auf dem Schiff, saßen Kinder. Zügig ging sie auf die Gruppe zu, setzte sich zu ihnen und schloss die Augen. Zuerst war es ruhig, doch schnell verloren die Kinder ihre Scheu und fingen an zu reden. Es war beinahe wie früher. Gut, die Themen hatten sich geändert. Damals waren es Filme, die sie im Fernsehen verfolgt hatten, jetzt lachten die Kinder über die Bilder, die ein blonder Junge den anderen auf seinem Handy zeigte.*

*»Der Fahrkartenschalter wird jetzt geschlossen. Wer noch keine Fahrkarte hat …«*

*Sie schreckte auf. Natürlich. Früher hatte sie eine Monatskarte.*
*Sie stand auf und stellte sich an.*

*»Haben Sie eine Insulanerkarte?«*

*»Nein.« Wie auch? Sie war seit Jahren nicht mehr auf der*
*Insel gewesen. Genaugenommen seit ...*

*»Macht neunundzwanzig Euro.«*

*Sie zahlte und der Mann schob ihr die Karte entgegen.*

*Sie merkte, wie ihre Beine zitterten, als sie nach dem Anlegen*
*den ersten Schritt auf die Insel machte. Sie zog ihren Koffer aus*
*dem Container, atmete tief durch und spürte, wie der kräftige*
*Wind an ihrer Mütze zog. Die Wippe ihrer Vermieterin stand am*
*Reedereigebäude. So hatte es die Frau zumindest versprochen.*

## 1985

»Nele, du kannst an diesem Wochenende nicht nach Hause
fahren.« Mutter Brose, wie ich sie nennen sollte, saß am Tisch
und rührte in dem Teig für die Neujahrskuchen. »Das Watt ist
zugefroren.«

Ich nahm es hin. Ein Wochenende in Norden ohne
Schularbeiten, nur zum Abhängen, damit konnte ich leben.

Doch am nächsten Wochenende ging wieder nichts und an
dem darauf auch nicht. Obwohl es doch eigentlich nicht so kalt
war. Ich habe dann heimlich meine Mutter angerufen, aber auch
die sagte nur: »Warte, bis das Eis taut.« Fünf Wochen vergingen.
Ich wurde immer ungeduldiger. An einem Freitag ging ich zum
Marktplatz. Dahin, wo der Bus immer abfährt.

Aber es dauerte nicht lange, da tauchte Papa Brose auf. Er war
ziemlich sauer. »Wo steckst du denn?«, sagte er wütend. »Wir
wollten doch dieses Wochenende ins Sauerland fahren.«

Also ging ich mit ihm schweren Herzens zurück. Auch darum,
weil mir eingefallen war, dass Broses ja meine Fahrkarte hatten.
Sie wollten darauf aufpassen, hatten sie gesagt, als sie alle
Papiere, die Mama auf Baltrum in meine Tasche gesteckt hatte,
an sich genommen hatten. Schließlich sei ich erst zehn. Und Geld
hatte ich nicht dabei an diesem Nachmittag.

Im Sauerland war es schön. Broses versprachen mir, demnächst wieder dorthin zu fahren. Als ich am folgenden Wochenende nach Baltrum wollte, sagten Broses, das ginge nicht, weil Mama krank war. Ich müsse jetzt erst einmal bei ihnen bleiben. Was sollte ich tun? Natürlich hätte ich heimlich abhauen können. Oder mich einem Lehrer anvertrauen. Aber ich tat es nicht. Ich nahm hin, was die Erwachsenen sagten. Auch weil meine Mutter nicht mehr ans Telefon ging. Nie mehr. Dem Mann vom Amt erzählte ich, wie gut ich es bei Broses hatte. Auch wenn ich mich wie eine Verräterin fühlte.

*2019*

*Erschöpft ließ sich Nelly in den Sessel fallen, der das kleine Zimmer dominierte. Es war keine körperliche Müdigkeit. Vom Hafen bis zur Ferienwohnung im Ostdorf hatte es nur zwanzig Minuten gedauert. Es war das Suchen nach Gesichtern, nach Blickwinkeln. War da nicht ein Spielteich? Dieser Weg führte bestimmt zum Strand. Und dort - die Häuser, versteckt hinter dem Süddeich. Das Geschrei der Möwen und die Pferde auf der Weide! Alles war so vertraut und gleichzeitig fremd. Natürlich hatte sie sich im Internet Bilder angesehen. Immer dann, wenn sie es vor Heimweh nicht ausgehalten hatte. Aber jetzt war sie da. Sie schaute auf die Uhr. Sollte sie ganz pragmatisch erst einmal einkaufen gehen? Wäre doch ziemlich blöd, wenn sie, endlich angekommen, verhungern müsste! Oder sollte sie gleich das Haus aufsuchen, in dem sie ihre Mutter …? Nein. Sie war nicht umsonst still und heimlich auf die Insel gekommen. Sie wollte sich erst einmal umsehen. Sich darüber klar werden, ob sie überhaupt … Energisch stand sie auf, nahm ihre Tasche und folgte der rot gepflasterten Straße durch das Deichschart und sah in der Ferne einen Laden. Inselmarkt las sie, als sie näherkam. War der damals schon dagewesen? Sie konnte sich nicht erinnern. Aber rechts von ihr, im Schwimmbad, da hatte sie ihre Runden gedreht. Alle zwanzig Minuten waren die Wellen gekommen. Als sie nach links blickte, sah sie Stadtlander. Die*

*großen Schaufenster waren neu, aber sofort lief ihr die Spucke*
*im Mund zusammen bei dem Gedanken an die vielen süßen*
*Leckereien, die es dort immer gegeben hatte. Und etwas fehlte:*
*Die Doornkaatuhr vor dem Laden. Groß, eckig und immer ein*
*Ziel von Schneebällen.*

### 1987

Ich hieß jetzt Nele Brose und nicht mehr Albers, und seit zwei
Jahren wohnten wir schon in Puebla. Das ist in Mexiko. Papa
Brose – eigentlich sollte ich ihn nur noch Papa nennen, aber
das fiel mir echt schwer – war vom Volkswagenwerk in Emden
zu VW in Mexiko gewechselt und wir waren mitgefahren.
Ich ging dort auf die deutsche Schule, hatte viele Freunde und
beinahe wäre es schön gewesen, wenn ich Baltrum und meine
Mama nicht so vermisst hätte. Jeden Tag überlegte ich, was ich
verkehrt gemacht hatte. Andere Kinder durften auch bei ihren
Eltern bleiben, auch wenn sie mal Mist bauten. Eine Scheibe
einschlugen oder so. Mit Mutter Brose konnte ich nicht darüber
reden. Sie sagte nur knapp: »Vergiss es. Du gehörst zu uns.«,
wenn ich wieder davon anfing. Das mit dem Vergessen klappte
aber nicht. Anstatt Hausaufgaben zu machen, lief ich wie so oft
in Gedanken zum Strand, spielte Geisterspiele im Tarzanwald
und beobachtete die Kaninchen in den Dünen. Solange bis Papa
Brose eines Nachmittags in mein Zimmer kam, mir mit dem
Heft einen überzog und schrie: »Verdammt, sie wollte dich nicht
mehr, begreif das endlich! Ein neues Leben, das wollte sie. Einen
neuen Mann und sein Kind. Wenn wir dich nicht aufgenommen
hätten, würdest du in irgendeinem Heim verrotten!«

### 2019

*Nachdem sie ihre Einkäufe im Kühlschrank verstaut hatte,*
*war immer noch genug Tag für einen Spaziergang übrig. Nelly*
*wurde von einer Böe erfasst, als sie, am Strandcafé vorbei,*
*durch die Dünen zum Strand hinunter ging. Der Wind fuhr*
*unter ihre Jacke und ließ sie frösteln. Sie bemerkte es kaum. Sie*

*ließ ihren Blick über die sandige Weite streifen, schaute auf das Wasser, das träge, mit kleinen weißen Schaumkronen darauf, an Land lief, jede Welle ein wenig kürzer. In einer Stunde erst war Niedrigwasser. Endlich! Endlich war sie wieder da. Am liebsten hätte sie ihre Schuhe ausgezogen, um unter ihren nackten Füßen den weichen Sand zu spüren. Aber am Tag vor Heiligabend war es wohl eine etwas wagemutige Idee. Am Horizont sah sie ein Containerschiff Richtung Osten ziehen. Sollte sie links zur Strandmauer oder einen langen Gang zum Ostende der Insel machen? Sie entschied sich für links und stapfte bis zum Aufgang, dort, wo die Strandmauer begann. Langsam wurde es dunkel. Ob die Geschäfte noch offen hatten? Sie brauchte eine Mütze, die wärmer war, als die, die sie in Amerika in den Koffer gepackt hatte. Sie hatte Glück. In einem kleinen Laden brannte Licht. Brittas Klüngelbude stand über der Eingangstür. Sie ging hinein. Ob die Frau hinter der Theke wohl genau die Britta war, mit der sie während ihrer letzten Fahrt gemeinsam auf dem Schiff gesessen hatte? Sollte sie fragen? Blonde Haare, ja die Britta von damals war blond gewesen, aber das musste nichts heißen. Aber da war noch etwas. Eine Narbe, ganz klein und kaum zu sehen, auf der rechten Wange. Wie die dahingekommen war, daran erinnerte sich Nelly genau. Es war, als sie einmal in den Dünen Verstecken gespielt hatten und Britta auf einen Baum geklettert war. Dann war sie runtergefallen und hatte sich die Wange aufgerissen.*

»Bist du – Britta? Britta Peters?«

Die Frau schaute sie überrascht an. »Ja. Vor meiner Hochzeit hieß ich Peters. Und ...«

»Nelly Braxley. Also«, Nelly räusperte sich. »Nele Albers. Ganz früher mal.«

Britta Hermes schaute sie einen Moment ungläubig an, dann fing sie an zu lachen, lief hinter der Theke hervor und nahm Nelly in den Arm. »Mensch, Nele, wo hast du gesteckt? Wir haben dich nie mehr wiedergesehen. Erzähl!«

»Eine lange Geschichte, weißt du?«, sagte sie zögernd.

»Okay, dann erzählen wir dir, was auf Baltrum in den letzten Jahren alles passiert ist. Wie wäre es heute Abend um acht im Haus Dünensonne? Da wohnen Gerold und ich nämlich. Ich lade Bernd ein. Den kennst du ja. Und dann wird alles auf den Tisch gepackt. Abgemacht?«

*Was blieb ihr anderes übrig? Zwei weitere Kunden hatten den Laden betreten und forderten Brittas Aufmerksamkeit. Sie nickte nur und verließ das Geschäft. Die Mütze konnte sie auch morgen kaufen und sich selbst zu Weihnachten überreichen. Das wäre dann mal wieder, wie so oft, ihr einziges Geschenk, dachte sie bitter.*

### 2010

Die Schule hatte ich beendet und arbeitete nun auch bei VW. Dort lernte ich Connor kennen. Zuerst mochte ich ihn nicht besonders. Hätte ich damals nur auf mein Inneres gehört! Broses hatten einen Ausflug zum Popocatépetl gemacht und ich hatte in der blauen Mappe geblättert, die seit Jahren bei Mutter Brose hinten im Nachttisch lag. Wenn sie geahnt hätte, was ich da machte, wäre sie ausgerastet. Aber es war mir egal. Ich war kein Kind mehr, sondern erwachsen. Bis ich diesen Satz auf einem Papier fand. Fast hätte ich ihn übersehen. *Hundert Mark an Frau Albers überwiesen.* Danach wurde ich wieder klein und hilflos wie ein Kind. Meine Mutter hatte mich verkauft! Ich weinte und weinte, bis keine Tränen mehr da waren. Kurz darauf heiratete ich Connor und zog mit ihm nach Amerika. Bloß weg von den Broses! Ich fand schnell Arbeit und sparte was ging. Aber da Connor sich weigerte, einer Arbeit nachzugehen, brachte es nicht viel. Genau genommen fast gar nichts. So gingen die Jahre voller Sehnsucht nach der kleinen Insel dahin. Einmal hatte ich es beinahe geschafft und das Geld für einen Flug beisammen. Da entdeckte Connor mein Gespartes und war über Nacht damit verschwunden.

Wieder fing ich an, Geld beiseite zu legen. Dann war es fast so weit. Nach vierundzwanzig Jahren auf der anderen Seite der

Welt ging ich zum Reisebüro und kurz darauf landete ich in Bremen und fuhr mit einem Mietwagen nach Neßmersiel. Ich hätte mit allem gerechnet, jedoch nicht damit, dass mich schon die Fahrt dorthin innerlich so berühren würde. Und als ich am Hafen ankam, hätte ich nur noch heulen können.

### 2019

*Nelly gähnte, öffnete die Augen und sah die Sonne durch das Dachfenster scheinen. Es war spät geworden gestern Abend. Sie hatten sich so viel zu erzählen gehabt, das eine oder andere Glas Sekt getrunken und Erinnerungen ausgetauscht. Einmal war sie in Tränen ausgebrochen, als ihr bewusst geworden war, was sie alles versäumt hatte.*

*Sie stand auf und machte sich fertig, frühstückte, obwohl sie kaum einen Bissen herunterbekam, wanderte über die Insel vom Westkopf bis zur Jagdhütte und zurück, dachte nach, ging weiter und weiter. Der Kreis zog sich enger um das Haus, in dem sie zehn Jahre gewohnt hatte. Die Tür war offen, das war üblich hier. Sie schlich durch den Flur und öffnete die Küchentür. Ein wohlbekannter, wunderbarer Duft schlug ihr entgegen. Auf dem Tisch stand eine Schüssel mit aufgeschmorten Kartoffeln, daneben lagen auf einer Platte zwei dicke Eisbeine. Ihre Mutter – sie war alt geworden, aber sie erkannte sie sofort – und ihr Stiefvater saßen am Tisch. Ihnen gegenüber schob sich ein junger Mann einen dicken Löffel voll Kartoffeln in den Mund. Das musste ihr Halbbruder sein. Britta hatte gestern Abend erzählt, dass der noch zuhause wohnte. Heiligabendmittag. Upschmoort Tuffels. Ein Anblick voller Harmonie. Auch die Küche sah so aus wie früher. Der Vitrinenschrank aus Eichenholz, die blau-weiße Delfter Schüssel darin, der Haken für die Küchentücher an der Seite – alles wie früher.*

*»Wer sind Sie? Wir essen gerade«, sagte ihre Mutter unwirsch und schaute nicht einmal auf.*

*Das reichte. Nele ging zum Tisch, nahm die Schale mit dem Eisbein und schlug sie mit aller Wucht auf den Kopf ihrer*

*Mutter. Das Eisbein fiel herunter, aber Nele schlug weiter und weiter, bis ihre Mutter blutüberströmt hintenüber kippte. Die Schale zerbrach laut scheppernd auf dem Boden. Die noch gut gefüllte Schüssel mit dem Kartoffelmus landete im Gesicht ihres Stiefvaters. Einen kurzen Moment tat es ihr leid um das leckere Essen.*

*Dann wandte sie sich dem jungen Mann zu, der ihren Auftritt wie erstarrt beobachtete. »Hallo. Ich bin Nele, deine Halbschwester. Frohe Weihnachten.«*

# Upschmoort Tuffels

*Upschmoort Tuffels oder auch aufgeschmorte Kartoffeln ist ein Gericht, das es bei uns traditionell Heiligabendmittag gibt.*
*Meine Schwiegermutter nannte es Arme-Leute-Essen. Denn der Insulaner baute seit jeher die eigenen Kartoffeln in den Dünen an und zu jedem Haus gehörte mindestens ein Schwein. Das Fleisch des Tieres wurde nach dem Schlachten gesalzen und getrocknet und so für längere Zeit haltbar gemacht.*

*Zutaten:*
*2 Eisbeine, gepökelt und getrocknet*
*3 Lorbeerblätter*
*5 Pfefferkörner*
*1 kg Kartoffeln*

*Zubereitung:*
*Die Eisbeine mit Wasser, Lorbeerblättern und Pfefferkörnern aufsetzen und gut eineinhalb Stunden kochen. Dann die geschälten Kartoffeln hinzufügen und weitere 30 Minuten kochen.*
*Ist alles gar, das Eisbein und die Lorbeerblätter herausnehmen und die Kartoffeln im Eisbeinsud grob stampfen.*
*Von einem Eisbein das Fleisch lösen, in Stücke teilen und mit zu den Kartoffeln geben. Salzen nach Bedarf.*
*Das zweite Eisbein wird dazu gereicht.*
*Dazu schmeckt eingelegter Kürbis, Rote Bete, Gurken- oder Tomatensalat.*

ELISE ANDRESEN-BUNJES

# »Der Blick des Forschers fand nicht selten mehr, als er zu finden wünschte«

»Was machst du denn da?« Matthias stand an der Bodenluke und sah zu Jette hinüber, die auf den Knien vor einem Karton hockte und darin herumwühlte.

»Ich such die alten Reclam-Hefte aus meiner Schulzeit. Ich bin mir sicher, dass ich sie in eine der Bücherkisten gepackt und auf den Boden gebracht habe.«

Typisch Jette, dachte Matthias. Alles muss sie aufbewahren. Überall stehen Kartons mit Krimskrams rum, von denen Jette meint, sie könnte den Inhalt irgendwann noch einmal gut gebrauchen. Allerdings musste er zugeben, dass dies auch häufiger mal vorkam. Als ihre Enkeltochter vor kurzem ein Engelkostüm für ihr Weihnachtsmärchen brauchte, war Jette auf den Boden geklettert, hatte aus dem Karton mit der Aufschrift ›Theaterstoffe‹ weißen Glitzertüll gezogen und zu Lauras Entzücken ein prachtvolles Engelgewand genäht. Und in einem der anderen Kartons hatte sich dann natürlich auch noch die Goldfolie für die Flügel befunden.

»Was willst du denn mit den alten Heften?«, fragte Matthias.

»Ich brauch *Nathan der Weise* für das Krimi-Seminar an der Bundesakademie in Wolfenbüttel.«

»Weshalb Lessing?«, wollte Matthias wissen.

»Der war dort doch Bibliothekar an der Herzog-August-Bibliothek.«

»Ach ja, richtig, von 1770 bis zu seinem Tod 1781.«

Matthias glänzte gerne mit seinem Wissen.

»Wir sollen für unseren Krimi als Titel ein Zitat von ihm nehmen«, erklärte Jette.

»Originelle Idee!«, befand Matthias.

Jette besuchte öfter mal Fortbildungen: Historischer Tanz an der Heimvolkshochschule Potshausen, Malworkshops an der

Norder Sommerakademie, Schreiblehrgänge am Europahaus in Aurich. Kulturelle Angebote gab es auch in Ostfriesland genug.

Sie war die Kreativere von ihnen, er war eher Pragmatiker.

»Schulmediziner eben«, lästerte Jette oft.

Aber um dieses Seminar beneidete er sie, zumal er selbst schon lange den Gedanken hegte, einen Krimi zu schreiben. Es sollte einer aus dem Krankenhausmilieu werden – Stoff genug hatte er im Laufe seines langen Berufslebens dort gesammelt und wie der perfekte Mord aussehen konnte, wusste er als Kardiologe auch.

»Ich helf dir suchen«, bot Matthias an.

»Nicht nötig, ich besorg mir ein neues Heft bei Schuster in Leer. Da hab ich früher schon immer meine Schullektüre gekauft«, antwortete Jette schnell. Bevor sie sich erhob, schob sie noch hastig mit dem Fuß eine kleine Schachtel hinter die alte Puppenstube ihrer Tochter.

Es hatte gefroren und auf den Straßen war Glatteis. Deshalb zog Jette es vor, mit dem Zug anstatt mit dem Auto nach Wolfenbüttel zu fahren. Matthias brachte sie nach Leer zum Bahnhof. Gleich nachdem er zurück war, begab er sich auf den Dachboden. Was hatte seine Frau da so hektisch zu verbergen gesucht? Er bahnte sich einen Weg zwischen dem alten Lenco-Plattenspieler, der Beatles-Sammlung und dem ausrangierten Ikea-Tischchen.

Dann fand er sie: Briefe – geschrieben in einer kräftigen männlichen Handschrift.

Es waren zehn. Jette hatte sie gelocht, mit einer großen Klammer zusammengehalten und in der Schachtel verstaut. Sie waren unterzeichnet mit »dein Bruno« und es waren eindeutig Liebesbriefe. Das hatte Matthias schon an der ersten Zeile erkannt.

»Meine allerliebste Jette!«

Wieso seine? Sie ist doch meine! Seit 35 Jahren ist sie meine Jette, dachte Matthias, und ich liebe sie immer noch und sie mich auch. Ein bisschen unsicher wurde er, als er an die kleine Krise vor ein paar Jahren dachte. Nachdem die Kinder aus dem

Haus waren, hatte Jette sich von ihm vernachlässigt gefühlt – nun ja, sein Arztberuf war ein Rundumjob. Er hatte mehr Zeit im Krankenhaus verbracht als mit ihr. Da hatte es dann auch angefangen mit den Seminaren.

Matthias nahm den obersten Brief in die Hand.

»Findest du es schlimm, wenn ich dir schreibe, dass ich dich berühren möchte, überall?«

Du Arschloch! *Ich* finde das schlimm, ich finde das empörend, ich finde das … ! Matthias rang nach Luft und zerriss wütend den Brief. Wer war dieser verdammte Bruno? Er durchsuchte die Schachtel nach einer Adresse, aber es lagen keine Umschläge mit Absender darin.

Dann entdeckte er den Zettel, der sich im Deckel festgeklemmt hatte. Es war die Teilnehmerliste eines Seminars in Wolfenbüttel. Der oberste Teil des Blattes fehlte. Daher konnte Matthias nicht feststellen, um welches Seminar es sich gehandelt hatte, aber die Namen waren noch erkennbar. Und da stand er: Bruno Brahms, Bremen. Das musste der Kerl sein.

Wann war denn das gewesen? Matthias suchte nach einem Hinweis und fand unten in der Schachtel einen Verzehrgutschein. Der war fünf Jahre alt.

Verdammt, und nun ist sie wieder unterwegs nach Wolfenbüttel. Es geht ihr gar nicht um das Krimi-Seminar! Wahrscheinlich trifft sie sich da wieder mit diesem verfluchten Bruno.

Matthias ballte die Fäuste. Wie oft haben die sich wohl in der Zwischenzeit getroffen? Jette hat ja mindestens drei Fortbildungen pro Jahr besucht, na ja, Fortbildungen …

Er ging hinunter und rief in der Bundesakademie unter dem Vorwand an, er müsse in einer wichtigen Angelegenheit seinen Kollegen sprechen. Einen Bruno Brahms gäbe es dort nicht, war die Antwort, der sei auch zu keinem Kurs angemeldet.

Dann setzte Matthias sich an den Computer. Bruno Brahms, Bremen, konnte ja nicht so schwer zu finden sein. Als die Internetseite sich öffnete, erschienen zwei Bruno Brahms. Einer war Musiker – nomen est omen, dachte Matthias. Vielleicht hat er sie bei Kerzenschein mit romantischer Gitarrenmusik verführt. Frauen stehen ja auf sowas.

Aber eigentlich tippte Matthias auf den Psychologen mit psychotherapeutischer Praxis. Der wusste doch genau, wie er vernachlässigte Ehefrauen beglücken könnte, und hatte da bestimmt so seine Tricks. Der würde seine Spielchen nicht mehr lange mit Jette treiben. Er suchte die Telefonnummer der Praxis heraus und bat um eine Therapiestunde. Da er es ziemlich dringend machte, indem er etwas von Stimmen im Kopf erzählte, bekam er tatsächlich für den nächsten Tag um 10.00 Uhr einen Termin.

In der Nacht schlief Matthias unruhig und startete schon früh am Morgen seinen V70. Normalerweise nahm er die Strecke über Hilkenborg und Driever am Deich entlang, wenn er in Richtung Leer unterwegs war. Er liebte diese alte Klosterstraße mit den vielen Kurven, die dem früheren mäanderförmigen Verlauf der Ems folgte und über historische Wehre und Siele führte. Aber dieses Mal wählte er die Strecke über die B 70. Dadurch war er sechs Minuten schneller an der Autobahnauffahrt Leer/Ost. Er drückte das Gaspedal durch und nach knapp einer Stunde kam er in Bremen an.

Der Musiker Bruno Brahms wohnte in Bremen Vahr. Matthias parkte sein Auto in einer Nebenstraße und betrat das Hochhaus, dessen abbröckelnde Fassade dringend saniert werden musste. Bruno Brahms wohnte im vierten Stock. Matthias verzichtete auf den Fahrstuhl, in dem es unangenehm nach einer Mischung aus Urin und Bier roch, und nahm die Treppen. Etwas außer Atem klingelte er an der Wohnungstür. Die weihnachtliche Klaviermusik, die dahinter zu hören war, erstarb augenblicklich.

Matthias war überrascht, als ein junger Mann die Tür öffnete, und gab schnell vor, einen Musiklehrer für seine Enkelin zu suchen.

Als er wieder im Auto saß, dachte er: Nein, das ist nicht Jettes Stil. Sie steht mit Sicherheit nicht auf junge Männer. Dieser hier war nicht älter als ihr eigener Sohn.

Er startete den Motor und ließ sich von seinem Navi nach Schwachhausen führen. Die Psychologenpraxis befand sich in einer mit Stuck verzierten weißen Jugendstilvilla. Schmiedeeiserne Blätterranken umrahmten die imposante Balkonbrüstung. Ob das Jettes Stil war? Eigentlich fühlte sie sich doch wohl in dem schlichten, alten, ostfriesischen Landarbeiterhaus aus roten Backsteinen, das sie von ihren Großeltern geerbt hatte. Aber plötzlich war Matthias sich nicht mehr sicher.

Dr. Bruno Brahms erwies sich als ein kleiner, untersetzter Mann Mitte fünfzig. Sein Haar war am Hinterkopf schon etwas gelichtet.

Schön ist er nicht gerade, registrierte Matthias erleichtert. Was sie wohl an dem findet? Aber eine angenehme Stimme hat er. Na ja, ist ja bald auch egal.

»Nehmen Sie Platz, was kann ich für Sie tun?«, fragte der Therapeut und ließ sich schnaufend in dem gegenüberstehenden Sessel nieder.

Herzinsuffizienz, diagnostizierte Matthias im Stillen. Das ist ja einfacher, als ich dachte, und das Wasserglas steht auch schon vor ihm. Als der Therapeut sich kurz umdrehte, um ein Buch aus dem Regal zu nehmen, zog Matthias schnell das Fläschchen mit den Digitalistropfen aus seiner Jackentasche.

Dem Herzensbrecher werde ich jetzt mal das Herz brechen!

Matthias war froh, als er Jette nach drei Tagen vom Bahnhof in Leer abholen konnte. Er fuhr mit ihr gemächlich die alte Straße am Deich entlang zurück. Es war bereits dunkel und die Vorgärten und Häuser erstrahlten im vorweihnachtlichen Glanz.

Matthias hatte sich bemüht, Jette den Empfang besonders schön zu machen. Er hatte rote Rosen besorgt und extra für sie ihre Lieblingsbrötchen gebacken, Krinthstuutjes nach einem alten Rezept ihrer Großmutter.

Sie würden rechtzeitig zum *Fievührtje* wieder zu Hause sein. Matthias war gerne mit ihr in das gemütliche Häuschen an der

Ems gezogen und er zelebrierte inzwischen den *five o'clock tea* der Ostfriesen so perfekt wie ein Einheimischer.

»Das habe ich in Wolfenbüttel vermisst«, sagte Jette, als Matthias ihr den Tee mit Kluntje und Sahnewulkje reichte.

»Und wie war das Seminar sonst?«, wollte Matthias wissen.

»Spannend und lehrreich wie immer! Aber wir waren diesmal nur Frauen.«

»Spielt das eine Rolle, ob Mann oder Frau?«

»Ach, es ist schon interessant zu sehen, wie unterschiedlich Männer und Frauen schreiben.«

»Das kann ich mir gut vorstellen, gerade beim Krimi«, meinte Matthias.

»Besonders bei erotischen Texten, Männer haben da ganz andere Fantasien als Frauen«, ergänzte Jette. »Vor fünf Jahren war ich mal bei so einem Seminar. Da sollten wir uns als Übung gegenseitig erotische Briefe schreiben. Anfangs war uns das ein bisschen peinlich, aber dann haben alle richtig losgelegt. Ich hab die Briefe aufgehoben, in einer Schachtel auf dem Dachboden. Vielleicht werde ich sie noch mal literarisch verwerten. Wie hieß denn bloß noch mal mein Schreibpartner? Ich glaube, Bruno – ja Bruno, so hieß der, und der war ganz jung.«

# Krinthstuutjes (Korinthenbrötchen)

**Zutaten:**
500 g Mehl
40 g Hefe
250 ml Milch
60 g Butter
60 g Zucker
200 g Korinthen

**Zubereitung:**
Hefe mit 5 Esslöffeln lauwarmer Milch und einem halben
Teelöffel Zucker verrühren. Das Mehl in eine Schüssel geben, in
die Mitte eine Vertiefung drücken und die Hefemilch hineingeben.
Mit etwas Mehl bestäuben und zugedeckt an einen warmen Ort
stellen. In der Zwischenzeit die restliche Milch mit der Butter
und dem Zucker lauwarm werden lassen.
Nach etwa 15 Minuten die Flüssigkeit in den Vorteig rühren und
so lange kneten, bis sich der Teig vom Schüsselboden hebt. Dann
nochmals 20 Minuten zugedeckt an einem warmen Ort gehen
lassen.
Die Korinthen unterkneten, eine lange Rolle formen und in 20
Stücke schneiden. Mit der Hand daraus runde Brötchen formen
und auf ein gefettetes Backblech legen. Nochmals an einem
warmen Ort zugedeckt 15 Minuten aufgehen lassen.
Dann werden die Brötchen bei starker Hitze (200 bis 220 Grad)
im vorgeheizten Backofen 10-15 Minuten gebacken. Nach dem
Backen mit heißer Milch oder Butter bepinseln.

REINHOLD FRIEDL

# Weihnachtsmann fährt Wasserski

Er hielt es einfach nicht mehr aus. Er lief in der kleinen Zweizimmerwohnung wie der eingesperrte Panther vor den Gitterstäben umher. Dann ließ er sich wieder in den abgenutzten Sessel fallen und versank in dumpfes Brüten. Er musste hier raus, aber er konnte nicht. Entweder war er innerlich zu nervös oder die Glieder wurden ihm schwer. Das Nichtstun zermürbte ihn. Es musste etwas passieren. Aber was?

Er ging zwar manchmal nach draußen, aber ungern. Das Wetter war seit dem Herbst häufig unwirtlich, kalt, grau und windig. Am liebsten ging er dann zum Strand und beobachtete das Meer. Das Wasser war sein Element.

Im Sommer gefiel ihm das Wetter besser. Gerade im letzten Sommer mit der lang andauernden Wärme- und Hitzeperiode fühlte er sich wohl. Als etwas störend empfand er die vielen Feriengäste in den seltsamen Korbsitzen, die sie Strandkörbe nannten. Gern ging er zum Jachthafen von Horumersiel und ließ seine Gedanken und Träume in die Ferne schweifen.

Ein kleiner Lichtblick war sein Aushilfsjob in der Küche des benachbarten Hotels. Der Chefkoch und die Küchenmitarbeiterinnen waren freundlich zu ihm, da er zuverlässig Kartoffeln schälte und den Abwasch machte. Das war zwar unter seinem Niveau, aber er verdiente ausreichend und war unter Menschen. Auch sprach er ganz gut Deutsch und konnte sich unterhalten. Nur an den neuen Namen hatte er sich noch nicht gewöhnt. Nun war das Restaurant im Winter wegen Renovierung und Umbau geschlossen.

Bald war Weihnachten. Ein Fest, mit dem er wenig anfangen konnte. Aber er hatte sich damit beschäftigt und wusste um dessen Bedeutung. Die wachsende Vorfreude der Nachbarskinder und den Stress der Erwachsenen nahm er stoisch zur Kenntnis.

Dies anschwellende Zustreben auf Weihnachten war ihm fremd. Auch erwartete er keine Geschenke und hatte niemanden zum Beschenken.

Er schlug das Wochenblatt auf, das bei ihm im Briefkasten gesteckt hatte und blätterte ziellos darin. Dann blieb er an einem Foto hängen. Ein Mann in roter Jacke, roter Hose und roter Mütze mit weißen Borten ließ sich auf Wasserskiern in einer Gischtspur durch das Bild gleiten. Vor sich auf den Skiern hatte der Weißbärtige einen Schlitten. Eine Hand fest an der Zughalterung, die andere winkte ihm entgegen. Er betrachtete dies als Einladung und fühlte Energie und Leben in die müden und schweren Glieder zurückkehren. Er las den Artikel dazu.

*Am Sonntag steht an den Hooksieler Skiterrassen der 2. Advent ganz unter dem Motto »Nikolaus – ein Held zum Anfassen«. Bereits ab elf Uhr tummeln sich diverse Engel, Schneemänner und Nikoläuse auf dem kalten Wasser des Hooksmeeres. An diesem Tag werden alle Kostümierten zum kostenlosen Wasserskifahren eingeladen.*

*Um 15.00 Uhr wird während einer kleinen Show der Weihnachtsmann höchstpersönlich mit seinem Gespann und einem Schlitten voller Geschenke zeigen, dass er bei uns im hohen Norden auch auf dem Wasser Ski fahren kann.*

*Für die kleinen Gäste wird es am Nachmittag so richtig aufregend. Dann nämlich wird der Weihnachtsmann in seinem großen Ohrensessel Platz nehmen und aus seinem goldenen Buch vorlesen. Pssst... Kinder können dem Weihnachtsmann ihre geheimsten Wünsche ins Ohr flüstern.*

Das war es, schoss es ihm durch den Kopf. Wasserski. Auf den Geschmack gekommen war er während eines Urlaubs im Al Forsan International Sport Resort in Abu Dhabi. Das hatte er sich leisten können, denn sein Tuchhandel mit Schneiderwerkstatt und achtzehn Angestellten hatte genug abgeworfen. Es war dann seine große Leidenschaft geworden, auf dem Euphrat Wasserski zu laufen. Zusammen mit seinen Freunden hatte er dafür ein ausrangiertes Fischerboot instandgesetzt, umgebaut und mit einem starken Außenbordmotor versehen. Es war eine glückliche Zeit gewesen.

Aber dann begann der Krieg. Sein Vater, zwei Brüder, eine Schwester und die meisten seiner Freunde waren ums Leben gekommen. Als er selbst im Gefängnis gefoltert worden und nur knapp mit dem Leben davongekommen war, überredete seine Mutter ihn zur Flucht. Schweren Herzens hatte er sich auf den gefährlichen Weg gemacht. Bei der verzweifelten Überfahrt mit einem überladenen, seeuntauglichen Boot über das Mittelmeer lernte er das geliebte Wasser von seiner gefährlichen Seite kennen. Sein Überleben aus den tödlichen Wellen verdankte er einem privaten Rettungsschiff, das später beschlagnahmt und auf Sizilien festgesetzt wurde. Die quälenden Gedanken daran drängte er zurück.

Hooksiel kannte er. Es war der Nachbarort von Horumersiel, die beide, wie er erfahren hatte, auf der ostfriesischen Halbinsel lagen. Die Einladung zum kostenlosen Wasserskifahren nahm er als Wink des Schicksals. Nun musste nur noch eine Verkleidung her. Bald hatte er günstig roten Stoff und weißes Fellimitat erstanden. Einen weißen Bart gab es um diese Zeit neben der Buchhandlung in dem großen Andenken- und Souvenirgeschäft, wo auch Zeitungen und Zigaretten verkauft wurden. Beflügelt machte er sich ans Werk, denn es waren noch einige Tage Zeit.

Je näher der Tag kam, umso mehr freute er sich darauf. Gleichzeitig wuchsen seine Bedenken. Sein betreuender Beamter vom Landeskriminalamt Niedersachsen hatte ihm eingeschärft, sich möglichst »normal« zu verhalten, sich am neuen Wohnort zu integrieren und nicht aufzufallen. Aber was hieß schon normal und integrieren? Und nicht auffallen. Als Weihnachtsmann würde er sicher auffallen, aber er wäre verkleidet und an den Hooksieler Skiterrassen wäre er nicht der einzige Weihnachtsmann, also einer unter mehreren oder vielen.

Sollte er den LKA-Beamten unter der Geheimnummer anrufen und ihn um Rat fragen? Er ließ aber zunächst noch einmal Revue passieren, was ihm eingetrichtert worden war. In der Flüchtlingsunterkunft im Rheinland hatte er zwei Landsleute entdeckt, die ihn im Heimatland schwerstens gefoltert hatten. Das hatte er der Polizei gemeldet.

Nach längeren Gesprächen hatte er sich als Kronzeuge für einen Prozess zur Verfügung gestellt. Die Folterknechte sollten nicht ungestraft davonkommen. Sie schienen aber über gute Netzwerke und genügend Finanzmittel zu verfügen, um den Zeugen auszuschalten. Einmal war er von einem Auto gezielt gejagt worden, konnte sich aber durch einen Sprung zur Seite retten. Ein andermal war ein Schuss durch die Fensterscheibe nur knapp neben seinem Kopf in den Türrahmen eingedrungen. Ihn hatten auch mehrere Drohungen erreicht, dass er ein toter Mann sei und sie ihn finden würden.

Daraufhin hatte das Landeskriminalamt Nordrhein-Westfalen ihn zusammen mit dem Bundeskriminalamt in ein Zeugenschutzprogramm aufgenommen. In seinem Fall sei es kombiniert mit dem Opferschutzprogramm. Sie hatten es mit ihm besprochen und er hatte dieser Lösung zugestimmt.

Dort wurde sein altes Leben komplett gelöscht, auch das neue in seinem Zufluchtsland, wo er als Asylbewerber anerkannt worden war. Seitdem hieß er auch nicht mehr Hassan, sondern Karim. Uwe oder Karl-Heinz wäre zu auffällig, wie der LKA-Beamte, der sich als Wolfgang Krause vorgestellt hatte, lächelnd anmerkte. Verschwiegenheit sei oberstes Prinzip im Zeugen- und Opferschutz, wurde ihm eingeschärft. Er wurde vor die schwierige Entscheidung gestellt, das alte Leben komplett zu verlassen und eine neue Identität wie eine neue Haut überzustreifen.

Dann ging es ganz schnell. Die Beamten meldeten ihn bei allen Behörden ab, lösten das Bankkonto und den Handy-Vertrag auf. Dazu musste er alle sozialen Kontakte abbrechen und die digitale Kommunikation kappen. Auch sein Facebook-Profil wurde eingefroren. Dann wurde er an einen Ort in einem anderen Bundesland gebracht, nach Horumersiel, wo das LKA

Niedersachsen die Betreuung übernahm und auch bei der Beschaffung der Wohnung und einer Arbeitsstelle behilflich war.

Es fiel ihm schwer, seine Mutter und die wenigen Verwandten nicht mehr anzurufen, die das Kriegsgemetzel bisher überlebt hatten. Auch seine Freunde fehlten ihm. Seinen besten Freund hatte er trotzdem vorgestern angerufen. Ihm konnte er vertrauen, auch wenn die LKA-Beamten gesagt hatten, dies sei streng untersagt. Sie hatten sich über Wasserski auf dem heimischen Fluss unterhalten und sich über sein Kostüm amüsiert.

Er hatte eine Entscheidung gefällt. Am Sonntag fuhr ein Weihnachtsmann mit dem Fahrrad von Horumersiel Richtung Hooksieler Binnentief und stellte das Rad bei den Hooksieler Skiterrassen ab. Er wurde freundlich begrüßt und befand sich bald unter zehn Weihnachtsmännern, die kostenlos Wasserski fahren wollten. Die Reihenfolge der Fahrten wurde ausgelost. Er zog die Nummer sechs. Die Weihnachtsmänner waren alle gute Wasserskiläufer, drehten ihre Runden, einige zeigten kleine Kunststücke. Einer pflügte mit Schlitten auf den Skiern durch das Wasser.

Karim startete aufgrund eines kurzfristigen Wechsels nach der Nummer vier. Er hatte nichts verlernt. Er fühlte sich wohl und stark. Es war ihm, wie über den Euphrat zu gleiten, auch wenn es hier kälter war. Er musste lächeln, denn zu Hause hätte er mit seiner Kostümierung sicher Spötteleien und herbe Witze geerntet. Mindestens.

Bei seinen Runden ließ er auch die Wassersprungschanze nicht aus und wurde, wie die anderen Weihnachtsmänner, von Engeln und Schneemännern auf den Sitzbänken der Skiterrassen-Gastronomie bejubelt und beklatscht. Die Glühwein- und Kinderpunschbecher wurden in die Höhe gehalten. Es war eine Riesengaudi und alle hatten Spaß.

Auf der gegenüberliegen Seite des Ufers herrschte weniger Vergnügen. Dort lag jemand verdeckt von Büschen und hatte sich ebenfalls verkleidet. Als Angler. Allerdings hatte er in der Schutzhülle keine Angelrute mitgebracht. Langsam und ruhig brachte er das Präzisionsgewehr in Stellung. Er hatte den gut dotierten Auftrag, einen Weihnachtsmann auf Wasserskiern ins Jenseits zu befördern. Als er den Job mitgeteilt bekam, war seine erste Reaktion: »Du willst mich wohl verarschen.«

Er nahm noch einmal den Feldstecher zur Hand. Da drüben wimmelte es von Weihnachtsmännern. Welcher Scheiß-Weihnachtsmann war es denn nun? Er nahm sein Mobiltelefon und sprach mit gedämpfter Stimme hinein. Dann lauter: »Du spinnst wohl. Auch gegen doppeltes Honorar knalle ich nicht zehn Weihnachtsmänner ab. Ich muss ja auch noch wegkommen.«

Am Tag nach Weihnachten wusste Karim immer noch nicht, in welcher Lebensgefahr er sich befunden hatte. Er hatte sich entschlossen, einen Bummel über das Winterdorf zu machen. Er hatte gehört, dass dies Winterdorf Horumersiel eine wangerländische Attraktion für die Tage zwischen Weihnachten und Silvester sei, beliebt bei Groß und Klein. Es fand wie jedes Jahr vom 28. bis 30. Dezember auf dem Dorfplatz statt. Dort wurden die Gäste mit typischen Spezialitäten verwöhnt.

Wie er beim bunten Treiben in der Budenstadt erfuhr, waren dabei heißer Caipirinha, Glühwein und Eiergrog sehr beliebt, welche nach traditionellen Rezepten hergestellt wurden. Eine Friesengeist-Meile entdeckte er dort, wozu es auch einen Wettbewerb mit brennenden Gläsern und Holzschuhen gab, deren Sinn er nicht vollständig verstand. Eine heiße Party zur kalten Jahreszeit, wie ihm von einem Koch aus seinem Restaurant erzählt wurde.

Dieser lud ihn zu einem Eiergrog ein und meinte, dass er den unbedingt probieren müsse. Er fragte, ob der mit Alkohol sei. Ja, das sei ja das Gute daran. Er überlegte kurz und kam zu dem Schluss, dass er sich ja integrieren solle. Außerdem war es schon dunkel und Allah würde es nicht sehen, wie ihm ein Freund beim Urlaub in Abu Dhabi gesagt hatte.

Nach dem zweiten Eiergrog ging er beschwingt und müde zugleich nach Hause. Er sah nicht den Mann im Outdoor-Outfit, der ihm unauffällig folgte. An einer dunklen Wegbiegung überholte er Karim, stellte sich ihm in den Weg und zog einen Revolver aus der Jackentasche.

Ein Schuss fiel. Der Auftragskiller ging zu Boden, ließ die Waffe fallen und hielt sich mit beiden Händen den Oberschenkel. Karim sah nun seinen LKA-Betreuer Wolfgang Krause mit einem Kollegen aus dem Schatten treten. Die Hände des Angeschossenen blieben nicht länger am Oberschenkel, sondern steckten alsbald in Handschellen. Eine Ambulanz wurde gerufen.

Der LKA-Beamte nahm seinen Schutzbefohlenen zur Seite.

»Du hast dich nicht an die Regeln gehalten. Das Telefonat mit deinem Freund hat dich in Lebensgefahr gebracht. Leider hat er eine Kleinigkeit verlauten lassen und wurde dann massiv bedroht und erpresst. Ihn hier,« er zeigte auf die Ambulanz, »wollten wir auf frischer Tat aus dem Verkehr ziehen. Und wir müssen uns demnächst unterhalten, wie und wo es weitergeht.«

»Okay, müssen wir wohl. Aber ich fange langsam an, mich an die Gegend zu gewöhnen. Am liebsten wäre mir aber, dass der Krieg vorbei ist. Frieden herrscht. Und ich nach Hause zurückkehren kann. In Sicherheit und Würde.«

# Eiergrog

*Zutaten:*
*3 Eigelb (Größe M)*
*3 EL Zucker*
*100 ml brauner Rum*
*Muskat*

*Zubereitung (15 Minuten, leicht):*
*Eigelb und Zucker auf einem warmen Wasserbad dickcremig aufschlagen. Rum und 400 ml kochendes Wasser verrühren und unter Rühren zur Eigelbmasse geben. Eiergrog in Gläser füllen und mit Muskat bestreuen.*

CARMEN SCHMIDT

# Großheider Spezialitäten

Mein Name ist Reiner Mertens. Ich bin 44 Jahre alt, geschieden und seit drei Monaten Landarzt in Großheide. Wie ich ausgerechnet hierher kam? Ich habe eine teure Scheidung hinter mir und war praktisch pleite. Da las ich zufällig den Aufruf dieser Gemeinde, die dringend einen Landarzt suchte: »Wir bieten finanzielle Förderung der Ansiedlung und Unterstützung bei der Suche nach Räumlichkeiten und Wohnraum. Arbeiten Sie da, wo andere Urlaub machen.«

Das klang so verlockend, dass ich mich vorerst hier niederließ. Wir sind insgesamt 8.511 Einwohner. Großheide zählt zu den kleinsten Einheitsgemeinden in Ostfriesland. Die Gegend lebt vom Tourismus. Zwei historische Windmühlen und die um 1200 entstandene Bonifatiuskirche stellen die einzigen kulturellen Sehenswürdigkeiten dar. Die beliebtesten Attraktionen für Touristen sind Boßeln, Sandsackwerfen und der Knochenbrecher, der verletzten Tieren die Gelenke wieder einrenkt.

Sie merken schon: Außer Gegend ist hier nicht viel los.

Die Bewohner der Altenheime zählen zu meinen treuesten Kunden. Neue Patienten finden nur spärlich den Weg in meine Praxis im Grünen. Umso erstaunter war ich, als am Freitag vor Weihnachten zwei ältere Damen auftauchten. Ich wollte gerade die Tür abschließen, um ein paar letzte Weihnachtseinkäufe zu erledigen.

»Wir brauchen dringend einen Termin«, rief eine der Damen aufgeregt. »Nach Weihnachten«, antwortete ich unwillig und schob sie zur Seite.

»Das ist sozusagen ein Notfall. Wir müssen Sie sofort sprechen«, drängte die andere. Ich überlegte kurz, dann schloss ich die Tür wieder auf. Schließlich konnte ich es mir nicht leisten, auch nur einen potenziellen Patienten zu verärgern.

Ich bat die Damen ins Sprechzimmer und musterte sie beim Eintreten unauffällig. Beide schätzte ich auf Anfang siebzig. Sie waren frisch frisiert und gut gekleidet. Ein Hauch Chanel Nr. 5 umwehte mich, als sie an mir vorbeirauschten.

Sie setzten sich mir gegenüber. »Also, wie kann ich Ihnen helfen?«, fragte ich.

»Der Friedrich muss weg«, erklärte eine der Damen resolut.

»Sonst werden wir richtig krank«, fügte die andere hinzu.

Ich runzelte die Stirn und verstand nichts. »Beruhigen Sie sich und fangen Sie ganz von vorne an«, schlug ich vor.

Die blonde Dame holte tief Luft: »Also, ich bin Elfriede Woelk, das ist meine Mitbewohnerin Heide. Wir wohnen hier im Altenheim ›Dat lüttje Huus för olle Lü‹, das Sie schon öfter besucht haben. Sie wissen bestimmt, dass es außer den Pflegefällen auch Wohngruppen für Senioren gibt, die sich noch selbst verpflegen können. Wir wohnen in einer Wohngruppe zu viert. Zwei Männer, zwei Frauen. An Bruno haben wir nichts auszusetzen. Unser Problem ist Friedrich. Er soll ausziehen.«

Gegen meinen Willen musste ich lächeln.

»Was hat er denn getan?«

»Das ist es ja. Er tut nichts. Wir kochen regelmäßig in der Gruppe. Jeder lebt in einem Einzelzimmer mit Sanitärbereich. Die Küche und das Wohnzimmer gehören allen. Wir kochen abwechselnd und essen zusammen. Friedrich kocht nie. Nach dem Essen räumen wir das Geschirr auf, bis auf Friedrich. Er lässt seine Teller und Gläser einfach stehen. Am Saubermachen der Küche und des Wohnzimmers beteiligt er sich auch nicht.« Heide hob den Zeigefinger: »Und neuerdings ist es in seinem Zimmer abends sehr laut. Da hat er Damenbesuch und dreht den Plattenspieler voll auf. Immer nur Opern. Das ärgert uns dermaßen, dass wir mit Magenschmerzen und Schlafstörungen zu kämpfen haben. Es wird alles bestimmt noch schlimmer, wenn er nicht endlich auszieht.«

Ich überlegte. »Vielleicht fordern Sie ihn erstmal auf, sich an die Spielregeln zu halten.«

»Das haben wir schon oft versucht«, erklärte Elfriede. »Aber es hat nichts genützt. Ach, wissen Sie was, kommen Sie doch heute Abend zu unserer Weihnachtsfeier. Da können Sie ihn gleich kennenlernen. Sie sind herzlich eingeladen.«

Ich war von dieser Idee nicht begeistert, aber schließlich ließ ich mich breitschlagen. Vielleicht konnte ich bei dieser Gelegenheit einige neue Patienten gewinnen.

»Dat lüttje Huus för olle Lü« war ein sehr geräumiges, mit Reetdach gedecktes Haus und einem großen Garten. Es lag ganz in der Nähe der Kirche und war barrierefrei.

Elfriede und Heide zeigten mir ihre gemütlich eingerichteten Zimmer im Erdgeschoss, die Küche und den Gemeinschaftsraum.

Alles wirkte sehr sauber und einladend. Die größte Überraschung war für mich die Terrasse. Die beiden pflanzten keine Blumen, wie ich vermutet hätte. Elfriede und Heide zogen in großen Töpfen viele verschiedene Kräuter, die gut gediehen. Sie hatten sogar ein kleines Gewächshaus für den Winter gebaut.

»Das haben wir alles selbst angelegt«, sagte Elfriede stolz.

»Hier wachsen neben unserem geliebten Oleander auch Rosmarin, Thymian, Dill und Petersilie. Dann haben wir noch Kamille, Schnittlauch, Salbei und Johanniskraut. Die Blüten sind gut für die Nerven und die Stimmung. Davon brühen wir uns oft einen Tee.« Heide kicherte: »In letzter Zeit dauernd.«

»Sie kennen sich ja gut aus mit Kräutern«, meinte ich anerkennend.

Die beiden lächelten. »Wir haben viel darüber gelesen. Aber jetzt gehen wir erst mal zum Essen. Zu Weihnachten gibt es eine Spezialität unserer Region: Pellkartoffeln mit Grotheider Stipp. Es wird Ihnen bestimmt schmecken.« Beide hakten sich bei mir ein und führten mich in den großen Speisesaal, wo es schon verlockend duftete. Ein festlich geschmückter Weihnachtsbaum stand mitten im Raum und verbreitete weihnachtliche Atmosphäre. Zwei lange Tische mit weißen Tischtüchern und roten Kerzen warteten auf die Senioren. Auf jedem Tisch standen große Schüsseln mit dampfenden Pellkartoffeln und kleinere mit der berühmten Sauce.

»Da, neben dem Baum steht Friedrich«, flüsterte Elfriede mir ins Ohr. Ein grau melierter, schlanker Herr stand neben einer attraktiven Rothaarigen und unterhielt sich angeregt mit ihr. Die beiden schienen sich gut zu verstehen und lachten oft während des Gesprächs. Meine beiden Begleiterinnen zeigten plötzlich finstere Mienen, während sie beobachteten, wie er seiner Gesprächspartnerin liebevoll einen Arm um die Hüfte legte und sie zum Stuhl führte.

Mir wurde klar: sie waren eifersüchtig, das war ihr Problem.

»Von wegen Paschamanieren«, sagte ich verärgert, »Sie sind wütend, weil Ihr Friedrich mit einer anderen flirtet. Hat er Ihnen vorher den Hof gemacht?«

»Ja«, gab Elfriede verlegen zu. »Zuerst hat er mich umworben, aber nur für vier Wochen. Dann machte er Schluss.«

»Danach war ich dran«, sagte Heide kleinlaut. »Wieder dasselbe Spiel. Nach drei Wochen gab er mir höflich einen Korb. Seit einigen Tagen flirtet er mit Regina, unserem Neuzugang. Sie passt eigentlich gar nicht hierher, ist viel zu jung. Gerade mal 60, total fit, sie könnte noch gut allein wohnen. Und er ist schon 78, dass die sich nicht schämen. Sie ist bestimmt nur scharf auf sein Geld. Friedrich ist ja nicht unvermögend.«

»Warum sollten sie sich schämen? Liebe kennt kein Alter. Gönnen Sie ihm doch sein Glück.« Die beiden begannen mich zu nerven. Da konnte ich nicht helfen.

»Egal wie – Friedrich muss ausziehen. Wir ertragen das nicht länger«, Elfriede wurde laut. »Er tanzt uns hier auf der Nase herum, wir ärgern uns bis zum Magengeschwür. Sie wird ihn ausnehmen wie eine Weihnachtsgans.«

»Ich kann ihn nicht zum Auszug zwingen«, sagte ich gereizt.

Das Essen schmeckte hervorragend, doch ich fühlte mich zwischen den schlecht gelaunten Damen unwohl. Nach dem Schokopudding verabschiedete ich mich schnell und war sicher, nie wieder etwas von dieser Sache zu hören.

Sie können sich sicher meine Verwunderung vorstellen, als kurz nach Weihnachten Friedrich bei mir auftauchte.

»Ich brauche dringend Ihre Hilfe«, erklärte er. »Meine Freundin und ich wollen zusammenleben. Wir werden bald heiraten. Für das Altersheim fühlen wir uns zu jung. Ich habe gehört, wie Sie sich für uns eingesetzt haben, deshalb bin ich hier.«

Er holte eine Schnapsflasche mit handgeschriebenem Etikett aus einer grünen Plastiktüte mit der Aufschrift *Grootheider Törfbrott – Ihr Kräuterbonbon* und stellte sie auf meinen Schreibtisch. »Grootheider Bittern«, sagte er. »Falls Ihnen mal was auf den Magen schlägt.« Ich nahm die Flasche an mich und packte sie schnell in meine Arzttasche. Die anderen Patienten sollten keinen falschen Eindruck von mir gewinnen. Eigentlich mochte ich keinen Magenbitter, aber ich wollte nicht unhöflich sein.

»Also, was kann ich für Sie tun?«, fragte ich.

Friedrich seufzte, eine leichte Röte überzog sein Gesicht. »Da gibt es nur ein Problem. Ich bin wesentlich älter als meine Freundin. Sie ist sexuell noch sehr aktiv, kennt viele ungewöhnliche Praktiken. Oft denke ich, da kann ich nicht mehr lange mithalten. »Um es kurz zu machen: Doktor, könnten Sie mir Viagra verschreiben?«.

Ich überlegte. »Im Prinzip schon. Doch vorher müsste ich Sie eingehend untersuchen und einige Tests machen. Viagra kann beträchtliche Nebenwirkungen hervorrufen wie Kopfschmerzen, Sehstörungen, eine verstopfte Nase und schlimmstenfalls eine Dauererektion.«

Friedrich lachte. »Das wäre doch prima. Im Ernst, ich bin kerngesund. Ich kann nur nicht mehr so lange – Sie wissen schon, was ich meine.« Ich nickte und bat ihn, sich freizumachen. Dabei hörte ich es in seinen Hosentaschen klimpern. »Handschellen«, erklärte er mit einer Stimme, als wären die selbstverständlich für einen alten Don Juan.

Ich maß seinen Blutdruck und sagte beiläufig: »Sie werden aber Ärger mit Ihren früheren Freundinnen kriegen, das ist Ihnen klar?«

Er lächelte. »Ja, das weiß ich. Aber wissen Sie, es ist so schön, sich im hohen Alter noch einmal richtig zu verlieben. Elfriede und Heide werden das sicher verstehen.«

Ich bezweifelte es stark. Und ich sollte recht behalten.

Gerade hatte ich Friedrichs Testergebnisse ausgewertet, die allesamt positiv ausfielen. Morgen wollte ich ihm ein Viagra-Rezept vorbeibringen und bei dieser Gelegenheit nach Elfriede und Heide sehen.

Doch so weit sollte es nicht kommen. An diesem Tag erschienen die beiden älteren Damen wieder, mit hochroten Gesichtern, nach Luft ringend. »Herr Doktor, Sie müssen sofort ins Heim kommen«, rief Heide. » Friedrich liegt im Bett und rührt sich nicht. Regina will uns nicht zu ihm lassen. Und den Notarzt ruft sie auch nicht.«

Ich schnappte mir den Arztkoffer und fuhr mit ihnen ins Heim.

Im Wohnzimmer empfing uns eine völlig verstörte Regina. »Ich bin schuld«, schluchzte sie, »hätte ich ihm heute Nacht nur nicht so eingeheizt. Er wollte mir unbedingt beweisen, dass er immer noch ein toller Liebhaber ist. Beim zweiten Mal hat er schon nach Luft gerungen. Aber dann hat er sich wieder beruhigt und ist eingeschlafen. Heute Morgen lag er leblos neben mir.«

Friedrich sah aus, als schliefe er friedlich. Ich untersuchte ihn, konnte aber nichts Auffälliges feststellen. »Sieht nach einem normalen Herzversagen aus«, meinte ich und stellte den Totenschein aus.

Elfriede stürzte sich wie eine Furie auf Regina und trommelte mit beiden Fäusten auf ihre Brust. »Du hast ihn auf dem Gewissen«, schrie sie. »Du mit deiner Unersättlichkeit. Er hat sich verausgabt, das hast du nun davon. Und heiraten wollte er dich?« Sie stieß ein schrilles Lachen aus. »Das erzählte er doch jeder.«

Regina wurde immer blasser. Heide saß zusammengesunken in einer Ecke und weinte still in ihr Taschentuch.

Ich wusste mir keinen Rat. Schließlich nahm ich den Magenbitter, der immer noch in meiner Tasche lagerte, und ging in die Küche.

Die Damen konnten vielleicht einen Schluck vertragen. Ich füllte drei Gläser und trug sie ins Wohnzimmer. Heide hatte sich aufs stille Örtchen zurückgezogen. Man hörte nur ihr regelmäßiges Schluchzen.

Elfriede nahm ein Glas und stürzte den Inhalt hinunter. Auch Regina trank zögerlich den eingeschenkten Magenbitter. »Wir könnten uns über Friedrichs Beerdigung unterhalten«, schlug ich vor. »Alle Heimbewohner werden sich von ihm verabschieden wollen. Hatte er Angehörige?«

»Nein, er war alleinstehend.« Plötzlich wechselte Elfriedes Hautfarbe von weiß ins Gelbstichige. »Ich habe Kopfschmerzen und mir ist übel«, stöhnte sie.

»Ich auch«. Regina sah nicht viel besser aus. Das konnte doch nicht an einem Gläschen Schnaps liegen. Ich sah sie mir genauer an.

Beide schwitzten, ihre Pupillen waren stark erweitert. Typische Vergiftungserscheinungen. Ich zückte sofort mein Handy und rief den Krankenwagen. Schnell erklärte ich den Sanitätern die Sachlage. Heide war inzwischen zurückgekehrt und blickte sich fassungslos um.

Sie sah, dass ein Glas noch voll war und roch daran. »Das riecht wie der Magenbitter, den wir Friedrich zu Weihnachten geschenkt haben. Wir wollten uns an ihm rächen und haben ein wenig Saft des Gelben Oleanders in die Flasche gegossen. Eigentlich sollte ihm nur fürchterlich schlecht werden.

Oh Gott, nun haben wir ihn vergiftet. Oleandersaft enthält Glykoside. Zuviel davon verlangsamt den Herzschlag, bis er ganz aufhört.« Ihr Gesicht wurde kreidebleich.

»Den Schnaps hat er mir geschenkt«, erklärte ich, »Friedrich hat nichts davon getrunken, aber nun hat Elfriede ihr eigenes Gift geschluckt.«

Nachdenklich sah ich den toten Friedrich an. Erst jetzt fiel mir der Zipfel einer grünen Plastiktüte auf, der unter seinem Bett hervorlugte. Ich zog sie hervor und las die Aufschrift: *Grootheider Törfbrott – Ihr Kräuterbonbon.*

»Ich glaube, die Leiche muss zur Obduktion in die Rechtsmedizin. Vielleicht habe ich meine Diagnose vom normalen Herztod zu schnell gestellt und hier hat jemand nachgeholfen.«

Der Pathologe stellte an winzigen Faserresten in Friedrichs Haaren fest, dass er mit einer grünen Plastiktüte erstickt wurde. Regina ist noch nicht vernehmungsfähig, aber man hat Hautpartikel von ihr unter Friedrichs Fingernägeln gefunden.

Bestimmt keine Ekstase – eher Gegenwehr.

Regina und Elfriede werden überleben. Bis jetzt können wir nur spekulieren, ob es wirklich ein Sexunfall war. Ich bin gerade auf dem Weg ins Krankenhaus und danke unserem Herrgott, dass ich keinen Magenbitter mag.

# Rezept für Grotheider Stipp

*Für 4 Portionen*

## Zutaten:
2 EL Margarine
1 mittelgroße Zwiebel
2 EL Mehl
3/4 l Milch
1 gehäufter TL Salz

## Zubereitung:
Die Zwiebel klein schneiden. Die Margarine in der Pfanne erhitzen, die Zwiebel hinzufügen und braun anbraten. Anschließend das Mehl hinzufügen und kurz etwas braun werden lassen. Dann unter stetigem Rühren die Milch hinzufügen, aufkochen lassen und ca. 10 Minuten auf kleiner Flamme unter häufigem Rühren köcheln lassen. Mit Salz abschmecken.
Schmeckt sehr gut zu Pellkartoffeln.

# Weihnachten bei Oma

Gleich mal vorab: Ich kann nichts dafür, was passiert ist! Es gibt eben Zufälle, denen man nicht entweichen kann. Von daher wasche ich meine Hände in Unschuld. Weihnachten ist doch das Fest der Liebe!

Mit dem Gedanken wollte ich auch in diesem Jahr die Feierlichkeiten auf Langeoog bei meiner Oma verbringen. Sie war bei meinem Anruf vor vier Wochen völlig aus dem Häuschen gewesen. »Das wird ja dieses Jahr das Fest der Feste!«, jubelte sie. »Tant' Greta ist schon länger da und so sitzen wir drei alten Tanten ganz lauschig unterm Baum. Ach, und zum Weihnachtsgottesdienst können wir in die Langeooger Kirche gehen.«

Ich widersprach nicht, auch wenn ich mich mit meinen nunmehr fünfzig Jahren beileibe nicht als alte Tante sah. Bei Tant' Greta und Oma war das was anderes. Die näherten sich bereits dem Verfallsdatum und hatten die Achtzig lange überschritten. Tant' Greta war, im Gegensatz zu meiner Oma, eine unangenehme Person. Wir waren nie dicke Freunde gewesen, seit sie mir als Kind beim Schwimmen lernen mitten im See einfach den Reifen weggenommen hatte, weil sie meinte, nur so lerne man das wirklich und wahrhaftig. Dass ich dabei beinahe ersoffen wäre, war nicht erwähnenswert, aber es hatte meine Sympathie für sie zeitlebens gegen null laufen lassen.

Weihnachten bei Oma, das weckte Erinnerungen an meine Kindheit. An Geborgenheit und Wärme. Das konnte ich gerade richtig gut gebrauchen, denn mein Mann hatte mit seinen sechzig Jahren die Jugend in sich wiederentdeckt und mich gegen ein jüngeres Modell eingetauscht. Ich wollte mir darüber aber den Kopf nicht mehr zerbrechen und besann mich auf alte Werte, die mich seit jeher durchs Leben getragen hatten. Weihnachten bei Oma war für mich der Inbegriff dafür. Weihnachtskekse, Omas selbst gekochter Weißer Glühwein, Kartoffelsalat und Würstchen am Heiligen Abend, Gänsebraten am ersten Feiertag. Das wollte ich dieses Jahr haben, genau wie den völlig überladenen Weihnachtsbaum mit Lametta und Strohsternen.

Am 23. Dezember machte ich mich auf den Weg nach Bensersiel, um mit dem Fahrgastschiff überzusetzen. Leider hatten noch mehr Menschen diese grandiose Idee und planten, Weihnachten auf der Nordseeinsel zu verbringen. »Auf dem Festland ist es so ungemütlich«, hörte ich eine Frau sagen. »Auf Langeoog hingegen kann ich am Strand laufen und allen Stress vom Nordseewind wegpusten lassen.«

Genauso stellte ich mir das auch vor. Nach einem ausgiebigen Strandspaziergang bei Oma eine »moi Tass Tee« genießen und dazu selbstgebackene Kekse essen. Im Backen war Oma unschlagbar, genau wie in der Herstellung ihres Weißen Glühweins, den sie nach altem Familienrezept kreierte und niemandem, wirklich niemandem, die Zusammensetzung verriet. »Das Rezept bekommt ihr erst nach meinem Tod«, erklärte sie jedes Jahr aufs Neue. Ohne den Satz war für mich kein Weihnachten.

Das Schiff legte ab und pflügte durch die Fahrrinne. Es herrschte eine steife Brise, mir war nicht danach, mich ans Oberdeck zu begeben, und ich zog es deswegen vor, mir am Imbiss einen warmen Kakao zu holen, als kleine Vorfreude auf das, was mich die nächste Woche bis kurz vorm Jahreswechsel ereilen würde. Dabei konnte ich auf dem Schiff in Ruhe die großformatigen Inselporträts betrachten und mich auf Langeoog einstimmen.

Ich schaute auf die braungrüne Nordsee, die sich mit ihren wilden Schaumkronen nicht in Weihnachtsstimmung zeigte. Sie hatten für die Nacht einen handfesten Sturm mit Orkanböen angekündigt. Darauf konnte ich getrost verzichten und hoffte, dieses Unwetter mochte warten, bis ich Land unter den Füßen hatte, denn wirklich seefest war ich nicht. Mir reichte das Geschaukel schon jetzt.

Die anschließende Fahrt mit der Inselbahn beruhigte mein Gleichgewichtssystem wieder und ich erfreute mich an den mit leichtem Schnee bedeckten Wiesen und den Dünen, die sich im Osten der Insel in ihrer vollen Größe auftürmten. Die Salzwiesen lagen fast verwaist da, um diese Jahreszeit waren nur wenige Vögel dort zu Gast. Einzig eine Sumpfohreule flog in ruhigem Flug neben dem Zug her. Am Bahnhof angekommen, suchte ich mein Gepäck aus dem Wagen mit der entsprechenden Nummer heraus. Kutschen warteten auf Mitreisende. Pensionen und Hotels standen mit Fahrradanhängern und Bollerwagen bereit.

Ich schlüpfte durch die Menschenmassen und suchte nach Oma, die offenbar meine Ankunft vergessen hatte. Jedenfalls war weder von ihr noch von Tant' Greta eine Spur zu entdecken. »Ich glaube, sie wird doch alt«, versuchte ich vor mir selbst ihr Fehlen zu entschuldigen. »Früher hätte sie schon eine halbe Stunde vor Ankunft der Inselbahn hier auf mich gewartet.«

Ich stapfte also mutterseelenallein durch Langeoogs weihnachtlich geschmückte Straßen, meinen Trolley im Schlepp. Der Wasserturm auf der Kaapdüne erhob sich majestätisch gegen den blauen Himmel. Möwen kreischten, es war wie ein Nachhausekommen. Weil ich es nicht eilig hatte, wurde ich so manches Mal von anderen Gästen überholt. Ich bog nach rechts in die Barkhausenstraße ein, wo es verführerisch nach Glühwein und Bratwurst duftete. Weihnachtsduft, dachte ich. Ich bin angekommen!

Weil Oma und Tant' Greta mich versetzt hatten, schadete ein kleiner Auftaktschluck sicher nicht. Ich stellte meinen Trolley ab, ließ mir einen Glühwein mit Schuss einschenken und genoss das erste spürbare Weihnachtsfeeling. Das heiße Getränk tat gut, machte das Leben leicht, und so fand ich es logisch, einen weiteren Becher zu bestellen. Auf einem Bein konnte man ohnehin nicht stehen.

Anschließend bog ich rechts in die Gartenstraße ab, bis ich vor dem Haus meiner Großmutter stand. Erst lief ich vorbei, denn es sah anders aus als erwartet. Kein Weihnachtsglanz, wie ich es von Oma gewohnt war. Nicht mal ein kerzengeschmückter Tannenbaum wiegte sich im Nordseewind. In Omas Garten war von all dem nichts, aber auch gar nichts zu erkennen.

Fassungslos starrte ich zu Omas tristem Haus. Von innen ertönten laute Bässe. Oma war also zu Hause. Aber die Musik passte nicht zu ihr. War sie etwa aus ihrem kleinen Häuschen geworfen worden? In Gedanken sah ich meine kleine Oma, deren grauer Dutt sich jetzt doch aufgelöst hatte. Und Tant' Greta ... Hier stockten meine Gedanken, denn es war völlig abwegig, dass man Tant' Greta überwältigt hatte. Sie war zwar ein ebensolches Antiquariat wie Oma, aber sie war herrisch und laut. Sie würde allen mit ein paar gezielten Hieben das Nudelholz über den Schädel ziehen und damit hätte sich der Hausraub erledigt. Aber was zum Teufel ging gerade in Omas kleinem Häuschen vor? Warum war sämtlicher Weihnachtszauber bis einen Tag vor Heiligabend an meiner Großmutter vorbeigezogen? Das passte wirklich überhaupt nicht zu ihr.

Ich machte vorsichtig einen Schritt auf die Haustür zu. Es wäre gut gewesen, Ohropax in der Tasche zu haben, denn mir dröhnten die Bässe jetzt lautstark entgegen. Wie sollten Oma und Tant' Greta aber bei diesem Lärm mein Klingeln hören? Ich drückte den Knopf. Einmal. Zweimal. Dreimal. Natürlich tat sich nichts.

Danach verlegte ich mich aufs Klopfen, was genauso sinnlos war. Schließlich drückte ich die Klinke herunter. Die Tür war nicht einmal verschlossen. Der Lärm kam eindeutig aus der Stube, die unter normalen Umständen, passend zu Omas Friesenambiente, weihnachtlich geschmückt gewesen wäre. Doch auch hier deutete nichts auf Weihnachten hin. Die Musikbässe waren eben verebbt. Vorsichtig klopfte ich an die Stubentür.

»Herein!« Das war Omas Stimme. Ich öffnete.

Kein Adventskranz, keine Kerzen. Keine Weihnachtspyramide, kein Gebäck auf dem Tisch. Dass sich Oma von der gängigen Weihnachtsmusik verabschiedet hatte, war mir ja schon auf der Straße klar geworden. Aber was mir jetzt an Anti-Weihnachten entgegenschlug, sprengte alle meine bösen Vorahnungen. Es gab im Hause meiner Oma das Weihnachtsfest quasi nicht mehr. Sie saß derweil mit Tant' Greta am Tisch und sie lösten Kreuzworträtsel.

»Hallo, Oma«, sagte ich.

»Ach, dich haben wir ja ganz vergessen«, stieß Tant' Greta aus. »Was, Oma? Oder hast du noch an Simone gedacht?«

Oma zuckte hilflos mit den Schultern. »Aber das Mädchen hat getrunken. Das riecht man bis hierher.« Tant' Greta rümpfte die Nase.

»Ein bisschen Glühwein«, sagte ich. »Morgen ist Weihnachten. Schon vergessen?« Das hatten sie ganz offensichtlich. »Habt ihr gar nicht geschmückt? Wo ist der Baum?« Ich hatte einen letzten Funken Hoffnung, dass sie mich nur ärgern wollten.

»Es gibt keinen Baum«, erklärte Tant' Greta mit ihrer schrillen Stimme.

»Warum nicht? Weihnachten bei Oma«, stammelte ich, »das ist doch stimmungsvoll. Da gibt es Glühwein ...«

»Alkohol lehnt deine Oma von nun an ab. Ist schlecht für die Leber«, krähte Tant' Greta und meine Oma nickte. Sie wirkte aber nicht glücklich.

»Zu Weihnachten gehört die gute Weihnachtsgans«, setzte ich erneut an, doch schon wieder fuhr mir Tant' Greta über den Mund. »Die arme Gans! Die es in diesem Jahr nicht gibt, weil Oma von nun an vegetarisch lebt und das fette Essen sowieso nicht gut verträgt.«

Oma nickte bestätigend, fuhr sich aber mit der Zunge über die Lippen, als spürte sie dem wundervollen Geschmack der Gänsekruste nach.

»Und es gibt wirklich keinen Baum?« Mein letzter Versuch.

»Baum, Baum, Baum!«, äffte Tant' Greta mich nach. »Was soll die Fragerei? Kostet unnötig Geld und die Anbauflächen können auch für andere Dinge verwendet werden. Gestrichen.«

Noch immer hoffte ich auf ein Missverständnis. Glaubte, gleich tauche die versteckte Kamera auf und Guido Cantz trete in Omas gute Stube. Doch nichts dergleichen geschah. Oma hatte sich mittlerweile wieder über ihr Kreuzworträtsel gebeugt und war offenbar zu keiner weiteren Stellungnahme bereit.

Einen letzten Vorstoß wagte ich dennoch: »Warum spielt ihr diese Höllenmusik? Ich dachte schon, ihr seid gekidnappt worden. Oder zumindest Oma«, fügte ich hinzu. Deren Schultern zuckten merklich. Ihr war es nicht egal, dass es kein Weihnachtsfeeling mehr gab, das hatte ihr alles Tant' Greta eingebrockt.

»Man muss moderne Wege gehen, wenn man nicht in den typischen Weihnachtsfrust abgleiten will. Alle Welt schimpft, weil die Menschheit es stressig findet. Wir haben uns nun zu einem Streik entschlossen und dazu die Musikrichtung gewechselt. Nicht, Oma?«

Die nickte stumm und ich erkannte Tränen in ihren Augen. Stumme Tränen, also keine echt geweinten. Das ging gar nicht. Bis morgen musste sich in diesem Haus etwas ändern. Womöglich war es Omas letztes Weihnachtsfest, und das zerstörte Tant' Greta ihr gerade. Das konnte, das durfte ich nicht zulassen. »Ich glaube aber doch, dass Oma sehr gern das Fest auf herkömmliche Weise feiern würde«, wandte ich ein.

»Das sagst du bloß, weil du dich nicht aus der vermaledeiten Weihnachtstradition lösen kannst. Oma findet das gut, so hat sie nichts um die Ohren und muss dich auch nicht mit diesem Kitsch bespaßen.«

»Dann hat sie also auch keine Kekse gebacken?«, fragte ich überflüssigerweise. »Tant' Greta, lass mich bitte kurz mit Oma allein!«

Die winkte ab. »Kommt nicht infrage, dass du sie negativ beeinflusst. Weihnachten findet in diesem Haus nicht mehr statt.« Ihr Lächeln war unangenehm. Was zum Teufel hatte sie davon, Oma das Fest auszureden?

Ich setzte mich aufs Sofa. Dabei stolperte ich über Omas Perserteppich, der sofort eine Rolle bildete.

»Warum das alles?« Ich erhielt keine Antwort. Aber in meinem Kopf tanzten die Gedanken Polka. Tant' Greta wohnte auf dem Festland. Seit dem Tod ihres Mannes lebte sie von einer mageren Witwenrente. Oma aber hatte viel Geld geerbt. Kein Wunder, dass Tant' Greta sich wie eine Zecke in ihrem Haus eingenistet hatte. Vermutlich wollte sie gar nicht mehr von hier verschwinden.

Wenn sie Oma nun gängelte und ihr verbot, Weihnachten zu feiern sowie Geschenke zu kaufen, musste sie nicht teilen. Wer mitten auf dem See einen Schwimmreifen wegzog und ein kleines Mädchen sich selbst überließ, dem war alles, wirklich alles, zuzutrauen. Sie saugte Oma vermutlich schon eine ganze Weile aus, um bis zu ihrem Tod das meiste für sich an Land gezogen zu haben. Was sollte ich nur tun? Sie ließ mich ja nicht einmal mit Oma reden, und die war kreuzunglücklich.

Mein Blick fiel auf die Rolle im Teppich. Tant' Greta war eine ausgekochte Person. Sie hatte eine Stimme wie ein durchdrehendes Sägeblatt. Und sie besaß einen scharfen Verstand. Aber sie hatte eine Schwäche: Sie war nicht gut zu Fuß.

Seit ihrer Hüft-OP vor ein paar Jahren war ihr Gang wankend. Das rechte Bein konnte sie nur kurzfristig belasten, und wenn sie es tat, war sie unsicher. Verdammt unsicher. Mein Blick schweifte weiter. Neben der Rolle stand ein kleiner Tisch mit scharfen Ecken. Massivholz und deutsche Eiche. Ein wahrhaft echtes Oma-Möbelstück.

Ein weiterer Blick sagte mir, dass ich rasch handeln musste, denn Oma rannen mittlerweile Tränen die Wangen hinunter, vor allem, als Tant' Greta die Metal Music wieder aufdrehte. »Sie foltert meine Oma«, sagte ich laut. Das konnte ich tun, denn die Musik übertönte meine Worte sowieso.

Ich stand auf. Ohne meine Glühweinration hätte ich vielleicht anders entschieden, aber ich hatte sie nun mal intus. Mit drei Schritten war ich bei Tant' Greta und forderte sie zu einem Tänzchen auf. »Du hast recht. Was soll dieser Weihnachtsklamauk«, brüllte ich gegen die Musik an. »Wir machen jetzt ein Metal-Tänzchen wie die jungen Leute!«

Meine Oma sah mich entsetzt an. Sie glaubte sich nun vollends verloren. Entschlossen zog ich Tant' Greta hoch, die sich erst zierte, dann jedoch glaubte, in mir eine Verbündete gefunden zu haben. Tant' Greta wusste ganz sicher nicht, wie es jetzt abgehen würde. Von wegen Paartanz. Beim Metal schubste man sich gegenseitig. Ich stieß Greta heftig an. Sie trat unweigerlich mit dem lahmen Bein auf die Rolle des Perserteppichs und sackte weg. Passgenau traf ihre Schläfe die Kante des Oma-Eichentisches – und dann war der Tanz auch schon zu Ende. Oma verstand sofort.

Ich legte eine neue CD ein, stellte die Musik auf »O Tannenbaum« um und wir rollten Tant' Greta zu dieser Melodie in den Perserteppich ein.

»Erst schmücken wir das Haus«, sagte Oma, als wir fertig waren. »Und in der Nacht, wenn kaum noch Leute unterwegs sind, bringst du sie mit dem Fahrradanhänger zum Strand. Heute ist Sturmflut angesagt. Man wird glauben, sie sei mit dem Kopf gegen eine Buhne oder ein Stück Holz geknallt und ertrunken.«

So machten wir es. Wir schmückten, buken eine Lage Kekse und ich versprach, mich morgen früh gleich um das Festmahl sowie den traditionellen Kartoffelsalat mit Würstchen zu kümmern und um den Weihnachtsbaum.

Um ein Uhr nachts war es still geworden auf Langeoog. Nur der Sturm pfiff fast wütend ums Haus, doch jetzt sah ich ihn als Verbündeten, denn bei diesem Schietwetter würden sich kaum Leute auf der Straße herumtreiben. Um diese Zeit schon gar nicht.

»Viel Glück«, sagte Oma. »Fahre am besten in Richtung Schloppsee, da ist weniger los.«

Da der Perserteppich uns doch als zu sperrig erschien, beschlossen wir, Tant' Greta nur in ihren Mantel zu wickeln. Wir hievten sie in den Anhänger und deckten sie mit einer Decke zu. So machte ich mich auf den Weg. Den Hänger koppelte ich an den Dünen ab und zerrte ihn erst über den Dünenpfad und dann durch den Sand. Über die Düne selbst musste ich Tant' Greta schleppen. Das war ein hartes Stück Arbeit, wo ich eine zweite Hand gut hätte brauchen können. Aber der Drang, ein schönes Weihnachtsfest zu feiern, verlieh mir ungeahnte Kräfte. Danach war ich allerdings völlig fertig und dem lieben Gott dankbar, dass meine Großtante eine zierliche Person war und er mir im Gegenzug eine kräftigere Konstitution geschenkt hatte.

Am Wattsaum entlud ich Tant' Greta und schon die erste Welle nahm sie mit.

Als ich zurück zu Omas Häuschen kam, duftete alles nach Tannengrün, Keksen und Glühwein. Es war wunderbar geschmückt und beleuchtet, so wie es sich für Weihnachten bei Oma gehörte.

Mich empfing das Lied *Stille Nacht*. Oma saß mit zwei Bechern selbstgemachten Glühweins freundlich lächelnd am Sofatisch.

»Alles gut gegangen?« Ich nickte. »Das ist moi. Wat mutt, dat mutt.« Sie hob den Becher. »Dann trinken wir erst mal einen!«

Ich setzte mich und wir stießen an. »Lecker, Oma! Dein Glühwein ist spitze.«

Und dann sagte sie das, was sie immer an Weihnachten sagte: »Das Rezept bekommst du aber wirklich erst, wenn ich tot bin.«

Sie bekommen es schon jetzt:

# Omas weißer Glühwein

*Zutaten:*
*1/2 l lieblicher Riesling oder entsprechender Weißwein (Oma*
*nimmt nur den direkt vom Winzer)*
*1 Packung Vanillezucker*
*3 Streifen der Schale einer Biozitrone*
*1 cm breite Scheibe einer Bio-Orange mit Schale*
*6 Gewürznelken*
*2 Zimtstangen*
*1 EL brauner Zucker*

*Zubereitung:*
*Den Wein in einen Topf geben. Zitrone waschen und 3 Streifen*
*abschälen. Dann die Orangenscheibe hinzutun. Die anderen*
*Zutaten in den Topf geben und alles langsam erhitzen. Eine*
*halbe Stunde heiß halten, aber keinesfalls aufkochen! Danach*
*filtern. Der Glühwein kann auch gekühlt eine Zeit aufbewahrt*
*und neu erhitzt werden.*

# Heuchelmord

»Mami, du musst unbedingt mitkommen!« Merle sah mich bittend an. »Der Pastor hat alle Eltern von seinen Konfirmanden eingeladen. Er will euch kennenlernen und mit euch über uns reden – oder so.«

»Wozu soll das denn gut sein?« Ich seufzte. »Ich hab's nicht so mit der Kirche, das weißt du doch. Du machst den Konfirmandenunterricht ja nur mit, weil Papa das möchte.«

»Sei doch nicht so stur, Mami! Der neue Pastor ist sowas von cool! Ehrlich, der wird dir auch gefallen! Er ist noch ziemlich jung, jedenfalls viel jünger als Pastor Franke – was für ein Glück, dass der jetzt in Rente ist und dass sie Pastor Hansen hierher versetzt haben.«

Ich musste mir ein Lächeln verkneifen, Merles Begeisterung war einfach ansteckend und sie konnte ja nicht ahnen, warum ich mit Pastoren rein gar nichts am Hut hatte. »Na gut, ich komme mit«, versprach ich und seufzte wieder.

Meine Gedanken wanderten zurück zu dem Tag, als meine Mutter verkündet hatte: »Grit muss in Stellung. Die Deern ist jetzt 18, alt genug, und wir können sie nicht ewig mit durchfüttern. Ich hab auch schon was im Sinn.«

Ich hatte sie fassungslos angestarrt. Sie wollte mich abschieben? Loswerden? Ich half doch im Haushalt und auf dem Feld und im Stall mit, wann immer ich gebraucht wurde. Wieso schickte sie mich dann weg?

»Der neue Pastor Hansen hat auf der letzten Gemeindeversammlung gesagt, dass er wen für den Haushalt sucht. Das wär doch genau das Richtige für dich, Grit – oder? Du wirst aber im Pfarrhaus wohnen müssen, denn jeden Tag kannst du die Strecke nicht hin- und zurückradeln. Am Wochenende kommst du dann heim – klingt doch gut, was?«

Mir hatte es die Sprache verschlagen, aber es stellte sich heraus, dass ich es gut getroffen hatte. Der Pastor lobte meine Kochkünste, freute sich über das saubere Pfarrhaus und war verblüfft, als ich hinter dem Haus einen Gemüsegarten anlegte und schon nach wenigen Wochen die ersten geernteten Karotten auftischte. Die Arbeit war nicht so hart wie bei uns auf dem Hof, der Pastor war freundlich und alles hätte gut sein können.

Hätte ...

Aber da gab es die Momente, wo seine Hand meinen Arm streifte, oder wo er mir eine Haarsträhne aus der Stirn strich oder mich im Bad überraschte. Zuerst hielt ich das alles für reinen Zufall, aber bald sehnte ich mich nach diesen Berührungen und Blicken, und nachdem er mich zum ersten Mal geküsst hatte, gab es kein Halten mehr. Wir wurden ein Liebespaar. Äußerst diskret und tagsüber auf Abstand bedacht, aber nachts ließen wir unseren Gefühlen freien Lauf. Ich liebte ihn, ich begehrte ihn, ich war verrückt nach ihm. So ging das monatelang.

Bis zu dem Tag, als ich ihm erzählte, dass wir ein Kind erwarteten.

»Wir?« Er hatte sich im Bett aufgestützt und mich entsetzt angestarrt. »Doch eher wohl du. Ich war mir ganz sicher, dass du die Pille nimmst.«

Ein Mädchen aus Frederfehn – woher sollte ich wohl an Pillen kommen? Der nächste Arzt war eine halbe Stunde Busfahrt entfernt und die Apotheke auch.

Seine Worte hatten mich wie eine Ohrfeige getroffen. »A-aber« – ich hatte nur noch stammeln können, »aber du bist doch der Vater und jetzt müssen wir heiraten, damit das alles in Ordnung kommt.«

»Heiraten?« Er hatte nach dem Päckchen Zigaretten auf dem Nachttisch gegriffen und sich eine angezündet. »Mein liebes Kind, wie kommst du denn auf so eine absurde Idee? Ich fürchte, du hast mich da übel reingelegt. Du musst doch längst begriffen haben, dass ich mit meiner Gemeinde verheiratet bin! Eine eigene Familie würde mich von meiner Hirtenaufgabe ablenken, allein der Gedanke ist unvorstellbar. Nein, nein, meine Kleine, du musst damit schon selbst klarkommen – und falls du mich als Vater nennst, werde ich das mit allem Nachdruck bestreiten!« Dann drückte er seine Zigarette aus und verließ meine Kammer.

Noch in derselben Nacht packte ich meine wenigen Kleidungsstücke in die alte Reisetasche, die mir meine Mutter mitgegeben hatte, und lief los. Ich lief immer die Landstraße entlang, bis die Morgendämmerung anbrach, dann hielt ein Auto mit einer älteren Dame am Steuer und die nahm mich mit bis Aurich. Ich kannte niemanden in dieser Stadt und lief von dumpfer Verzweiflung erfüllt durch die Straßen. In dem Schaufenster einer Apotheke klebte ein Zettel hinter der Scheibe: »Verkaufshilfe gesucht. Unterkunft vorhanden.«

Ich drehte noch eine Runde durch die Innenstadt, aber ich hatte keine Ahnung, wie es weitergehen sollte. Mit klopfendem Herzen öffnete ich die Tür zur Apotheke. Es war ein großer heller Raum – und er war leer. Ich räusperte mich. Eine Stimme rief: »Einen Augenblick! Ich komme gleich!«

Kurz darauf tauchte ein Mann im weißen Kittel in der Türöffnung zu einem Nebenzimmer auf. Er lächelte freundlich. »Ja? Was kann ich für Sie tun?«

Ich räusperte mich noch einmal. »Ich komme wegen der Stelle. Ist sie noch frei?«

Er musterte mich erstaunt, und dann grinste er. »Klar. Sonst hätte ich ja den Zettel abgenommen. Haben Sie denn Verkaufserfahrung?«

Ich schüttelte den Kopf. »Nein. Ich kann eigentlich nur Hausarbeit.«

Er lachte. »Das ist gut, denn darum geht es hier in erster Linie. Verkaufen dürfen nämlich nur Apotheker, aber ich brauche jemanden zum Aufräumen, Einräumen und Putzen. Das mit der Verkaufshilfe war ein bisschen geschummelt.«

»Dann würde ich gern bei Ihnen arbeiten«, sagte ich leise und er sagte irgendwas wie: »Topp, gebongt« und zeigte mir ein

Hinterzimmer mit Bett und Kommode und Duschbad daneben. Er selbst wohnte im ersten Stock.

In der ersten Woche lernte ich ihn näher kennen – und er mich auch. Jens Jürgensen war geschieden, weil seiner Frau das Leben in Aurich zu öde gewesen war und sie sich einen neuen, reicheren Mann gesucht hatte und mit dem nach Berlin gezogen war. Jens war schon fast vierzig, also ein gutes Stück älter als ich, aber freundlich und manchmal fast jungenhaft aufgekratzt und wir bildeten ein gutes Team, ich fühlte mich bei ihm geborgen.

Doch nach drei Monaten musste ich beichten, denn langsam verschwand meine Taille. Ich heulte und schluchzte, und er legte den Arm um mich, aber ganz anders als der Pastor, mehr so beschützend. Nachdem ich ihm meine Geschichte erzählt hatte, schwieg er lange, während ich weiterheulte, mit einem Schluckauf kämpfte, mir die Augen wischte und die Nase putzte.

»Ich weiß, wie wir es machen«, sagte er plötzlich. Ich sah ihn verblüfft an. Wir? »Du fährst zu meiner Tante. Sie wohnt in einem kleinen Dorf am Jadebusen. Da bekommst du dein Kind. Oder vielmehr unser Kind. Wenn du möchtest, können wir vorher heiraten. Ich verkauf inzwischen die Apotheke hier und rede mit dem Kollegen aus Norddeich. Der hat mir schon vor einiger Zeit seine Apotheke angeboten, weil er sich zur Ruhe setzen will. Und dann ziehen wir als Familie dorthin. Einfach so.«

Einfach so? Ich war sprachlos. Jens kam mir vor wie der sprichwörtliche Goldtopf am Ende des Regenbogens – aber wahrscheinlich hätte er sich über dieses Bild kaputtgelacht. »Ich ein Topf? Eher doch ein Tropf!«

»Aber du hast doch nie aus Aurich wegziehen wollen!«

»Ach, mit der Richtigen geht alles!«

Die Richtige? Ich? Ich konnte mein Glück gar nicht fassen. Jens war mein Retter in der Not, aber er war mehr als das: Er war längst der Mann, den ich aus vollem Herzen liebte.

Alles kam so, wie er es geplant hatte, und bald waren wir zu dritt mit unserer kleinen Merle und wohnten in Norddeich über der Apotheke. Die Stadt gefiel mir: Die Häuser aus dunkelrotem

Backstein wirkten gemütlich und nicht einschüchternd – sogar die Fußgängerzone war mit Ziegeln gepflastert. Besonders liebte ich das Teemuseum und die Besuche dort brachten mich auf die Idee, mich näher mit Biologie zu beschäftigen.

Jens war überhaupt ein großartiger Planer: Er machte mir Mut, neben meiner Arbeit in der Apotheke das Abitur zu machen und danach ein Fernstudium in Biologie zu beginnen, obwohl wir in dieser Zeit unsere zwei Söhne bekamen. Aber er sagte: »Du kannst mehr, als du denkst, du bist klug.« Sogar mit meinen Eltern nahm ich wieder Kontakt auf und genoss das verblüffte Gesicht meiner Mutter, als ich ihr meine Familie präsentierte. Über mein plötzliches Verschwinden seinerzeit wurde der Mantel des Schweigens gebreitet – ich behauptete, ich hätte Sehnsucht nach der großen Welt gehabt und der Job als Haushälterin hätte mich gelangweilt.

Alles war gut, alles war wunderbar.

Und jetzt das!

Pastor Hansen! Ich war mir ziemlich sicher, dass er mich nicht wiedererkennen würde: Ich hatte mittlerweile meine Haare raspelkurz schneiden lassen und trug eine Brille, dazu kamen die Fältchen der letzten fünfzehn Jahre und außerdem besaß ich jetzt das Selbstbewusstsein einer diplomierten Wissenschaftlerin – ich war also ein ganz anderer Mensch als das Hühnchen, das ihm den Haushalt geführt und das Bett gewärmt hatte.

Und wirklich! Als wir einander beim Treffen der Konfirmandeneltern vorgestellt wurden, glitt sein Blick gleichgültig über mich hinweg und ich atmete innerlich auf.

Meinem Liebsten hatte ich den Namen meines Verführers nie genannt, er hatte also keine Ahnung, dass der leibliche Vater unserer Tochter vor ihm stand.

»Netter Kerl, ziemlich dynamisch«, war sein Resumee auf dem Heimweg. »Ein bisschen sehr von sich eingenommen, aber seine Schäfchen scheinen ihn zu mögen.«

Ich schwieg und hoffte inständig, dieser dynamische Pastor möge hoffentlich bald wieder weiterziehen. Umso entsetzter war ich, als Merle ein paar Wochen später erzählte, dass Bente, die ältere Schwester ihrer besten Freundin Fenja, sich im Pfarrhaus künftig um den Haushalt kümmern würde.

»Bente?« Ich runzelte die Stirn. »Wollte die sich nicht um ein Praktikum in der Seehundstation bewerben?«

»Schon, aber Pastor Hansen hat so viel zu tun, der kann doch nicht auch noch putzen und kochen, vor allem, weil seine letzte Hilfe urplötzlich gekündigt hat. Und Bente passt das gut, jetzt kümmert sie sich eben um den Pastor statt um Seehundbabys.«

»Wie alt ist Bente denn?«

»Och, achtzehn oder so.«

Kein Wunder, dass der fromme Mann mich nicht erkannt hatte! Der interessierte sich nur für die Jungen, die er leicht rumkriegen konnte. Ich knirschte mit den Zähnen. Nein, schwor ich mir, Bente wirst du nicht in dein Bett locken! Auch wenn die Teenies heutzutage leichter an die Pille rankamen als ich seinerzeit, sie sollte diesem selbstsüchtigen, eitlen Scheusal nicht ausgeliefert werden! O ja, ich kannte seine Tricks, seinen Charme und seine Verführungskünste, die scheinbar unabsichtlichen Berührungen, die in einem jungen Mädchen Neugier und Begehren weckten – aber ich würde ihm diese Tour vermasseln. Alle Touren! Am besten ein für alle Mal.

Ich grübelte und plante und blätterte in meinen Lehrbüchern – besonders die Gifte hatten es mir angetan.

Die Tradition in Friesland will es, dass der Pastor in der Weihnachtszeit von den Familien seiner Konfirmanden zu Kaffee und Kuchen eingeladen wird. Also folgten auch wir diesem Brauch und luden Pastor Hansen zu uns ein. Ich traf meine Vorbereitungen. Mit klopfendem Herzen und Argusaugen beobachtete ich ihn, ob ihm mittlerweile irgendwas an Merle aufgefallen war, aber das Schicksal hatte es gnädig mit uns gemeint; Merle sah mir viel ähnlicher als ihrem Erzeuger. Der ließ beim Betreten den Blick über unsere behagliche Stube gleiten, die ich mit unseren Kindern weihnachtlich geschmückt hatte – entdeckte ich eine Spur von Neid darin? Tja, du frommer Mistkerl, das hättest du auch haben können, dachte ich grimmig, während er sich ein dickes

Stück Klaben in den Mund schob, genussvoll kaute und in die Runde lächelte. »Das ist der beste …, den ich seit« – mir stockte der Atem und ich verfluchte meine Gedankenlosigkeit, denn mit meinem Klaben hatte ich ihn damals auch beglückt – »seit langer Zeit gegessen habe.« Er sah Merle über den Tisch hinweg an. »Übrigens, Merle – du erinnerst mich an jemanden. Irgendwie ist mir, als würde ich dich kennen.«

Merle sah ihn erstaunt an, dann mich, dann ihren Vater Jens und grinste. »Wir sind alle nicht so wahnsinnig originell, oder?«, erwiderte sie fröhlich.

»Das stimmt«, sagte ich. »Darf ich Ihnen noch mal nachschenken?« Ich hielt die Kaffeekanne hoch. »Vielleicht zur Feier des Tages einen Pharisäer?«

»Gern.« Er hielt mir die Tasse hin, ich stellte sie ab und goss den Kaffee ein, gab einen gehäuften Löffel braunen Zucker dazu und schließlich noch einen kräftigen Schluck Rum, den ich sorgfältig präpariert hatte. Dann kam die Sahnehaube auf das Ganze und ich stellte die Tasse wieder vor den Pastor hin. Er lachte und trank gierig von dem leckeren Gesöff. »Köstlich!«, lobte er.

»Oh, das hätte ich auch gern«, sagte mein Liebster und schob mir seine Tasse hin. »Gern, mein Schatz«, sagte ich. »Aber der Rum ist leider alle, ich hol schnell neuen.«

Als Pastor Hansen sich endlich verabschiedete und dabei wiederholt betonte, wie gut ihm alles geschmeckt habe und wie angetan er von der Konfirmandin Merle sei, zwang ich mir ein höfliches Lächeln ab. Als er dann die Straße hinunterging, überlegte ich, wie lange es dauern würde, bis das Gift wirkte. Ich hatte mich für den Korallenstrauch entschieden, und in einer Apotheke und als Biologin kommt man an alles ran, auch an Korallenstrauchsamen. Wichtig war, dass nichts mit seinem Besuch bei uns in Verbindung gebracht werden konnte. Ironischerweise verursacht das Gift des Korallenstrauchs zunächst Heiterkeit, dann Irrereden, leichtes Fieber und Bewusstseinsstörungen, aber nach drei bis vier Tagen würde dann diese Zierde der evangelischen Kirche den ewigen Schlummer antreten.

# Pharisäer

*Für vier Tassen*

**Zutaten:**
8 TL gemahlenen Kaffee
1 Prise Salz
500 ml Wasser
12 Stück Würfelzucker (braun)
800 ml Rum
125 ml geschlagene Sahne

**Zubereitung:**
Kaffee und Salz mit sprudelnd kochendem Wasser aufgießen.
Gefiltert in Tassen füllen und mit je 3 Stück Zucker süßen. Je
200 ml Rum hineingießen und mit Sahnehaube bedecken.
Sofort servieren!

Wenn in Ostfriesland der Pastor an einem geselligen
Beisammensein teilnahm, wahrten die Gastgeber den Schein und
taten so, als tränken sie ihren Kaffee nur mit Zucker und Sahne.
Der Schuss Rum wurde heimlich dazugegossen und gab dem
Getränk den Namen: Heuchler.

# Ein bitterer Keks

»Last Christmas, I gave you my heart, but the very next day you gave it away ...«

So ein blödes Lied, dachte Hauptkommissar Immo Diekhoff von der Bremer Kriminalpolizei und rutschte fast auf etwas Glitschigem aus. Hundescheiße, das hat mir gerade noch gefehlt, dachte er, als er den Fuß anhob.

»Du bis aber auch een Pechvogel, Immo!«, sagte Onno und nahm Immo am Arm. »Komm, wir überqueren jetzt das Von-Thünen-Ufer und da is gliecks een Grünanlaag. Da wirst den Schiet all wedder los.« Sagte es und lachte dabei. Der hat gut lachen, dachte Immo, der brav hinter seinem Freund hertrottete. War vielleicht doch keine so gute Idee gewesen, seinen alten Schulfreund in Jever zu besuchen.

Vor einer Woche hatten sie sich nach Ewigkeiten wieder mal getroffen, ausgerechnet auf dem Bremer Weihnachtsmarkt, und Onno hatte ihn sofort eingeladen, ihren ostfriesischen Weihnachtsmarkt mit Schloss-Event in Jever zu besuchen. Kurz entschlossen war Immo dann übers Wochenende hierhergefahren. Zuerst hatte er Onno aufgezogen, dass Jever streng genommen ja gar nicht in Ostfriesland liege und der Weihnachtsmarkt von daher auch kein ostfriesischer sein könne. Doch Onno hatte gekontert, dass Jever Anfang des 16. Jahrhunderts unter der Herrschaft ostfriesischer Grafen gestanden habe und ja auch zur ostfriesischen Halbinsel gehöre. Also stimme doch alles.

Nach dem Abwischen der Schuhe auf dem Grünstreifen schleppte Onno ihn zum Schloss Jever, wo heute Tag der offenen Tür war. Auch hier wehte sozusagen der ostfriesische Atem, denn das Schloss war auf den Resten einer Burg der ostfriesischen Häuptlinge gegründet worden. Zuerst einmal tranken sie in der historischen Küche im Erdgeschoss einen heißen Glühpunsch. Der wärmte Immo einigermaßen wieder auf. Der Tag der offenen Tür stand ganz im Zeichen der Museums-Pädagogik. Schüler hatten ein kleines Theaterstück geschrieben und aufgeführt, man konnte ein Druckatelier für Kinder bestaunen und jetzt begann eine Teezeremonie mit der Kastellanin und Kindern einer Schlossführungs-AG in der Ahnengalerie. Immo staunte über die unterschiedlichen Stile der Räume: die Ahnengalerie mit ihren blauen Wänden und der üppig verzierten, weißen Decke einerseits und der Audienzsaal in Holz und Gold gehalten mit der reich verzierten, geschnitzten Kassettendecke andererseits. Immo bewunderte das Staatsportrait der russischen Zarin Katharina II., das an die Zeit der russischen Herrschaft über Jever erinnerte. Während Immo noch in Gedanken über die unglaublichen Wechselfälle der Geschichte grübelte und dabei an einem Jeverbier-Keks knabberte – der ihm in der Küche gereicht worden war und etwas merkwürdig schmeckte, wie er fand – rannten ein paar Kinder hinter ihm vorbei. Eines stieß ihn dabei an und er drehte sich um. Das Kind war nicht groß und hatte ein rotes Mäntelchen mit Kapuze an. Rotkäppchen, dachte Immo. Dann war die Rasselbande auch schon fort. Dabei sah er auch das Pärchen, das etwas weiter hinter ihm stand. Das Auffällige war nicht einmal ihre Kleidung, die kostümartig an vergangene Jahrhunderte erinnerte, sondern der stechende Blick des Mannes, der in diesen seltsamen Pluderhosen steckte. Besonders weihnachtlich sind die ja nicht gerade gestimmt, ging es Immo durch den Kopf. Vielleicht war aber auch die Verkleidung zu unbequem. Als wollte er Immos Blick ausweichen, drehte sich der Mann abrupt um und zerrte seine Frau mit sich fort. Na ja, merkwürdige Menschen gab es immer und überall, sinnierte Immo. Ihm jedenfalls gefiel das alte Gemäuer, besser als der Weihnachtsmarkt. Sicher, man hatte sich alle Mühe gegeben und er war stimmungsvoll gewesen, aber wie der Bremer oder der Hamburger war auch dieser für Immo einfach zu durchkommerzialisiert. Überall konnte man den gleichen Krempel für Weihnachten kaufen – von Glaskugeln über selbst gedrehte Kerzen bis hin zu bunten Schals. Alles völlig unnützes Zeug, fand Immo. Oder man tat sich an den Fressbuden gütlich. Und dann diese Dudel-Musik, die einen in Stimmung versetzen sollte. Das alles war nichts für ihn, war ihm zu künstlich. Ganz anders als das Schloss hier mit seinen diversen Darbietungen.

Es ging langsam auf den Abend zu. Draußen war es schon dunkel und bald sollten – gewissermaßen als krönender Abschluss – Gruselgeschichten auf dem Schlossturm vorgetragen werden. Man bewegte sich in der ersten Etage zum Treffpunkt an der Treppe. Wieder sah Immo das verkleidete Pärchen, das versuchte, sich nach vorne zu drängen. Dort standen schon ein paar Menschen, aus denen vor allem ein jüngerer großer, arabisch anmutender Mann im Kamelhaarmantel herausragte, der von zwei noch größeren Gestalten flankiert wurde – Leibwächtern offenbar, mutmaßte Immo. Die beiden machten einen guten Job, fand Immo, denn niemand konnte dem Jüngeren zu nahe kommen.

»Das ist Hassan Ben Hussein, ein saudischer Prinz, soweit ich weiß. Der will die Jever-Brauerei kaufen, sagt man. Ist nicht nach jedermanns Geschmack!«, raunte ihm Onno ins Ohr, der sich von hinten angepirscht hatte. Das merkwürdige Paar hatte die drei Männer schon fast erreicht, als wieder die Kinderschar in den Raum getobt kam, die Immo bereits gesehen hatte. Die Kinder zwängten sich an allen vorbei und so auch an den drei Männern. Das Mädchen mit dem roten Kapuzenumhang rannte einen der Leibwächter fast um und stieß mit dem Prinzen zusammen. Hastig eilte es weiter die Turmtreppe hoch. Die Verkleideten hatten nun ebenfalls die Treppe erreicht und drängten sich an die arabische Gruppe. Es war ein solches Gewühle, dass man keinen Überblick behalten konnte.

Plötzlich taumelte der Prinz ein wenig und lehnte sich an einen der Leibwächter. Der andere drehte sich um und rannte aus dem Saal. Seinem Instinkt folgend eilte Immo hinter ihm her. Dies war kein leichtes Unterfangen, denn erstens war der jüngere Mann deutlich fitter und damit schneller als der Hauptkommissar und zweitens herrschte dichtes Gedränge. Auf dem Vorplatz vor dem Hauptportal hatte sich eine kleine Menschenmenge angesammelt. Als Immo hinzutrat, sah er den Flüchtigen regungslos daliegen. Er beugte sich zu ihm hinunter, um zu sehen, wie es dem jungen Mann ging, als er in dessen rechter Hand eine Spritze wahrnahm. Bevor er jedoch noch Weiteres tun konnte, kam schon Polizei und drängte die Umstehenden zurück. Immo wandte sich um und ging wieder in Richtung Schloss, um seinen Freund Onno zu suchen. Da rannte wieder die Kinderschar an ihm vorbei und wieder rempelte ihn das Rotkäppchen leicht an. Diesmal rutschte dabei die Kapuze runter. Die kleine Gestalt dreht sich hastig um und Immo sah in ein altes Gesicht. Das war gar kein Kind, stellte er verblüfft fest. Was er die ganze Zeit für ein kleines Mädchen gehalten hatte, war ein Kleinwüchsiger, der ihn zudem wütend anstarrte, die Kapuze wieder über seinen Kopf zerrte und weiterhastete, wobei er etwas in die Tasche seines Mäntelchens steckte, das wie eine Spritze aussah. Immo schüttelte den Kopf und ging wieder ins Schloss, wo er alsbald auch auf Onno stieß. Dieser nahm ihn am Arm.

»Komm, schau nicht so finster drein. War doch ein schöner Nachmittag. Dass jetzt einem der Besucher schlecht geworden ist, ist doch nicht unser Problem. Ich hab uns einen Tisch im *Restaurant Jever Fass* im Hotel *Schwarzer Adler* am Alten Markt vorbestellt. Da gehen wir erst einmal gepflegt essen. Du wirst sehen, Jever hat einiges zu bieten. Der Fisch in dem Restaurant ist genauso gut wie die berühmten Schnitzel! Wird dir schon gefallen.«

Die heitere Art seines Freundes war ansteckend und Immo machte sich keine weiteren Gedanken über das, was er gerade alles gesehen hatte.

Nach einem üppigen und leckeren Abendessen gingen sie noch auf einen Schlummertrunk in eine Kneipe, die Onno gerne besuchte und die etwas abseits lag. Es war ganz gemütlich, fand

Immo. Der kleine Schankraum mit dem breiten Tresen war einfach eingerichtet. Über dem Schanktisch hing ein gerahmtes Spruchtuch:

»Drei Dinge braucht der Ostfriese: 1. Sein Ding, 2. Ihr Ding, 3. Bünting.«

Ich brauch keinen Tee, ich brauch ein Bier!, dachte Immo. Auf den wenigen Tischen stand jeweils eine Kerze mit einem Tannenzweig, sodass selbst hier eine gewisse weihnachtliche Stimmung herrschte. Bis auf zwei Männer am Tresen war die Kneipe leer. »Später is es hier rappelvoll!«, raunte Onno ihm zu. Sie setzten sich ebenfalls an den Tresen, zwischen die beiden Männer, die jeweils an einem Ende saßen. Als der Mann zu seiner Linken, neben Onno, den Kopf zu ihnen umdrehte, erkannte Immo ihn sofort, auch wenn er anders gekleidet war als vorhin. Der stechende Blick war unverkennbar. Onno schlug dem finster dreinblickenden freundschaftlich auf die Schulter.

»Mensch, Hannes, nun kiek mol een beten fröhlicher. Is doch Sünnabend und außerdem Advent. Do is man doch heiterer Stimmung. Du bis doch immer noch bi jene Volkstanzgruppe, oder?«

Immo wunderte sich und bestellte ein Bier. Hatte Onno Hannes mit Partnerin im Schloss nicht erkannt? Eigentümlich. Mit diesem Gesicht fiel der Kerl doch jedem auf. Oder wollte Onno nur geschickt ins Gespräch kommen? Hannes jedenfalls knurrte: »Mach dich nur lustig, Onno. Die akzeptieren mich wenigstens. Nach Gretas Meinung schreibe ich schon genauso gut wie dieser Klaus-Peter Wolf – und der is auch kein echter Ostfriese.«

»Hey, Hannes, nu mach aber mal halblang. Ick heff nie nich wat gegen di hatt. Konntste denn jetzt schon was veröffentlichen?«

Hannes schaute noch eine Spur finsterer drein – soweit das überhaupt möglich war. »So gut wie – der Vertrag ist auf dem Weg, haben sie gesagt. Die vom Verlag. Ihr werdet alle noch staunen!«

Onno nickte beschwichtigend. »Klar, Hannes, klar! Aber sag mal, wolltet ihr nicht auch jetzt die Firma deiner Frau verkaufen? Da lief's doch zuletzt gar nicht mehr so toll, was man so hört.«

Hannes schnaubte. »Dieses Schwein – dieses fiese Schwein! Erst macht er uns den Mund wässrig, dann lässt er uns fallen wie eine heiße Kartoffel. Angeblich zu geringe Rendite – so 'n Quatsch! Dem werden wir's schon zeigen, dem vornehmen Herrn aus Saudi-Arabien. Der wird Augen machen!«

Onno nahm einen großen Schluck Bier.

»Das war doch derselbe Saudi, der auch das Jever kaufen will und dem im Schloss vorhin schlecht wurde?«

Hannes stierte in sein Bierglas. »So, dem wurde schlecht? Haben wir gar nicht bemerkt. War ja auch viel los. Aber zu gönnen wär's dem Schnösel. Was der sich so einbildet, wer er is!«

Immo wunderte sich. Er hatte Hannes mit seiner Partnerin doch direkt beim Prinzen stehen sehen, als dieser gegen seinen Leibwächter gesunken war. Das wollten die beiden nicht bemerkt haben? Sehr, sehr merkwürdig. Auf alle Fälle schien Hannes das Gespräch unangenehm zu werden, denn er warf zwei Zwei-Euro-Stücke auf den Tresen, erhob sich abrupt und verließ das Lokal ohne einen Gruß. Bevor Immo noch etwas sagen konnte, setzte sich schon ein anderer Mann auf den Platz von Hannes. Immo hatte gar nicht bemerkt, wie er hereingekommen war. Er bestellte ein Bier und grinste Immos Freund breit an.

»Mach dir nichts draus, Onno. Der Hannes ist nicht ganz richtig hier oben, das wissen doch alle.« Er tippte sich dabei an die Stirn. »Der und seine Greta leben in ihrer eigenen Welt. Ach, ich bin übrigens der Klaas – ein Kollege von Onno auf der Post!« Sprach's und streckte Immo über den Tresen hinweg seine Hand entgegen, die Immo schüttelte. Doch gleich wandte sich Klaas wieder an Onno.

»Jetzt is auch noch Gretas Vetter aus Südamerika zurück, da is alles noch schlimmer geworden.«

Onno runzelte die Stirn. »Ich wusste gar nicht, dass Greta Verwandte in Südamerika hat.«

»Nee, hat sie doch auch nich. Der Tjark war da doch nur auf Tournee. Und jetzt, wo er zurück is, hetzt er die beiden noch mehr gegen den Saudi auf. Dabei hat der ganz recht. Die Firma steht kurz vor der Pleite. Da hilft auch keine Geldspritze mehr. In dem Werk is alles veraltet. Den Laden kannste nur noch zumachen und das Zeug verschrotten.«

»Und was is mit dem Aufkauf der Jever-Brauerei? Da wollte dieser Saudi doch auch einsteigen.«

Klaas lachte auf.

»Ach, so ein Quatsch! Was glaubst du, wie viele die Brauerei schon kaufen wollten? Vor zwei Jahren war ein Scheich aus Oman da – mit den berühmten Taschen voller Geld. Nee, nee – verköfft wart da nix!«

Der Wirt schob einen Teller mit Keksen zu ihnen.

»Da, esst ein paar, bevor sie ganz alt werden. Jeverbier-Plätzchen, die neueste Mode!«

Immo sah seinen Freund verblüfft an.

»Wieso neueste Mode? Ich dachte, das sei eine alte Tradition bei euch.«

Wieder lachte Klaas laut auf.

»Was erzählst du nur deinen Freunden, du Tünbüddel! Jedes Jahr lässt sich irgendwer aus der Stadtverwaltung einen neuen Gag einfallen. Dieses Jahr sind es diese Bierplätzchen. Da muss dann die Tourismus-Zentrale ran und das verkaufen. Diese Plätzchen gab's noch nie hier. Werden jetzt groß als alte Tradition verkauft. Und funktioniert – die Touristen glauben das und futtern das Zeug. Is eben original Jeverbier drin. Na – wem's schmeckt!«

Immo musste nun auch lachen.

»Hast mich ja ganz schön verscheißert, Onno. Du mit deinen ostfriesischen Traditionen. Ich bin da auch drauf reingefallen!«

Nun lachten alle drei. In diesem Moment klingelte ein Handy. Klaas hatte seines als Erster in der Hand und es schellte auch tatsächlich seines. Er lauschte eine Weile und murmelte nur ab und zu: »Oha!« Dann legte er auf und sah die beiden anderen ernst an.

»Der Prinz is tot.«

Onno schüttelte den Kopf.

»Das kann doch nicht sein – so 'n junger Kerl. Wo is he denn an doot bleeven?«

Klaas zuckte mit den Schultern.

»Herzstillstand. Hat wohl 'nen Herzschlag erlitten.«

Immos kriminalistische Ader meldete sich. Die ganze Geschichte kam ihm komisch vor. Aber das war hier nicht sein Zuständigkeitsgebiet und außerdem befand er sich nicht im Dienst. Es war eben seine Berufskrankheit, immer und überall ein Verbrechen zu wittern. Er beugte sich etwas vor.

»Aber es wird doch bestimmt eine Obduktion geben, oder?«

Onno zuckte mit den Schultern. »Keine Ahnung – nur wenn die Polizei was Verdächtiges in der Sache sieht und die Staatsanwaltschaft in Oldenburg eine Leichenschau anordnet. Kommt drauf an, was die Ärzte sagen – ob er herzkrank war, oder so.«

Klaas gluckste. »Na, Hauptsache, er ist nicht an unseren Bierplätzchen erstickt!«

Jetzt mussten alle drei lachen, auch wenn sie sich dabei ziemlich makaber vorkamen. Onno grinste Immo an. »Na, das ist doch klasse hier – oder? Immer was los. Besser als in deinem langweiligen Bremen.« Sein Blick streifte kurz die Wand zu seiner Rechten, an der ein paar Plakate hingen. »Siehst du, zum Beispiel nächstes Wochenende, da gibt's hier ein tolles Konzert – Weihnachtssingen mit bekannten Künstlern aus dem In- und Ausland. Das wär doch was!« Immo schüttelte lachend den Kopf.

»Nein, danke, mein Lieber – mein Bedarf an fröhlicher Adventszeit ist jetzt erst mal gedeckt. Wahrscheinlich singt da auch noch der Vetter von diesem Hannes mit und den muss ich nicht so bald wiedertreffen!«

Klaas schaute ihn verwundert an. »Hannes hat keinen Vetter, soweit ich weiß. Wen meinst du denn?«

»Ach, vorhin hast du doch diesen Cousin erwähnt, der von einer Tournee aus Südamerika zurück ist, und da hab ich einfach gedacht, dass er dann jetzt hier vielleicht mitsingt.«

Klaas prustete lachend und verschluckte sich fast an dem Bier, von dem er gerade einen Schluck genommen hatte.

»Ach, du meinst Tjark! Das is echt klasse. Nee, der singt doch nich!« Und wieder bekam er einen Lachanfall. Es dauerte einen Moment, bis er sich etwas beruhigt hatte. Sowohl Onno als auch Immo schauten ihn verdutzt an. Klaas schüttelte immer noch lachend den Kopf.

»Nee, selten so gelacht. Das war ein guter Witz, mein Lieber. Es stimmt, Tjark war auf Tournee – beim Zwergenzirkus, wie wir hier sagen. Mensch, Tjark is ein Kleinwüchsiger oder Minderwüchsiger, wie man korrekt sagen muss – der is doch kaum 1,40 Meter. Der reist mit so einer Truppe immer wieder um die Welt, wo sie in Shows auftreten. Jetzt fliegt er gleich nach Australien, wo es so einen Zwergenwerfen-Wettbewerb gibt. Da haben sich mal die Leute tierisch aufgeregt – von wegen menschenunwürdig und so. Aber die Kleinen haben gesagt, dass sie das selber so wollen, dass es oft ziemlich schwierig für sie ist, auf andere Weise Geld zu verdienen. Na ja, ich weiß nicht. Aber so wurde das damals erzählt. Tja, und so reist unser Zwerg Tjark wieder mal ans andere Ende der Welt!«

Immo stierte Klaas verdutzt an und bekam – sinnbildlich – seinen Mund kaum zu. Seine Gedanken rasten. Jetzt meinte er zu verstehen, was er da vorhin gesehen und erlebt hatte. Dieses Rotkäppchen – das war der Minderwüchsige Tjark, der Cousin von Greta, gewesen, die sich vom Prinzen betrogen gefühlt hatte. Und er hatte im Weglaufen doch eine Spritze eingesteckt. Ob es da einen Zusammenhang gab? Auf alle Fälle musste er die Kollegen hier vor Ort kontaktieren und eine Aussage machen. Onno klopfte ihm auf die Schulter und riss ihn aus seinen Gedanken.

»Hey, was machst du für ein Gesicht? Nur weil Tjark nicht singen kann? Komm, jetzt gibt es erstmal einen ganz speziellen Absacker von hier! Danach sind all deine Sorgen weg!«

Er bestellte etwas, das Immo nicht verstand. Der Wirt stellte ihnen dann drei Schnapsgläser mit einer dunklen Flüssigkeit hin. Onno bemerkte Immos kritischen Blick.

»Nu probier mal – is keen Gift. Is 'n Kräuter auf Jeverbier-Basis. Heißt Jever Digestiv, Black Label.«

Todesmutig trank Immo einen Schluck. Er musste feststellen, dass der hochprozentige Schnaps ihm nicht mal schlecht schmeckte. Na, für die nötige Bettschwere würde er allemal sorgen. Und gleich morgen, auch wenn Sonntag war, würde er die Kollegen aufsuchen und seine Aussage zu Protokoll geben.

Immo Diekhoff saß hinter seinem Schreibtisch und grübelte über den letzten Kriminalreport. Das Wetter war schlecht und genauso war seine Laune. Da klingelte das Telefon. Er wollte den Anrufer schon anraunzen, als sich der Kollege aus Jever meldete. Sofort stieg Immos Laune an. Es war jetzt fast eine Woche her, dass er den freundlichen Polizeibeamten von Jever seine Aussage gemacht hatte. Nach den üblichen Floskeln kam der Kollege gleich zur Sache.

»Dank Ihrer Aussage und weiterer Beobachtungen, die wir gemacht haben, hat die Staatsanwaltschaft die Obduktion angeordnet. Sie hatten Recht: Der Prinz wurde vergiftet. Man hat ihm eine hohe Dosis Curare injiziert. Daran ist er gestorben. Wahrscheinlich hat Gretas Cousin das Gift von seiner Südamerika-Tournee mitgebracht. Da er sofort nach Australien abgereist ist, wird er jetzt mit internationalem Haftbefehl gesucht. Ihre Beobachtungen waren sehr hilfreich, lieber Herr Diekhoff. Der Leibwächter des Prinzen, der draußen zusammengebrochen ist, ist an einer Dosis Strychnin gestorben. Man hat Überreste einer Kapsel in seinem Mundraum gefunden. In der Spritze übrigens, die er in der Hand hielt, war Insulin. Der Prinz litt offenbar an Zuckerkrankheit. Warum der Leibwächter so überhastet den Saal verlassen hat und dann möglicherweise Selbstmord beging, konnten wir bislang nicht rausfinden. Der andere Leibwächter will nichts bemerkt haben und schweigt im Übrigen. Wir haben ihn ausreisen lassen. Er ist mit den beiden Toten nach Riad geflogen. So wissen wir jetzt zwar einiges, aber um jemanden zur Anklage zu bringen, fehlen uns noch die Personen. Vielleicht bekommen wir ja eines Tages Tjark in die Finger. Wir melden uns dann auf alle Fälle bei Ihnen. Sollte es zu einem Prozess kommen, werden Sie sowieso als Zeuge geladen. Aber das wissen Sie ja, Herr Kollege. Also nochmals: Herzlichen Dank und auf bald!«

Gut gelaunt legte Immo auf. Also waren seine Beobachtungen hilfreich gewesen. Auch wenn nicht alles aufgeklärt war, so ergab die Geschichte jedenfalls halbwegs einen Sinn. Und der Besuch in Jever hatte ihm wenigstens etwas gebracht – nicht etwa diese Bierplätzchen, aber der Jever Digestif. Der war lecker gewesen. Genau das Richtige nach einem schweren Weihnachtsessen!

# Jeverbier-Plätzchen

*Zutaten:*
320 g Mehl
200 g Butter
1 TL Zimt
1 TL geriebene Nelken
1/2 Glas Jeverbier
nach Belieben Zucker

*Zubereitung:*
*Die Teigzutaten zu einem geschmeidigen Teig kneten. Den Teig für 1-2 Stunden in den Kühlschrank stellen. Danach die Arbeitsplatte reichlich mit dem Zucker bestreuen, den Teig drauflegen und großzügig mit Zucker bestreuen. Danach kann man den Teig gut ausrollen. Mit einem Becher Kreise ausstechen und ab in den Backofen. Bei 200 Grad im vorgeheizten Backofen 10-12 Minuten goldbraun backen.*

# Kompost zum Frühstück

Der Nikolaus wollte ihr Ticket sehen, als sie an Deck der *Spiekeroog II* ging. Dabei war erst morgen der sechste Dezember. Die rote Mütze hat nichts zu bedeuten, beruhigte sie sich, blieb aber in der Nähe des Kontrolleurs, um ihn zu beobachten. Er interessierte sich nicht weiter für sie, obwohl sie in der dünnen Kleidung auffallen musste wie ein Papagei in einem Schwarm Möwen. Sie trug den dunklen Hosenanzug, Blazer und Pumps, dazu die Aktentasche von Smythson. Schneeregen hatte eingesetzt und hinterließ weiße Flecken auf dem zarten Leder. Lukas hatte sie ihr zum Geburtstag geschenkt. Notebook, Handy, Kosmetik und Kleinkram passten perfekt hinein, nur kein warmer Mantel, geschweige denn gefütterte Stiefel. Es gehörte zu ihrem Plan, das Haus genauso zu verlassen, wie sie es immer tat. Deshalb stand sie jetzt an Deck und fror wie ein Windhund. Der Nikolaus fuhr die Gangway hoch, sie atmete auf.

»Bye, bye, Lukas. Ruhe sanft, Diane.« Sie zog den Ring mit dem grauen Diamanten von ihrem Finger und warf ihn in die Nordsee.

Lukas war Juwelier und liebte graue Diamanten. Er gab ihnen Namen. Seiner hieß *Norbert,* ihrer *Diane.* Sie fand das anfangs entzückend, hatte nicht jeder tolle Mann einen Spleen? Außerdem trugen Diamanten durchaus Namen, selbst die Grauen. Der *Sultan of Morocco* war auf einer Auktion für zweihundertfünfzigtausend Dollar versteigert worden und anschließend verschwunden.

Verschwinden musste sie auch, sonst endete sie wie *Diane* bei den Fischen. Um den Ring war es trotzdem schade. Mit ihm hatte alles begonnen. Er besaß die gleiche Farbe wie die Nordsee, die sie liebte. Edda mochte auch Spiekeroog und das Wattenmeer. Lukas hasste das alles. Die Inseln sowieso. Er bekam beim leisesten Windhauch Migräne und bevorzugte die Berge. Sie hatte sich gefügt, weil sie ihm gefallen wollte. Welche Frau wollte das nicht? Er sah unverschämt gut aus mit seinen angegrauten Schläfen und den dunklen Augen, war charmant und überaus aufmerksam. Dass sie nach Spiekeroog floh, darauf würde er, so hoffte sie, zuallerletzt kommen.

Am Morgen war alles wie gewohnt abgelaufen. Sie hatte ihre Joggingrunde gedreht und geduscht. Als sie im Business-Dress in die Küche kam, hatte er ihr bereits den Smoothie hingestellt, den sie jeden Morgen trank, heute der Jahreszeit entsprechend Grünkohl, Sellerie und Orange. Er hatte die üblichen Witze gemacht. »Der sieht aus wie Kompost.«

Sie konterte wie gewohnt. »Besser als Betablocker mit Kaffee.«

Er lächelte charmant und biss in sein gebuttertes Croissant. Er konnte essen, was er wollte, er blieb trotzdem in Form.

»Bist du nervös, Liebes?«, fragte er, »du wippst die ganze Zeit mit dem Knie.«

Sie zwang sich zur Ruhe. »Nein, alles in Ordnung, Schatz.«

Er strich ihr mit dem Finger über den Hals.

»Vergiss nicht, ich bin immer in deiner Nähe.«

Genau das machte ihr Sorgen.

An der Treppe, die in den Schiffsbauch führte, staute es sich. Zwei Großelternpaare schoben Enkel vor sich her. Frauen in geblümten Gummistiefeln, wie sie gerade in Landartjournalen beworben wurden, drängelten ungeduldig nach. Edda schnappte Worte auf. *Thalasso, nun-geh-schon-Marie!, Sauna, Thore-lass-die-Emma-in-Ruhe!, Teezeremonie.* Die übrigen Passagiere schnackten an Deck mit der Besatzung, Insulaner, die nach Hause fuhren. Lukas war nicht dabei, auch keiner seiner Leute. Edda schickte ein Stoßgebet gen Himmel und dankte Gott, dass er den heiligen Lukas mit Migräne gesegnet hatte.

Nach der letzten Beziehungskatastrophe war Edda in das nächstbeste Juweliergeschäft spaziert, um ihren Frust zu kompensieren. Sie hatte im Schaufenster einen Ring mit einem grauen Diamanten gesehen. Edda, von Beruf Goldschmiedin, war fasziniert von seinem Farbenspiel. Wie Wellengang. Oder Rauchschwaden. Der Preis überstieg ihr Budget. Sie hinterließ ihre Karte und entdeckte dabei an Lukas' kleinem Finger einen ähnlichen Ring. Der Juwelier und sie hatten anscheinend den gleichen Geschmack.

Am Nikolaustag stand Lukas mit Rosen und dem Ring vor ihrer Tür. Er trug eine rote Mütze, was sie entzückte. Ein Mann mit Humor. Kein Jahr später zog sie zu ihm. Als sie ihn einmal nach der Quelle der grauen Diamanten fragte, auf die er sich spezialisiert hatte, antwortete er lachend: »Wenn ich dir das sage, muss ich dich leider erschießen.« Seit einer Woche wusste sie, dass er keinen Scherz gemacht hatte.

Lief alles nach Plan, würde Lukas am Abend den Abschiedsbrief finden. Sie hatte ihn, bevor sie ging, zwischen seinen Betablockern und Granufink deponiert. Sie schrieb ihm, dass sie einen Fitnesstrainer aus der Schweiz kennengelernt habe, dass er sie langweile und dass sie mit dem Neuen fortgehe, weil er, Lukas, alt werde. Sie wollte ihn verletzen. Sie musste erreichen, dass er sie aus seinem Leben strich und vergaß.

Das Schiff drehte in die Fahrrinne und glitt zwischen den Pricken aufs Wattenmeer hinaus.

»Na, junge Fro, Mantel vergeeten?«

Edda schreckte aus ihren Gedanken hoch. Der Mann mit der Nikolausmütze hielt ihr eine Decke hin. Edda murmelte etwas von: »Musste schnell gehen heute Morgen.«

»Op de Flücht, wat?«

Statt die Decke zu nehmen, floh Edda unter Deck und suchte sich einen Platz in der hintersten Ecke. Sie lehnte die Stirn an das Fenster. Das Meer schwappte gegen die Scheiben. Windböen peitschten die Wellen auf, die Insel lag im Dunst. Außer Möwen, die spektakulär auf den Wellen schaukelten, war nicht viel zu sehen. Schließlich tauchte schemenhaft das Westend auf. Vom alten Hafen ragten vereinzelte Balken aus dem Wasser. Dann konnte sie auch das Dorf sehen. Spiekeroog lag stoisch im Meer und breitete seine Arme aus. Edda hatte die verrückte Vorstellung, dass die Insel sie erwartete.

Sie hatte sich eine schlichte Pension am Dorfrand *Up de Dünen* ausgesucht. Die Pensionswirtin war eine zupackende Frau mittleren Alters, die keine Fragen stellte.

»Gibt gleich Elführtje. Wenn Se wollen ...«, lud sie Edda zum Tee ein, nachdem die Formalitäten erledigt waren. Edda wollte. Sie machte sich frisch, dann setzte sie sich ins Speisezimmer. Die Wirtin stellte ihr Tee und Gebäck hin, eine Stubenuhr schlug elf. Es fühlte sich gut an, hier zu sein. Edda langte ordentlich zu. Außer dem Smoothie hatte sie heute nichts zu sich genommen. Die Wirtin brachte einen weiteren Teller mit Keksen.

»Sünnerklaaskeerls. Back ick sülms.«

»Sehr lecker«, murmelte Edda mit vollem Mund und schenkte sich Tee nach. Der Kandis in der hauchdünnen Porzellantasse knisterte.

»Wo kann ich hier warme Sachen kaufen?«, fragte sie.

»Umme Ecke. Sagen Sie, dass sie von Alwine kommen. Denn gibt's Insulanerpreise.«

»Danke. Sind noch andere Gäste im Haus?«

»Ne. Geht erst kurz vor Weihnachten wieder los.«

Den Rest des Tages verbrachte Edda damit, sich für die nächsten Tage einzudecken. Sie kaufte sich eine Wetterjacke, gefütterte Gummistiefel und eine Tafel Schokolade, das hatte sie schon lange nicht mehr getan. Am nächsten Morgen schien die Sonne.

Vor einer Woche hatte auch die Sonne geschienen. Lukas war früh aufgestanden und telefonierte unten. Er stritt sich mit jemandem, sie war davon wach geworden. Auf dem Weg ins Bad sah sie, dass die Tür zu seinem Büro einen Spalt offen stand. Er schloss sonst immer ab. Von Neugierde getrieben trat sie ein. Auf dem Schreibtisch stand sein aufgeschlagenes Notebook, es war eingeschaltet. Er telefonierte immer noch. Sie öffnete die letzte Seite, die er aufgerufen hatte. Ein rumänisches Bestattungsinstitut. War er am Ende krank? Aber warum dann Rumänien? Oder war das Bulgarisch? Sie klickte sich durch die Seite und fand Abbildungen von Schmuck. Fingerringe, Ohrringe und Halsketten, alle mit grauen Diamanten bestückt, wie sie sie von Lukas kannte. Sie entdeckte Stücke, die sie selbst für ihn gefertigt hatte. Was suchten die dort? Sie hörte seine Schritte unten an der Treppe, klappte schnell das Notebook zu und floh unter die Dusche. Als sie kurz darauf im Joggingdress nach unten kam, lehnte er an der Küchentheke und trank Kaffee. Ihr Smoothie stand bereit.

»Guten Morgen. Gut geschlafen, Liebes?«

»Bestens.«

»Du warst nicht zufällig an meinem Notebook?«

Sie nippte an ihrem Smoothie und schmeckte Spinat, Apfel und Kohlrabi heraus. Ihre Knie wurden weich. Sie hatte es zugeschlagen. Wie dumm! Sie gab sich ahnungslos.

»Ich war noch nie in deinem Büro.«

»Das, meine Liebe, sollte auch so bleiben.«

Auf Spiekeroog hatte Edda so gut geschlafen wie lange nicht. Sie zog sich die warmen Sachen an und ging ungeschminkt nach unten in den Speiseraum. Ein Tisch am Fenster war für zwei Personen gedeckt, neben den Teetassen stand jeweils ein Schokoladen-Nikolaus. Ach ja. Es war der sechste Dezember. Edda setzte sich, die Wirtin kam an den Tisch.

»Ist doch noch jemand gekommen gestern. Sie haben doch nichts gegen Gesellschaft? Ein sehr netter Herr.«

Edda antwortete nicht. Die Wirtin stellte die Teekanne auf das Messingstövchen. Draußen fuhr ein alter Mann mit Seemannsmütze auf einem klapprigen Rad vorbei.

»Wer ist denn mein Tischnachbar?«

Die Wirtin lächelte versonnen. »Da kommt er schon. Guten Morgen, Herr Schmidt.«

»Guten Morgen, meine Damen. Ein herrlicher Tag! Darf ich?« Lukas strahlte.

Nach ihrer Entdeckung war Edda ganz normal zur Arbeit gegangen und hatte heimlich recherchiert. Sie fand heraus, dass das rumänische

Institut Diamantbestattungen durchführte. In Deutschland waren die verboten. Man brauchte dafür die Asche des Verstorbenen, aus der mit einem aufwändigen Verfahren ein Diamant hergestellt wurde. Edda fragte sich, ob es *Diane* und *Norbert* auch so ergangen war.

»Herzlichen Glückwunsch«, sagte Lukas und überreichte der erstarrten Edda eine Rose. »Du hast wohl gedacht, ich vergesse unser Dreijähriges?«

»Und was ist mit deiner Migräne?«

Er machte eine wegwerfende Geste. »Aber sag mal, wolltest du nicht in die Schweiz?«

»Die Frage ist wohl eher, was willst du auf der Insel?«

Er bestrich sein Brötchen mit Butter und biss herzhaft hinein. »Du hast etwas mitgenommen, das ich gern zurück hätte.« Er zeigte auf ihren Ringfinger.

»Diane?«

»Exakt. Sie und ich, wir waren immerhin verheiratet.«

Edda verschluckte sich. Der Appetit war ihr vergangen. Als sie wieder reden konnte, zeigte sie auf Norbert. »Und der da? Wer war das?«

»Der war ihr Liebhaber.«

»Du hast sie beide …?«

»Veredelt. Kann man sich ein schöneres Ende vorstellen?«

»Und die vielen anderen grauen Diamanten?«

»Auftragsarbeiten. Und nun hätte ich gern meine Ex zurück.«

»Tut mir leid. Die hat eine Meerbestattung bekommen.«

Er seufzte. »Das hätte ihr sogar gefallen.«

»Ist alles in Ordnung bei Ihnen?«

Die Wirtin war hereingekommen, um nach dem Rechten zu sehen. Lukas lächelte. »Ihr Tee ist ein Gedicht! Auf die Minute gezogen. Sie müssen mir Ihr Geheimnis verraten.«

»Heute Abend?«

»Ich freue mich darauf.«

Die Wirtin verließ sie beschwingt. Edda dachte, dass sie ihr die Wahrheit über Lukas sagen sollte, brachte aber kein Wort heraus. Es war wie in den Träumen, in denen man verfolgt wurde und nicht von der Stelle kam.

»Was hältst du von einem Spaziergang, Liebes? Du siehst so blass aus. Wir sollten über alles reden, findest du nicht?«

Sie nickte nur.

Keine Stunde später liefen sie zum Hafen. Es war Ebbe, das Meer hatte sich weit zurückgezogen. Sie waren allein und Edda hatte sich gefasst. »Wollen wir rüberlaufen?«, fragte sie fast übermütig. Der Hafen von Neuharlingersiel schien zum Greifen nah.

»Warum nicht?«

Sie gingen los. Das Watt schmatzte unter ihren Füßen und Lukas begann von sich aus zu erzählen. Der erste Mord an Diane, die Frage, was mit ihrer Leiche geschehen sollte, dann die Lösung. Eine illegale Überführung nach Rumänien, es war fast zu einfach. Der anschließende Mord an Norbert, der genauso reibungslos verlief, und schließlich die Idee, ein Geschäft daraus zu machen.

Er hatte lange geredet und blieb nach einer Ewigkeit stehen, um sich die Schläfen zu massieren.

»Was willst du jetzt tun?«, fragte Edda. »Willst du mich auch veredeln?«

Statt einer Antwort wühlte Lukas in seiner Jackentasche und zog einen Elektroschocker hervor. Edda lachte.

»Das ist nicht dein Ernst, oder? Gott, wie primitiv!«

»Für einen raffinierten Mord lässt du mir keine Zeit, Liebes. Es wird aussehen wie ein tragischer Unfall. Ich betäube dich und den Rest erledigt die Flut.« Er seufzte. »Schade eigentlich. Du hättest einen schönen Diamanten abgegeben.«

Er war schneller bei ihr, als sie ihm zugetraut hatte. Sie ließ sich fallen und rollte zur Seite. Er stieß den Elektroschocker ins Watt und tötete die Wattwürmer der Umgebung. Sie rappelte sich hoch und spurtete los. Er rannte ihr nach und schrie: »Bleib stehen, oder ich setze meine Leute auf dich an! Dann leidest du!« Diese und andere Drohungen stieß er aus, wurde aber schnell leiser. Nach wenigen hundert Metern hörte sie ihn keuchen, aber darum konnte sie sich jetzt nicht kümmern. Sie musste sich beeilen, die Priele liefen voll, aber sie war durchtrainiert, er nicht, und Kompost war eben doch nicht das schlechteste Frühstück.

Seine Urne wurde kurz vor Weihnachten unter großer Teilnahme beigesetzt. Selbst die Wirtin war aufs Festland gekommen, um an der Beerdigung des charmanten Gastes teilzunehmen, der auf so tragische Weise sein Ende gefunden hatte.

»Was für ein feiner Mann er doch war. Wie ein Diamant unter Kieselsteinen. Es muss schwer für Sie sein.«

»Ich komme klar.«

Edda bedankte sich für die Anteilnahme und versprach, bald wieder nach Spiekeroog zu kommen. An ihrem Finger trug sie einen schmalen Ring mit einem grauen Diamanten. Sie wusste, es würden weitere dazukommen.

# Sünnerklaaskerls
## Ostfriesische Nikolausplätzchen

*Zutaten:*
200 g Butter
3 Eier
500 g Zucker
1 Messerspitze Zimt
1 Messerspitze Kardamom
500 g Mehl
1 Messerspitze Backpulver
Etwas abgeriebene Zitronenschale, Fett für das Blech
Nikolausförmchen zum Ausstechen

*Zubereitung:*
Backofen auf 180 Grad (Umluft 150 Grad) vorheizen.
Butter mit Eiern und dem Zucker schaumig rühren, nach und
nach Gewürze und Mehl unterrühren, kräftig durchkneten.
Den Teig eine Nacht stehen lassen, dann auf einer mit Mehl
bestäubten Backunterlage ausrollen. Förmchen ausstechen, auf
ein gefettetes Backblech setzen und ca. 12 Minuten hellbraun
backen.

# Jürgen ermittelt

Auch am 25. Dezember wachte Jürgen um 4.30 Uhr auf. Er trat zum Fenster und hielt sein Reisethermometer nach draußen. Minus 8 Grad. Zufrieden suchte er die Thermo-Laufsachen aus seinem Koffer. Die Taschenlampe lag von gestern noch auf dem Tisch, ebenso die Handschuhe. Jürgen lief jeden Morgen vor dem Frühstück. Erst recht nach Feiern. Dr. Bredow, sein Psychiater, hatte ihm ausführlich erläutert, wie wichtig ein geregelter Tagesablauf war.

Leise öffnete er die Tür seines Zimmers und trat auf den Flur. Im Schein der Nachtbeleuchtung ging er die Treppe hinunter und durch den Flur zur leeren Rezeption. Auch die Küche und der Essraum zur Rechten lagen noch im Dunkel. Nach dem gestrigen Festessen würde das Frühstück für die Teilnehmer der »Stillen Tage in der Jugendherberge Neuharlingersiel« erst ab 10 Uhr bereitstehen.

Viel Zeit also für einen schönen, langen Lauf.

Jürgen trat vor die Tür. Alle Autos auf dem Parkplatz frostüberzogen, dahinter völlige Finsternis. Jürgen wandte sich nach links zur Straße. Dort bestand nicht die Gefahr, in den Graben zu stolpern.

Erst mal ein leichter Trab zum Kreisel. Die Strecke in den Ort hatte genau die richtige Länge zum Wachwerden. Dann würde er sehen, welcher Weg sich anschloss. Das Licht der Taschenlampe fiel auf die Richtungsschilder »Esens« und »Zentrum«. Aber was lag da mitten auf dem Kreisel?

Jürgen hasste jedwede Störungen seiner Pläne. Aber im Schein seiner Taschenlampe lag ein Mensch. Das hellblaue Hemd bildete einen unschönen Kontrast zur friedlichen Szene. Jürgen stoppte und leuchtete das Bild weiter aus. Warum lag ein Mann, in Hemd und dunkler Hose, bei diesen Temperaturen ausgestreckt auf dem Rücken mitten auf einer Verkehrsinsel? Jürgen näherte sich vorsichtig und leuchtete in das Gesicht des Mannes. Die Augen waren geöffnet, die rechte Hand war zur Faust geballt. Widerwillig streckte Jürgen die Hand aus, um den Mann an der Schulter zu schütteln. Und zuckte zurück. Kein Zweifel, der Mann war tot. Jürgen glaubte ihn schon einmal gesehen zu haben, und nach einigen Momenten fiel ihm ein, wo. In *Hansemanns Hotel* im Zentrum. Jürgen hatte vorgestern nach der Anreise dort einen Tee getrunken und das Ortszentrum besichtigt.

Was hatte der Mann hier an der Jugendherberge gewollt? Feiern?

Jürgen war klar, dass er jetzt die Polizei rufen sollte, aber das hätte bedeutet, dass er in sein Zimmer zurückgehen und sein Telefon holen müsste, und er wollte vor Ende seines Laufs nicht in sein Zimmer. Dr. Bredow hätte diese Abweichung bestimmt nicht gut geheißen.

War der Mann erfroren? Jürgen betrachtete die rechte Hand der Leiche und versuchte, die Faust zu öffnen. Nach einigem Gefummel konnte Jürgen einen Zettel aus der Hand lösen. Er las: »Labskaus feierlich.« Schnelle Notizen, als hätte jemand eilig ein Rezept notiert. Oder Teile davon, denn die letzte Zeile brach ab.

Warum war der Mann hier mitten in der Nacht herumgelaufen? Er konnte sich nicht verirrt haben, denn er lag direkt vor dem Schild »Zentrum« und die Straße führte schnurgerade dorthin. Noch dazu lag *Hansemanns Hotel* am Ortseingang. Jürgen behielt den Zettel in der Hand und lief los. Ohnehin seine Strecke. Das Hotel lag direkt an der Straße. Am Eingang klebte ein Blatt Papier. Jürgen las: »Wir bedauern, unser Weihnachtsdinner absagen zu müssen, und bedanken uns bei unseren treuen Gästen. Ihr Hotel Hansemann.«

Bei Hansemann war also keine Feier zustande gekommen, die Jugendherberge dagegen war ausgebucht. Das Weihnachts-Buffet gestern war auch eindrucksvoll gewesen. Eine Fülle von ostfriesischen Leckereien, herzhaft oder süß, warm oder kalt.

»Labskaus feierlich« hatte es auch gegeben, Jürgen erinnerte sich gut. Superlecker und ein dezentes, aber besonderes Bisschen anders als gewohnt.

Jürgen leuchtete in eines der Fenster des Hotels. Der Speiseraum. Da hinten hatte er vorgestern seinen Tee bekommen. Diese etwas durchgesessene Sitzbank mit dem altbackenen Gobelinbezug. Jürgen erinnerte sich an das angestoßene Sahnekännchen. Kein Wunder, dass das Weihnachtsdinner nicht gebucht wurde. Die Leute feierten eben lieber in einem schick und stilecht renovierten Hotel im Ort. Oder in moderneren Räumen wie denen der Jugendherberge, die sich Resort nannte, ein gemütliches Kaminzimmer hatte und Aktivitäten für jeden Geschmack anbot.

Jürgen ging um das *Hotel Hansemann* herum und leuchtete in jedes Fenster. Nicht nur das Weihnachtsdinner war ausgefallen, auch sonstige Gäste schien das Hotel nicht zu haben. Keine Autos auf dem Parkplatz, alle Fenster unbeleuchtet. Nein, im zweiten Stock, auf der Rückseite, unter dem Dach erkannte Jürgen einen schwachen Lichtschein. Bewegte sich da etwas? Jürgen glaubte, einen Schatten zu erkennen. Was sollte er tun? Klingeln, rufen? Vielleicht hatte er sich geirrt und der Tote gehörte gar nicht zum Hotel. Die Vorstellung, einen Aufruhr dieser Art zu verursachen und einen Haufen Fragen beantworten zu müssen, missfiel Jürgen. Er beschloss, seinen Lauf fortzusetzen. So hatte er Ruhe zum Nachdenken.

Er drehte seine Runde durch das menschenleere Neuharlingersiel. Die kleinen Geschäfte und Cafés geschlossen, die Fischerboote alle im Hafenbecken, der Anleger für die Fähre nach Spiekeroog wie eingefroren. Um fünf Uhr morgens am ersten Weihnachtstag drehten sich die Einwohner in ihren Betten noch einmal auf die andere Seite. Erst später würden sich die allerersten, die mit den Touristen zu tun hatten, aufraffen und in die Hotelküchen schlurfen, um mit den Frühstücksvorbereitungen anzufangen.

Am Strand blieb Jürgen stehen und betrachtete die eisige Nordsee. Dr. Bredow hatte ihm vorgeschlagen, es einmal mit einem Hotelaufenthalt zu versuchen. In einer ruhigen Gegend.

Deswegen war er hierher gereist und hatte den Heiligabend-Trubel in der Jugendherberge ertragen, die aufgeregten Kinder ignoriert und sich aus jedweden Small-Talk-Situationen mit den Erwachsenen herausgehalten. Das musste man in Kauf nehmen. Ebenso die unbeholfene Bedienung. Die Jugendherberge hatte für den Anlass irgendwelche Mädels aus den Dörfern engagiert, die Getränkebestellungen aufnahmen und das Gewünschte nach einer mehr oder weniger langen Weile auch brachten. Eine hatte schließlich geweint. Jürgen erinnerte sich, auf dem Weg zur Toilette erregte Stimmen sowie den geschluchzten Ausruf »Das stimmt doch gar nicht, ich liebe doch nur dich!« gehört zu haben. Um Himmels willen. Sowieso völlig überfordert, dieses Mädchen, und dann meinte die auch noch, sie müsse ihren Beziehungsstatus während der Arbeit klären. Der junge Mann von der Rezeption war aus der Tür geschossen und hatte Jürgen fast umgerannt. Da war wohl etwas ganz schiefgegangen.

Aber das Essen war wirklich lecker gewesen. Jürgen begann, sich auf den für heute angekündigten Weihnachtsbrunch zu freuen. Er beschloss, statt am Wasser und durch die Felder an der Straße zurückzulaufen.

Jürgen trabte durch den Ort. Im Hotel Hansemann rührte sich nach wie vor nichts. Jürgen ging noch einmal auf die Rückseite. Im gelben Lichtschein des kleinen Fensters ganz oben erkannte er jetzt deutlich eine Gestalt. Das Fenster wurde geöffnet, ein Kopf erschien und eine dünne Altfrauenstimme rief: »Hilfe, hört mich jemand? Hilfe!« Jürgen trat näher. Zittrige, alte Frauen waren schwierig, aber unterlassene Hilfeleistung gehörte sich nicht. Er rief: »Was kann ich für Sie tun?«

Die Frau beugte sich vor und versuchte zu erkennen, wer da sprach. Jürgen leuchtete sich widerwillig mit der Taschenlampe ins Gesicht.

»Bitte machen Sie die Tür auf. Wir sind hier eingesperrt. An der Wand bei der Mülltonne liegt ein Schlüssel.«

Jürgen schwenkte die Taschenlampe, fand die Tonne und den Schlüssel. Die Hintertür führte in einen schmalen, muffigen Flur und zu einer steilen Treppe mit abgetretenen Teppichfliesen. Oben angekommen, erkannte Jürgen die Tür, unter der ein Lichtschein hervorkam. Der Schlüssel steckte von außen.

Das Zimmer hätte vor fünfzig Jahren sicherlich als vollwertige Hotelunterkunft gegolten. An jeder Wand ein schmales Bett, dazwischen die Nachttische eingeklemmt, neben der Tür ein Schrank. Die alte Frau fiel Jürgen fast um den Hals. »Sie haben uns gerettet. Wir sitzen hier seit gestern Nachmittag, und mein Mann braucht doch seine Tabletten.« Der alte Mann saß zusammengesunken auf dem einen Bett und starrte vor sich hin. Auf den Nachttischen standen die Reste von Salamibroten und zwei Wasserflaschen nebst Gläsern. Wer hatte die beiden hier gefangen gehalten?

Immerhin gab es eine Toilette. Die kleine Tür stand offen und man konnte ein Kabuff mit Waschbecken und Toilette erkennen. Vor fünfzig Jahren wahrscheinlich der letzte Schrei an Komfort.

Jürgen half den beiden Alten die Treppe hinunter und in den Speiseraum. Der Mann bekam seine Tabletten und wirkte bald etwas vitaler. Die Frau erklärte, Jürgen, ihr Sohn, habe sie eingesperrt und nein, auf keinen Fall Polizei, er werde schon wiederkommen, nur habe er vergessen, den beiden die Tabletten hinzulegen. Er hatte es eilig gehabt und nur gesagt, dass er bald zurück sei.

Und jetzt war er schon die ganze Nacht fort.

Jürgens Blick fiel auf die Fotos an der Wand. Da war er. Der Tote vom Kreisel. Lachte in die Kamera und hatte beide Arme um seine Eltern gelegt.

»Ja das ist Maik. Wissen Sie, er meint das nicht böse, aber mein Mann ist dement und macht viel im Haus kaputt und läuft oft weg. Und Maik geht dann los und sucht ihn. Ich kann ihn nicht nach Hause bringen, schon gar nicht bei der Kälte. Deswegen hat er die Tür abgeschlossen. Maik kümmert sich wirklich gut um uns.«

Jürgen bot an, einen Kaffee zu machen, und ließ sich von der dankbaren Alten die Küche zeigen. Überall der gleiche abgestandene Geruch nach Essen, Staub und altem Haus. Wer um alles in der Welt hätte hier ein Weihnachtsessen auf die Beine stellen können? Maik etwa, ganz allein? Der konnte von Glück sagen, dass das ausgefallen war.

Aber wie nur sollte Jürgen den beiden Alten sagen, dass ihr Sohn nicht mehr lebte? Um Zeit zu gewinnen, fragte er: »Wo wollte Ihr Sohn denn hin?«

»Zur Jugendherberge. Maik wollte wohl seine Freundin treffen. Er hat gesagt, dass sie Heiligabend da als Aushilfe serviert. Hier war ja nichts los.«

Traurig sah die Frau in den dunklen Speiseraum, dachte wohl an die besseren Zeiten.

Um nicht reden zu müssen, trank Jürgen seinen Kaffee. Hatte Maik was mit der Freundin von jemand anderem angefangen? War die Heulsuse die Freundin von dem jungen Mann von der Rezeption? Aber warum wollte er sie an einem Abend treffen, an dem sie erstens schwer beschäftigt war und zweitens der andere Mann in nächster Nähe rumlief? Hatte dieser das Ganze mitgekriegt und die Situation war dann eskaliert? Hatte der junge Mann von der Rezeption Maik verfolgt und ihm auf dem Kreisel eins übergezogen? Hatte er ihn getötet oder nur bewusstlos geschlagen und dann da liegen lassen?

Und wie passte das Rezept ins Bild? Als die alte Frau sich aufmachte, um ihrem Mann einen Kaffee zu bringen, schaute Jürgen auf den Zettel. »Labskaus feierlich.« Was hatte Maik mit dem Rezept gewollt?

Er überschlug seine Möglichkeiten. Jetzt die beiden Alten aufzuklären, hätte zur Folge, dass er hier möglicherweise bei zwei weinenden alten Menschen bleiben müsste, bis die Polizei kam. Eine unerträgliche Vorstellung. Dr. Bredow hätte bestimmt abgeraten.

Der Wunsch nach einer heißen Dusche wurde stärker.

Zurück auf der Straße lief er in hohem Tempo Richtung Jugendherberge. Er musste herausfinden, was es mit dem Rezept auf sich hatte. In der Küche der Jugendherberge hatte der Betrieb begonnen. Jürgen linste durch die Tür zum Küchentrakt. Und tatsächlich, eins der Mädels hatte ein sehr verweintes Gesicht.

Jetzt war Small Talk gefragt. Als sie aus der Tür kam, schmetterte er ihr ein »Guten Morgen« entgegen. Sie schaute hoch und bevor sie sagen konnte, dass der Weihnachtsbrunch erst um zehn Uhr bereitstehen würde, tat Jürgen erstaunt und fragte: »Sie haben doch nicht etwa geweint? An Weihnachten?« Solch eine Vertraulichkeit stellte für Jürgen Schwerarbeit dar, aber er wurde belohnt, denn die junge Frau zog eine Packung Zigaretten aus der Jackentasche und steuerte den Aschenbecher vor der Tür an.

Die heiße Dusche musste warten. Jürgen ging hinter der jungen Frau her. »Was ist denn los? Kann ich Ihnen helfen?« Zu Weihnachten war derartige Aufdringlichkeit ja wohl erlaubt.

Die Frau sah ihn an und murmelte etwas wie »Mein Freund ist sauer. Er denkt, ich habe ihn betrogen.«

Jetzt fand Jürgen, es sei an der Zeit, das Fürsorglichkeitsmäntelchen fallen zu lassen. »Und? Haben Sie? Wer ist denn Ihr Freund?«

Die junge Frau hatte anscheinend niemanden zum Reden, denn sie antwortete: »André von der Rezeption. Er dachte, ich hätte was mit Maik.« Offenbar dachte sie nicht darüber nach, dass ihr Gesprächspartner nicht wissen konnte, wer Maik war.

Jürgen nickte und wartete.

»Aber der wollte nur das Rezept für den Labskaus.«

»Warum denn?«

Die junge Frau schien dankbar für die Ablenkung. »Maik ist der vom *Hotel Hansemann*, so ein alter Kasten, da bucht niemand mehr ein Zimmer. Die Leute kommen höchstens für Kaffee und Kuchen. Den macht seine Mutter und das kann sie wirklich gut. Der Maik will das Hotel von Grund auf renovieren und neue Gerichte anbieten und so. Das Labskaus ist wirklich was Besonderes. Er hat mir einen Job angeboten, wenn das Hotel fertig ist. Hier gibt's ja nicht viele Arbeitsstellen. Und André hätte da auch arbeiten können, wir wären ein prima Team. Aber gestern Nacht hat André gesagt, er will mit Maik nicht mehr arbeiten. Weil er Maik und mich gesehen hat, wie wir geredet haben ohne ihn. Wir haben uns fast die ganze Nacht gestritten und dann ist André abgehauen. Wollte Maik die Meinung sagen. Er ist bis jetzt nicht wiedergekommen.«

Jürgen schaute auf den Parkplatz. In der ersten dünnen Morgendämmerung leuchtete der Frost auf den Feldern.

»Wohin ist er denn gegangen?«

»Keine Ahnung!«, sagte die junge Frau.

Jürgen durchdachte seine Möglichkeiten. Würde er ihr die Wahrheit sagen, hätte er sie am Hals. Sie würde sicherlich darauf bestehen, zum Kreisel zu gehen und sich dort möglicherweise weinend in seine Arme werfen. Keine ertragbare Option. Jürgen begann zu frieren. Aber jetzt einfach duschen zu gehen, kam ebenfalls nicht infrage. Er zwang sich zu sagen: »Das wird schon wieder. Ich geh mal ein bisschen laufen vor dem Frühstück.«

Er holte sein Handy aus dem Zimmer und lief zur Straße in Richtung Kreisel. Dort meldete er den Leichenfund.

Während er neben Maik stand und versuchte, sich warm zu halten, bemerkte er einen bislang nicht gekannten Seelenzustand. Mitgefühl. Für fünf Menschen auf einmal.

# Labskaus

*Rote Bete in reichlich Wasser weichkochen. Kartoffeln schälen und mit Kümmel und Lorbeerblättern ca. 20 Minuten weich garen.*

*Die heißen Kartoffeln mit etwas Butter und wenig Milch zu Püree verarbeiten. Rote Bete schälen und mit einer Gabel fein zerdrücken.*

*Zwiebeln in sehr kleine Würfel schneiden und in Butter glasig dünsten.*

*Corned Beef zerteilen und zusammen mit Kartoffeln, Roter Bete, Gurkenwasser und Zwiebeln in einer Schüssel unterheben. Mit Salz, Pfeffer, Rotweinessig und Thymian abschmecken.*

*Spiegeleier braten und auf der Corned-Beef-Kartoffelmischung anrichten.*

*Die Rollmöpse längs halbieren und neben das Labskaus legen.*

*Mit Schnittlauch bestreuen.*

HOLGER WITTSCHEN

# Hüftschaden

Seit dem Ereignis vor einigen Jahren schläft Frau von Stein schlecht und träumt auch weniger. Sie schläft nie mehr als drei bis vier Stunden. Manchmal weiß sie nicht so genau, ob sie bereits schläft oder noch wach ist. Ihre Träume sind dann abstrakt, nur Farben, Klänge, Bilder.

Ein Traum begleitet sie seitdem. Es ist ganz dunkel, etwas hört sich an wie splitterndes Holz, dann ein fürchterliches Kratzen über Metall. Irgendwann kommt das Klopfen, das immer lauter wird. Schließlich ist es so laut, dass es wummert. Es ist ein Hubschrauber, der über ihr kreist. Sie will sich die Ohren zuhalten. Sie hält es nicht aus. Sie erkennt, dass der gelbe Rettungshubschrauber genau dort landen will, wo sie steht. Aber sie ist außerstande, zur Seite zu gehen, trotz eines unmenschlichen Kraftakts ... Sie öffnet die Augen. Aber das Klopfen scheint immer noch in ihrem Unterbewusstsein zu rumoren. *Es klopft.* Sie ist auf der Küchenbank im Sitzen eingeschlafen. Das passiert ihr häufig. Der Körper holt sich seinen Schlaf. Sie weiß nicht, wie lange sie so gesessen hat, aber ihr Genick fühlt sich ganz steif an. *Es klopft.* Sie hat einige Zeit mit einem Mann zusammengelebt, der ungesund für sie war. Sie wusste, es würde ihr wieder gut gehen, wenn sie diesen Mann verließe. Es dauert, bis ihre Gedanken und Gefühle neu geordnet sind. Dann weiß sie, dass es klopft.

Als Frau von Stein endlich die Tür öffnet, hält der junge Mann seinen nervösen Jack Russel an der Leine und ist im Begriff, wieder zu gehen. Er dreht sich zu ihr um – und da ist dieser Blick, sind diese blauen Augen, wie wenn man in klares Meerwasser schaut, bis tief auf den Grund. Sie seien der Brandner Florian mit dem Seppl, sagt er ihr. Der neue Nachbar. Er wolle sich nur kurz vorstellen und Hallo sagen. Der Seppl kann unmöglich einen Moment still sitzen. Der will laufen, apportieren, am liebsten Kaninchen aus ihrer Behausung buddeln. Aber der Brandner Florian sieht seine Nachbarin interessiert an und ist fasziniert. Sie lächelt freundlich.

»Ach, wie nett! Möchten Sie nicht einen Moment hereinkommen?«, fragt sie. Sie freue sich über Besuch. Sie findet diesen Mann auf Anhieb sympathisch. Irgendwie erinnert er sie an den Schauspieler Colin Farrell. Der hat auch so markant männliche Züge. Sie sei gerade damit beschäftigt, das Weihnachtsessen vorzubereiten. Weihnachten gebe es schon seit je her große Mehlklöße, nach einem alten ostfriesischen Rezept ihrer Mutter. Dazu Gänsebraten mit brauner Soße und natürlich Rotkohl. »Seit ich mich von meinem Mann getrennt habe, lebe ich allein. Aber an Weihnachten will man ja keine neuen Moden einführen. Was sich bewährt hat, braucht man nicht zu ändern.«

»Großer Mehlkloß – jo mei, wie wunderbar!«, sagt er. Seine wasserblauen Augen strahlen jetzt richtig. Nun wird auch der bayrische Dialekt ganz deutlich. Seine Mutter sei ja aus Emden. Eine waschechte Ostfriesin, die mit dem Vater im Berchtesgadener Land lebe. Und sie mache Weihnachten immer dieses wunderbare Essen. Er denke nicht, dass er dieses Jahr Heiligabend nach Hause fahren könne. »Diese Bereitschaftsdienste an Weihnachten im Krankenhaus, einer muss sie ja machen. Als Arzt hat man es auch nicht immer leicht.« Einen Moment lang schauen sie sich in die Augen. Frau von Stein starrt geradezu und kann ihr Glück kaum fassen. Ein junger, attraktiver Arzt ist ihr Nachbar! Vielleicht sogar alleinstehend? Das ist wie in einem romantischen, kitschigen Film, denkt sie. Ostfriesenwood statt Hollywood. Nun, sie ist etwas älter als er. Aber was macht das schon? Sie streicht mit der Hand eine blonde Haarsträhne aus ihrem Gesicht und lädt ihn mit einer freundschaftlichen Geste in ihr Haus ein. »Ein warmer Tee wird jetzt guttun!« Der Brandner Florian nickt und lässt wohl die Leine für einen Moment zu locker, sodass der Seppl davonschießt wie eine Rakete. Jetzt im Winter sind die wunderbaren Rosenstöcke wegen der Kälte abgedeckt. Im Sommer ist der Garten mit seiner üppigen Blumenpracht ein Garten Eden und auch der englische Rasen ist ihr ganzer Stolz. All das weiß der Seppl aber nicht. So fängt er an, im Zentrum des grünen Paradieses ein Loch zu buddeln. Rasend schnell. Immer tiefer und tiefer. »Herrschaftszeiten!« ruft der Brandner Florian dann auch wütend. Fuchsteufelswild ist der auf einmal. Ihm sei das unendlich peinlich. Sie sehen nur noch das Hinterteil vom Hund, die Rute zeigt stramm gen Himmel.

Irgendwas kriegt der Seppl dann zu fassen und schlägt an. Denn als der Brandner Florian endlich an der Leine reißt und ihn herausziehen will, da knurrt er und hat etwas in seiner Schnauze, das er nicht hergeben will. »Sowas hat er noch nie gemacht. Er ist eigentlich ein ganz Lieber«, wobei er das Wort Lieber wie Liaber ausspricht. In der Hundeschule haben sie ihm beigebracht, auf Kommandos zu hören. Darum müsse jetzt irgendetwas vorgefallen sein, was praktisch beim Seppl die Sicherungen habe durchbrennen lassen. Er könne sich das nicht anders erklären.

Es ist ein richtiger Kampf mit der Kreatur. Dass der Garten jetzt wie ein Manövergelände aussieht, ist schon schlimm genug. Der Florian und der Seppl wissen ja beide nicht, dass es schon einmal so zugegangen ist. Schon einmal war die Erde hier aufgewühlt, weil eine teure Limousine das Holz ihres Jägerzauns durchbrochen hatte. Ein schrecklicher Unfall, und die Feuerwehr hatte den jungen Mann herausschneiden müssen aus der Karosserie. Mit dem Hubschrauber war er in die Notaufnahme geflogen worden. Dieser Mann, der nach der Entfernung von Bandagen und der Abheilung seiner entstellenden Schwellungen wie ein Phönix aufgeblüht war, der so viel Ähnlichkeit mit George Clooney und sich nach der Hochzeit so dramatisch verändert hatte. Seine spitzbübischen Züge, die liebenswerte Art, sein athletischer Körperbau, die kräftigen Arme, ja sogar der leicht hinkende Gang, die einzige Folge der Hüft-OP – all das hatte sie an ihm geliebt. Von seinem Vermögen ganz zu schweigen.

Aber nach nur einem halben Jahr Ehe waren die ersten Rettungsringe gekommen. Nach einem Jahr war sein zunehmender Widerspruchsgeist kaum noch zu ertragen gewesen. Doch all das wissen der Seppl und der Brandner Florian natürlich nicht. Was der Seppl zutage fördert, das setzt dem Ganzen die Krone auf. *Ein fossiler Knochen*! Das ist der erste Gedanke, den der junge Arzt hat. Der Seppl hat einen fossilen Knochen gefunden. Der Wahnsinn! Hat halt einen guten Riecher als Jagdhund. Dann staunt er nicht schlecht über die Größe des Fossils. Blass schaut er aus, der Knochen. Es ist ein *os femur*. Das weiß der Brandner Florian sofort. Ein Oberschenkelknochen. Ein menschlicher obendrein. Mit Knochen kennt er sich aus. Das hat er im Physikum bis zum Umfallen gebüffelt. Aber dass dieser Hüftknochen nicht vom Ötzi oder einem anderen Steinzeitmenschen stammen kann, das sagt ihm gleich der einbetonierte, metallene Hüftkopf. Gute Arbeit, denkt er. In sowas hat er Berufserfahrung. Als Chirurg bist du nicht nur Filigrantechniker, sondern auch Handwerker. Ein richtiges Kunstwerk, so eine künstliche Hüfte. Da war er im OP auch schon mal mit dabei gewesen. Durfte sogar die Klammern halten als Assistenz. Aber sagen tut er nichts. Warum, weiß er auch nicht. Eine peinliche Situation, nicht nur wegen der zerstörten Gartenidylle.

»Sie leben also getrennt von ihrem Mann«, stellt Florian nun laut fest. Irgendetwas muss er ja von sich geben, um die Situation zu entschärfen. Aber so ist das im Leben. Wie oft sagt man das Erstbeste, das einem in den Schädel kommt, so blöd es auch sein mag. Als wenn das noch nicht reichen würde, kommt in genau diesem Moment Polizeihauptkommissar Hanno Kröger mit seinem Polizeiauto vorgefahren. Mit ernster Miene steigt er aus dem Wagen. Frau von Stein, Florian Brandner und Seppl, der gerade seinem Herrchen den Fund vor die Füße legt und erwartungsvoll mit dem Schwanz wedelt, schauen den Kommissar fragend an. Der will was sagen, sieht aber den verwüsteten Garten und stutzt. Wer macht denn in dieser Jahreszeit Gartenarbeit, denkt er wohl. Nach einem kurzen Räuspern teilt er Frau von

Stein mit, dass der Fall des vermissten und quasi wie vom Erdboden verschluckten Herrn von Stein eingestellt wurde, und dass es ihm sehr leidtue. Selbst die internationale Fahndung habe keine brauchbaren Indizien liefern können.

Frau von Stein nickt, als hätte sie nichts anderes erwartet, und bedankt sich dafür, dass er ihr persönlich diese traurige Nachricht mitteile. Sie rechne ihm das hoch an. So eine Nachricht überbringe niemand gerne. Sie müsse lernen, mit diesem tragischen Verlust zu leben, sagt sie. Als der Kommissar beim Weggehen noch einmal den Blick über die Buddelei schweifen lässt, ruft der neue Nachbar plötzlich: »Seppl, such Stöckchen, such!« Der Brandner Florian schmeißt nun das reichlich große Fundstück in hohem Bogen davon. In seinem Kopf Tumult, sein Herz schlägt wie wild. Wenn der Knochen nicht ausgerechnet laut scheppernd in einer Dachrinne gelandet wäre, wer weiß, wie die Situation sich noch entwickelt hätte. Der Seppl jedenfalls schießt davon und macht dabei einen Heiden-Rabatz. Und der neue Nachbar entschuldigt sich bei Frau von Stein und dem Herrn Kommissar, er müsse seinem Hund noch das korrekte Apportieren beibringen.

Der Brandner Florian hat am 24.12. den Bereitschaftsdienst im Klinikum Emden übernehmen müssen. Allerdings kommt er in den Genuss seines geliebten Weihnachtsessens. Der große Mehlkloß schmeckt fast so gut wie bei seiner Mutter. Vielleicht sogar noch besser. Liebe geht halt durch den Magen, wie man so sagt.

Seitdem schläft Frau von Stein wieder jede Nacht durch. Sogar der immer wiederkehrende böse Traum scheint ausgeträumt. Über Herrn von Stein haben sie kein Wort mehr verloren. Und spätestens bis zum nächsten Weihnachtsfest wird, im wahrsten Sinne des Wortes, wieder Gras über die Geschichte gewachsen sein, das der neue Herr Dr. von Stein von Zeit zu Zeit mähen darf.

# Großer Mehlkloß

**Zutaten:**
100 g Mehl
3-4 Eier
1 Tasse warme Milch
15 g Hefe
ein Stück Butter
1 TL Zucker
etwas Salz

**Zubereitung:**
In der Mitte des Mehls eine Vertiefung machen. Die warme Milch hineinrühren und die übrigen Zutaten zu einem Teig verarbeiten. An einem warmen Ort aufgehen lassen. Den Kloß in eine ausgeschmierte, bemehlte Serviette binden und ein wenig Raum zum Aufgehen lassen. Nach einer Weile den Kloß 1 1/2 bis 1 3/4 Stunden in kochendem Salzwasser garen lassen.

HELGA HENSCHEL

# Bookweiten Knieper und Pizza

Die Weihnachtsfeier der Klempnerei Oldewurtel aus Leer fand in der Gaststätte Pünte statt. Während die anderen im warmen Festsaal auf das Essen warteten und sich unterhielten, standen Abbo und Unno auf der Terrasse und pafften ihre Zigaretten.

»Die Jümme fließt schnell«, sagte Abbo langsam und blickte zwischen zwei Zügen seinen Arbeitskollegen an.

»Stimmt«, meinte Unno knapp und versenkte sich wieder in Betrachtungen des Ufers und des vorbei strömenden Wassers.

Nach einem tiefen Zug wandte sich Abbo erneut an seinen Nebenmann: »Wir sind Zeckengebiet, hast du das gelesen?«

»Stand in der Ostfriesen-Zeitung. Hier diese Viecher, dass ich nicht lache«, antwortete Unno ungewöhnlich gesprächig.

Sie hörten die aufmunternde Tanzmusik durch die geschlossene Terrassentür. Aber davon fühlten sich beide keineswegs animiert, sondern starrten ungerührt weiter zum Ufer.

Das hohe Gras passte sich geschmeidig der Wasserströmung an und neigte sich landeinwärts mit der Flut.

In der frühen Dämmerung im November lag auf der anderen Seite der Jümme, einem Nebenarm der Leda, die Pünte-Fähre. Gesichert festgezurrt wartete sie auf die Inbetriebnahme im Mai. Denn diese alte handgezogene Fähre verband die Örtchen Amdorf und Wiltshausen. Für ein paar Euro setzten die Fährmänner im Sommer die vielen Fußgänger, Radfahrer, Motorräder und sogar Autos über. Wie im Winterschlaf lag sie im Fluss.

»Hörst du das?«, sagte Abbo und lauschte.

»Ich hör nix.«

»Doch da im hohen Gras im Wasser. Schwappt so komisch. Hörst du schlecht? Ist doch ganz deutlich!«, versuchte Abbo seinen Kollegen zu überzeugen.

Unno wollte sich Schwerhörigkeit wahrlich nicht anhängen lassen und konzentrierte sich. Nun vernahm er auch ganz deutlich die komischen Geräusche. Er beugte seinen Kopf vor und hielt sein rechtes Ohr in die Richtung.

»Da is' was, wir gehen hin.«

Beide drückten ihre Zigarettenstummel aus und gingen die Anhöhe hinunter in Richtung Jümme. Ganz genau behielten sie das Gras im Blick, um nasse Schuhe zu vermeiden. Trotz der Deiche und Entwässerungsmaßnahmen hatte das Wasser seit Urzeiten Überschwemmungen verursacht und lauerte überall. Angekommen konnten sie etwas Längliches, Dunkles erspähen und wagten sich näher heran.

»Siehst du die hellen Haare?«, sprach Unno. »Der ist so dick. Komisch. Der muss tot sein. Ob den die Schafe vom Kai geschubst haben? Neulich sind durchgeknallte Schafe ausgebüxt.«

Abbo schüttelte den Kopf und meinte nüchtern: »Wir sollten die Polizei rufen.«

Abbo holte sein Handy aus der Hosentasche und wählte die 110. Schweigend stapften sie zurück in den Festsaal und berichteten ihren Kollegen von ihrem Fund. Neugierig liefen einige zur Terrassentür und blinzelten zum Ufergras.

Als Beamte die Wasserleiche geborgen hatten, warf der diensthabende Oberkommissar Ocko Ukena einen Blick darauf. Er fragte den Rechtsmediziner nach seiner Einschätzung.

»Kannst du was sagen?

»Der Mann hat mehrere Tage im Wasser gelegen. Auf meinem Tisch schaue ich ihn mir genauer an. Sagen kann ich im Moment nichts. Tut mir leid. Du weißt, wie das mit Wasserleichen ist. Schwierig, aber lösbar«, erklärte der Rechtsmediziner.

In weißen Overalls tappten die Spurensicherer am Ufer entlang, fotografierten und suchten vergebens nach Hinweisen.

Die Weihnachtsfeiergesellschaft stand währenddessen dicht gedrängt am geschlossenen Terrassenfenster und versuchte, einen Blick auf den Toten zu erhaschen. Abbo und Unno mussten ständig von ihrem Fund erzählen. Deshalb waren ihre Kehlen völlig ausgetrocknet und sie tranken dagegen kräftige Schlucke Bier. Aber viel konnten die beiden dem Wissensdurst der Anwesenden nicht bieten. Sie hatten die Leiche nur aus der Entfernung gesehen.

Die Feier hatte an Schwung verloren. Die Belegschaft setzte sich zwar an die gedeckten Tische, auf denen Berge von echtem ostfriesischen Bookweiten Knieper mit Speck emporragten und appetitlich dufteten. Die gab es als Vorspeise. Eine ausgelassene Stimmung wollte nicht mehr aufkommen. Die Gespräche rankten sich nur um die gefundene Leiche. Diese Weihnachtsfeier würde in die mündlich überlieferte Firmengeschichte der Klempnerei Oldewurtel eingehen, waren sich alle sicher.

In der Pizzeria Milano in Leer jonglierte Francesca geschickt mit vollen Tellern durch den Gästeraum. Die Pizzeria war ein Familienunternehmen mit Tradition. Die hübsche Francesca mit ihren langen, schwarzen Haaren bediente die Besucher, ihr Vater schwang in der Küche tellerförmige Pizzateige und ihre Mutter goss Wein, Bier oder hochprozentigen Friesen- oder Moorgeist in Gläser. Sie war das Schwungrad im Betrieb und wurde von allen nur Donna Milano genannt. Das Geschäft florierte.

Seit ein paar Wochen kam fast jeden Abend ein junger Mann. Er setzte sich an einen Ecktisch in der Nische und war stets allein. Er aß Pizza und folgte vermutlich der Reihenfolge in der Speisekarte. Nachdem das einige Tage so ging, wechselte er zu Vorspeisen. Da das meist kleinere Portionen waren, bestellte er kurzerhand zwei davon. Anscheinend achtete er während des Essens kaum auf die schmackhaften Gerichte. Dafür verfolgten seine Augen Francesca auf Schritt und Tritt. Die registrierte zwar den sonderlichen Stammgast, ließ sich aber nichts anmerken. Wie immer erfüllte Francesca freundlich und zuvorkommend seine Wünsche. Hielt sich aber nie länger als unbedingt nötig an seinem Tisch auf. Sie ging fest davon aus, dass sie irgendwann einen Landsmann heiraten würde, der in die Pizzeria ihrer Eltern einstieg. Ihre Mutter hatte mal solche Andeutungen gemacht. Und ihrer Mutter, Donna Milano, zu widersprechen, traute sie sich nicht. Deshalb wich sie jedem Gespräch aus und tat gleichgültig. Donna Milano wachte mit Argusaugen an der Theke und schielte oft zu Francesca hinüber. Aber insgeheim gefiel der Fremde Francesca. Er war höflich, zurückhaltend, sah ordentlich und nett aus. Und er hatte einen leichten, aber sympathischen Sprachfehler. Er stotterte. Trotzdem mochte sie ihn. Allerdings durfte das ihre Mutter auf keinen Fall auch nur ahnen.

Eines Abends fragte der Fremde Francesca: »Gehen Sie mit mir nach der Arbeit in den Pub?«

Den Satz musste er stundenlang geübt haben, um ihn ohne Stottern herauszubringen, dachte Francesca. Sie blickte ihn erstaunt an und sagte: »Nein!« Hastig wandte sie sich dem Nachbartisch zu.

Am folgenden Abend stellte er beim Bezahlen die gleiche Frage: »Gehen Sie mit mir nach der Arbeit in den Pub?«

Sie schüttelte nur den Kopf.

So ging das einige Abende lang und Francesca war es langsam peinlich. Was sollte sie ihm noch antworten? Sie war ratlos. Und das alles unter den wachsamen Augen ihrer Mutter. Francesca mochte sich gar nicht vorstellen, welche Gedanken sie in ihrem Kopf wälzte. Francesca schwitzte schon aus allen Poren, sobald er in der Tür erschien und sich wie gewohnt an seinen Tisch setzte. Jeden Abend kostete es Francesca mehr und mehr Energie, sich unbefangen zu geben.

Sie überlegte: Warum soll ich nicht mit ihm ausgehen? Ich bin eine erwachsene Frau. Mir kann eigentlich keiner etwas vorschreiben. Auch nicht meine Mutter. Und er ist sympathisch. Ich möchte ihn näher kennenlernen. Was soll daran so schlimm sein?

Der seltsame Gast hatte seine Hoffnung noch nicht aufgegeben und fragte am folgenden Abend wieder: »Gehen Sie nach der Arbeit mit mir in den Pub?«

Diesmal flüsterte Francesca ihrem Verehrer verschämt zu: »12 Uhr beim Teemädchen.«

»Danke!« Er nickte unauffällig. Denn er hatte längst mitbekommen, wie sehr Donna Milano über das Geschehen im Speiseraum wachte.

Nachdem der letzte Gast bezahlt hatte, verschwand Francesca im Waschraum. Dort fummelte sie das Haargummi aus ihren Haaren und schüttelte sie kräftig aus. Aus ihrer Handtasche holte sie einen Lippenstift und zog ihre Lippen nach. Ein paar Spritzer Parfüm vertrieben den Gaststättengeruch. Ihren regenfesten Mantel mit Kapuze hatte sie schon übergezogen. Sie überprüfte mit kritischen Blicken im Spiegel ihr Aussehen. Zufrieden schloss sie Handtasche und Jacke und öffnete voller Tatendrang die Tür. Schnell verschwand sie durch den Hinterausgang auf den stillen Hinterhof. An den überquellenden Mülltonnen vorbei eilte sie in Richtung Teemuseum, vor dem die Bronzefigur »Teemädchen« stand. Sie spürte Aufregung und Neugier, denn sie verstieß gegen die ungeschriebenen Gesetze ihrer Mutter. Dennoch fühlte sie sich mutig.

Mit hochgeschlagenem Kragen eines Regenmantels wartete ihre Verabredung. Er hatte die Hände tief in den Taschen vergraben und blickte in ihre Richtung.

»Hallo, Sie konnten kommen. Ich freue mich. Mein Name ist Joris Masius aus Leer«, begrüßte er Francesca.

»Guten Abend. Francesca de Luca«, antwortete sie.

»Gehen wir das kurze Stück?«

»Ja, natürlich. Dann bekomme ich frische Luft.«

Unsicher gingen Joris und Francesca durch die nun leere Einkaufsstraße in Richtung Pub. Nur wenige Nachtschwärmer suchten ihre Wege und verschwanden in den Nebenstraßen.

Schleppend kam ihre Unterhaltung in Gang. Keiner von beiden war es gewohnt, unverfängliche Gespräche zu führen. Joris erkundigte sich nach ihrer Arbeit. Er erzählte von seinem Job in einer Teefirma. Dort war er im Marketing beschäftigt. Im Pub angekommen suchten sie einen ruhigen Tisch und bestellten einen leichten Wein. Ihre Unterhaltung kam immer besser in Gang. Beide fühlten füreinander Sympathie. Beim zweiten Glas Wein wechselten sie vom unpersönlichen Sie zum Du. Beim dritten Glas verabredeten sie ein neues Treffen. Nach Mitternacht brachte Joris Francesca nach Hause. Leichtfüßig stieg sie die Treppen zu ihrem Zimmer hinauf. Sie war glücklich, sie hatte ein Date gehabt. Zugleich misstraute sie der ungewohnten Freiheit.

Unbemerkt schloss sich leise die Schlafzimmertür ihrer Eltern.

Drei Männer standen auf der Leda-Brücke. Dichte Nebelschwaden zogen über Fluss, Felder und Wiesen und verbreiteten gespenstische Stimmung. Zu ihren Füßen lag ein Bündel eingeschlagen in dunklem Tuch. Sie schauten sich nach allen Seiten um. Sie brauchten die Dunkelheit und grelle Autoscheinwerfer störten ihre Pläne. Kein nächtlicher Fahrer in Sicht. Wie auf Kommando bückten sie sich zum Bündel hinunter und hievten es rasch über das Brückengeländer. Platschend fiel es in die Leda, die mit der Ebbe Richtung Nordsee floss. Ohne ein weiteres Wort stiegen sie in ihr Auto. Der Job war erledigt. Der Fluss transportierte das Bündel weit weg, vermuteten sie. Der Fahrer startete den Motor und fuhr durch den winterlichen Nebel in Richtung Leer davon.

Nach ihrem ersten Treffen tauchte Joris nicht mehr in der Pizzeria auf. Francesca war traurig und maßlos enttäuscht. Sollte sie sich so geirrt haben? Sie dachte gerne an ihre Unterhaltung zurück. Sie hatte Verstehen und echtes Interesse gespürt. Alles vorgetäuscht und gelogen? Sie wollte es nicht glauben. Aber er saß nicht wie üblich an seinem Tisch. Nun saßen Fremde dort und zu ihnen musste sie höflich sein, auch wenn ihr ein

Kloß im Halse steckte. Und sie konnte keinem von ihrer neuen Bekanntschaft erzählen. Sie hatte keine beste Freundin, der sie ihre hoffnungsvolle Begegnung anvertrauen konnte.

Ocko Ukena saß an seinem Schreibtisch und las den Obduktionsbericht zur Wasserleiche. Die war an massiven Schlägen und Tritten in den Leib gestorben und erst anschließend im Wasser gelandet. Anhand der Zähne hatte Ukena die Identität festgestellt. Das Opfer war der Leeraner Joris Masius, angestellt bei einer Teefirma.

»Du bist so harmlos. Wer hat einen solchen Hass auf dich, verprügelt und entsorgt dich im Fluss?«, fragte Ukena und kaute auf seinem Bleistift herum.

»Die Befragungen in der Umgebung des Opfers haben auch keinerlei Hinweise ergeben. Ein harmloser Ostfriese«, murmelte Ukena. »Und das Gesicht ist zu entstellt, damit können wir nicht an die Öffentlichkeit gehen.«

Resigniert schloss er die Akte und legte sie seinem Kollegen auf den Schreibtisch.

Donna Milano saß wieder mal mit einigen Männern im Hinterzimmer. Die Männer galten als Lieferanten, deshalb wunderte sich keiner oder stellte neugierige Fragen.

Der eine sprach gedämpft: »Gut, dass du uns sofort informiert hast. Die *Familie* hat das Problem beseitigt.«

Ebenso leise antwortet Donna Milano: »Ihr müsst einen passenden jungen Mann für Francesca schicken. Ich kann sie nicht mehr unter Kontrolle halten. Sie muss schnellstens verheiratet werden. Ich habe Angst, dass so etwas noch mal passiert.«

»Keine Sorge, sie sieht hübsch aus. Hast du ein Foto?«

»Ja, hier.«

»Hast du die Häuser auf Borkum gekauft?«

»Alles erledigt«, beruhigte Donna Milano ihr Gegenüber.

»Wir müssen los«, sagte ein anderer, der bisher schweigend zugehört hatte.

»Wir sagen dir Bescheid, sobald wir den Richtigen gefunden haben«, fügte er hinzu und schloss den Reißverschluss seiner Winterjacke.

»Bis zum nächsten Treffen«, verabschiedete Donna Milano ihre Gäste.

Die anderen standen ebenfalls auf und gingen im Gänsemarsch zur Hintertür hinaus. Ihre protzigen Wagen hatten sie in der Seitengasse geparkt, sodass der seltsame Besuch keinem auffiel.

Donna Milano hatte ein mulmiges Gefühl. Sie wusste um die Schwierigkeiten, die auf sie und Francesca wie ein Tsunami zurollten. Wenn ihre Tochter am italienischen Bräutigam keinen Gefallen fand und einer Ehe nicht zustimmte, war sie ein Betriebsrisiko und ihr Leben bedroht.

Was sollte sie tun?

Zum ersten Mal bedauerte sie, sich so eng mit der *Familie* eingelassen zu haben. Ihre Tochter, ihr eigen Fleisch und Blut, schwebte in Gefahr. Denn falls Francesca den Bräutigam abwies, musste sie zwangsläufig ihre Tochter zu ihrem Bruder schicken, der eine Pizzeria in Norden führte. Dort war sie wenigstens in Sicherheit und vorerst aus dem Blickfeld.

Francesca hatte schon nach ihrer Mutter Ausschau gehalten. Denn nach langen, quälenden Überlegungen hatte sie einen Entschluss gefasst. Mit zwei Pizzatellern in Händen teilte sie ihre Entscheidung mit: »Mamma, ich gehe zu Onkel Alessandro nach Chicago. Ich muss weg! Ich habe ihn schon angerufen. Er ist einverstanden.«

Donna Milano nickte zustimmend. Sie war machtlos. Wegen der *Familie*, der unersättlichen Krake, hatte sie ihre Tochter, ihr einziges Kind, verloren.

# Bookweiten Knieper oder Buchweizenpfannkuchen mit Speck

*Für 4 Personen*

**Zutaten:**
250 g Buchweizenmehl
250 ml kalter Kaffee
500 ml Milch
4 Eier
1 Prise Salz
300 g Speck, durchwachsen, geräuchert, in dünne Scheiben geschnitten
nach Bedarf Butterschmalz

**Zubereitung:**
Buchweizenmehl, Eier, Salz, Milch und Kaffee mit dem Mixer gründlich verrühren. Es entsteht ein dickflüssiger Pfannkuchenteig. Etwa eine halbe Stunde quellen lassen.
In einer beschichteten Pfanne bei hoher Hitze einige Speckscheiben kurz braten. Dann Pfannkuchenteig dazugeben und von beiden Seiten bräunen.
Danach auf große vorgewärmte Teller geben. Nach Geschmack die Pfannkuchen mit Zuckerrübensirup oder Honig versüßen.

JENS-ULRICH DAVIDS

# Der Häuptling von Pewsum

## 1

Rosemarie Kerbel wusste nichts von dieser Gegend. Ihr Chef in Hannover hatte ihr den Auftrag erteilt. Auf seinem Schreibtisch lag die ganz große Niedersachsenkarte, sein Finger kreiste darüber wie ein Adler, der eine Maus gesichtet hat. Dann stieß er zu. Hier, sagte er. Ostfriesland. Ein Ort, der – Moment, ein Ort, der Pewsum heißt. Er lachte sie an. In Wahrheit hat der Landkreis Krummhörn uns eingeladen, Vorschläge für die touristenorientierte Optimierung dieser Gegend zu machen. Also los, viel Glück. Probieren Sie ihre Ideen aus, beweisen Sie sich und uns, was Sie drauf haben.

Sie rollte langsam durch den feinen Nieselregen. Ostfriesland zwischen Emden und Norden. Stil hatte diese Landschaft ja, Wiesen, Knicks, Felder, Gräben, noch mehr Gräben, Zäune, Trauerweiden, Felder. Ihr zog der alte Song von Udo Lindenberg durchs Gemüt. *Hoch im Norden hinter den Deichen ...* Ja, das passte, hinter dem Deich, da fuhr sie jetzt entlang, *immer nur Wasser, ganz viele Fische*, sang Udo, aber davon sah sie nichts. Sie drückte den Knopf und ließ das Fenster herunter. Urlaub am Meer, das verkaufte sich von selbst. Marketing-Paradies. Aber auch aus dem Inneren könnte man viel machen, davon war sie überzeugt, das Material war da. Man müsste nur einzelne Orte ein bisschen aufpeppen. Dazu war sie unterwegs, das hatte sie gelernt während ihres Studiums zur Touristikfachfrau und Eventspezialistin. Man musste den rustikalen Charme herausstellen. Sie trat auf die Bremse. Gelb-rot gestreift stand er vor ihr, der Leuchtturm von Pilsum. In Lindenbergs Song hieß der Chef des Leuchtturms Herr Hansen, und wenn der Vater des Sängers wegen schlechten Wetters mit seinem Kutter nicht hinausfahren konnte, tröstete ihn Herr Hansen: *Jetzt trinken wir erstmal einen Rum mit Tee.* Lokalkolorit, nett rührselig und romantisch. Sie stapfte auf den Deich, um noch schnell einen Blick auf die Polder und das Watt zu werfen, vielleicht war ja draußen sogar ein Krabbenkutter unterwegs. Sie stieg wieder runter, jetzt wurde es ernst. Sie wendete, das war etwas mühsam mit dem Anhänger, den sie zärtlich ihren Marketenderwagen nannte, und fuhr die restlichen zehn Kilometer.

Ihr Chef hatte ihre Idee gern gehört, den kleinen Weihnachtsmarkt des Dorfes, der nur zwei Tage lang stattfand, zu einer Werbeshow zu nutzen. Sozusagen als Appetithäppchen wollte sie den Plan eines Mittelaltermarktes, der im Sommer stattfinden könnte, publik machen. Euer Pewsum, würde sie den Leuten sagen, der alte Häuptlingssitz der Sippe der Manninga mit Burg und Graben, da liegt das Mittelalter doch schon bereit. Ich habe einen kleinen Probelauf vorbereitet, würde sie sagen. In meinem Anhänger habe ich attraktive Ausstellungsstücke mitgebracht, Schwerter und Dolche, Bögen und Pfeile, Ritterrüstungen, Äxte und Schilde, seht mal, außerdem Westen aus Kunstfell und Kuhhörner für den Met, so gut wie echt. Vor ihrem inneren Auge sah sie schon belebte Marktgassen, Wahrsager und Schwertschmiede, Gaukler, Fischbräter, eine Taverne, die *Suff und Sause* heißen könnte, sie sah Puppenspieler und Riemenschneider. Konzerte könnten stattfinden, auch Piratenspiele, schließlich war Störtebeker auch mal hier an der Küste gelandet und hatte sich mit dem einen oder andern Friesenhäuptling verbündet. Dazu noch Künstler mit internationaler Erfahrung, und das Ereignis wird abheben wie eine leuchtende Wildente, würde sie lachend rufen, na, macht ihr mit? Ihr fiel kein passenderer Vergleich ein, und außerdem brauchte sie jetzt einen Parkplatz. Sie war in Pewsum angelangt. Der Asphalt glänzte vom Regen.

## 2

Es war dunkel geworden schon am frühen Nachmittag. Antonia Wittmer, die Grafikerin mit den grauen Strähnen, machte eine Arbeitspause, stand am Fenster, rauchte eine Filterlose, trank einen Schluck Rotwein, schaute in den Regen und hing ihren Gedanken nach. Draußen bereitete sich ein Sturm vor, weiße und rosa Plastiktüten wirbelten durch die Luft. Seit einiger Zeit musste sie für ihre Arbeit eine Brille tragen, das war noch okay, aber kränkend war, dass das nur den Anfang ihres Verfalls anzeigte. Würde man sich an sie erinnern? Ihre kunstvollen Arbeiten waren vergänglich wie sie selbst. Vielleicht sollte sie ein Buch schreiben mit dem Titel *Die Geschichte des Alterns seit dem Urknall* und selbst illustrieren. Sie machte das Fenster zu, um die vom Marktplatz heranschwebende Musik auszusperren, und blies nachdenklich Rauch gegen den Fernseher, den sie nur selten einschaltete. Stille war ihr wichtig.

Zurück an die Arbeit. Sie hatte zugestimmt, für ein ordentliches Honorar Dekoratives für eine Hochzeit zu zaubern. Matte und Geertje wollten heiraten, das hübsche Paar, ob sie sich das gut überlegt hatten, gleich nach dem Ende der Raunächte sollte es passieren, Anfang Januar. Es sollte ein weithin leuchtendes Fest werden, dazu hatte die Familie die Pizzeria gemietet. Antonia war, trotz aller Berufserfahrung, ein bisschen nervös. Rund sechzig Gäste würden sich an die Tische setzen, ostfriesische Hochzeitssuppe löffeln und die Tischdekoration bestaunen. Die würde ihr Werk sein, aber staunen konnte man nicht nur über Gelungenes, sondern auch über gründlich Vermasseltes. Sie hatte sich holländische Kachelmotive ausgesucht für eine ernsthafte und heimelige Atmosphäre: Segelschiffe, Windmühlen, Frauen in weiten Röcken und Holzschuhen beim Sticken, reetgedeckte Häuschen, Krabbenkutter, Hirten mit Schafen am Deich. Alles blau auf weiß. Sie setzte sich zurecht und übertrug weitere Motive andächtig und genau mit Stift und Pinsel auf Papier und überlegte dabei, wie sie einzusetzen wären. Ihr Auftrag war umfassend.

Sie stellte sich bebilderte Tischdecken aus Papier vor, Servietten, Keramikteller, Streichholzschachteln, Menüpläne, Gruß- und Platzkarten. Würde sie alles rechtzeitig schaffen? Ihr Arbeitseifer heute Nachmittag schwappte nicht gerade sehr hoch. Nach nur einer Mühle mit vier Flügeln und einem tanzenden Bauernpaar stand sie wieder vom Arbeitstisch auf, setzte die Brille ab, reckte und streckte sich und trat ans Fenster, Weinglas in der Hand. In immer erneuten Anläufen wurde Regen vom Wind gegen die Fensterscheiben getrieben. Die Welt draußen war kaum erhellt vom gelblichen Licht einiger Straßenlaternen. Durch die Ritzen zwischen Fensterrahmen und Wand kamen die Aromen von Gülle und nassem Laub.

3

Das große Festzelt gleich neben dem Burggraben stand noch leer.

Rosemarie Kerbel schob ihren Anhänger hinein, hier war es trocken, schlug die Planen aus Segeltuch hoch und ließ ihren Blick wohlgefällig über die ausgewählten Kostümstücke und Waffen wandern. Die Mädels und Jungen des Blockflötenchors, die hinten im leeren Zelt für das Weihnachtskonzert am nächsten Tag probten, brachen ihre musikalischen Anstrengungen ab, legten ihre Flöten auf den Boden und strömten zu ihr hin voll lautstarker Begeisterung. Lustvoll befingerten sie die Dinge.

»Geil, ey, total cool. – Dürfen wir das anfassen? – Können wir mal probieren?«

Einige Frauen und Männer, vielleicht Eltern, traten heran und blieben abwartend in der zweiten Reihe stehen. Rosemarie erläuterte ihre Idee eines Mittelaltermarktes hier gleich neben der alten Manninga-Burg, wie der Dorf und Geschäfte beleben würde, nicht sofort, sondern als großes Sommerevent, und sie habe als Beispiele allerlei Spielzeug mitgebracht. Ehepaare, die sich an den Händen hielten und eben noch kurz davor waren, ihren Regenschirm aufzuspannen und zu gehen, nickten interessiert. Wie von selbst verteilten sich Schwerter und Armbrüste, Dolche und Fellmäntel in der Menge, und es wurde viel mit Plastikwaffen herumgefuchtelt. Wo Schwerter auf Schilde trafen, klang es hölzern. Verkleidungsfreuden mit Fellmantel, Kindergeburtstagsstimmung, Scheinkämpfe. Zwei hochgewachsene Männer Anfang zwanzig gesellten sich, ein Jever in der Hand, mit finsteren Gesichtern zu den anderen. Eine junge Frau ging zwischen ihnen, sie hielt beide an den Händen. »Haben Sie auch was Passendes für uns?« fragte einer der beiden Neuankömmlinge.

Rosemarie holte ganz unten vom Stapel der Gerätschaften zwei Schwerter und Schilde, die aussahen wie übergroße Zielscheiben für Darts, und wo das Bull's eye gewesen wäre, glänzten stumpf Schildbuckel aus Metall.

»Das sind meine Lieblingsstücke«, sagte sie, »hier, halten Sie mal.«

Die beiden Jungmänner gingen sofort aufeinander los. Spiel oder Ernst? Kraftvoll und ungelenk wie wenig geübte Tanzbären schlugen sie auf Schild und Helm. Schnell formte sich ein dreifacher Kreis von jungen Leuten um sie herum und feuerte sie an.

»Haut se, haut se, immer in die Schnauze!«, skandierten sie in zunehmender Lautstärke.

Rosemarie bekam es mit der Angst zu tun. Wenn nun etwas passierte! Zu laut und zu unübersichtlich und viel zu windig war es, selbst hier im großen Zelt.

»Schluss«, rief sie und klatschte in die Hände, »alle Waffen und Klamotten wieder her zu mir!« Brav gaben alle die Spielsachen ab, nur die beiden jungen Männer waren verschwunden. Verdammt!

4

Antonias Smartphone brummte.

»Antonia, Enno hier. Wir könnten deine Hilfe gebrauchen, wir kommen nicht weiter. Da schwimmt eine Leiche im Burggraben, höre ich.«

»Und?«

»Simon, der junge Kollege bei euch im Dorf, ist ein bisschen verzweifelt. Er ist neu und kennt sich noch nicht aus.«

»Und du?«

»Ich stecke im Stau Richtung Norden. Unfall mit Fahrerflucht, da muss ich unbedingt hin. Könntest du mal ein paar Nachforschungen anstellen?«

»In dem Graben um die Manninga-Burg herum, sagst du?«

»Ja.«

»Ich kümmer mich.«

Die Burg der Manningas, soso. Diese blassen Nachfahren eines der besonders buntgefiederten Häuptlinge der Gegend hier, mit Sitz in Pewsum, Krummhörn, nicht weit von Greetsiel, Ostfriesland. Das Häuptlingsgeraune fand sie schon lange lächerlich, es war nicht Zukunft, sondern Vergangenheit. Von wegen friesische Freiheit. Großgrundbesitzer waren sie gewesen, unter sich hatten sie abhängige Bauern gehabt. Sie seufzte. Auf sie hörte ja keiner. Vielleicht auch, weil sie am liebsten mit sich selbst redete, da quatschte ihr jedenfalls keiner dazwischen. Sie nahm einen Schluck. Sie schüttelte sich eine Filterlose aus der Schachtel. Rauchen kann tödlich sein, las sie. Genau. Der schwimmende Verblichene war sicher nicht an Nikotin gestorben. Aber woran? Sie tippte in ihr Smartphone. Simon war sofort dran.

»Woran ist der im Graben gestorben? Wisst ihr schon was?«

»Bist du Antonia? Nein, noch nichts. Ertrunken wahrscheinlich.«

»Im Wasser, wie überraschend.«

»Ja. Aber die Leiche ist weg. Wir finden sie nicht.«

»Wie unpraktisch.«

Ihr Smartphone summte.

»Ja, Enno?«

»Hast du schon was rausgekriegt?«

Sie mochte Enno sehr, trotz seiner ewigen Gummistiefel und karierten Hemden. Er war so lange bei der Polizei, wie sie sich als freischaffende Grafikerin durchs Leben schlug, seit

194

reichlich zwanzig Jahren, seit ihr Lover zur großen Selbstfindung aufgebrochen und nicht zurückgekommen war. Hatte sich wohl gefunden. Man fragte sie im Dorf gern um Rat, sie war klug, findig und verschwiegen. Sie würde sich jetzt sofort des Falles annehmen, sie, Spürnase Antonia. Als sie vor die Tür trat, prasselte ihr Regen ins Gesicht.

5

Von der Kirche schlug es neun. Ungemütlich. Fast wäre sie ausgerutscht. Wie kam denn die Schafscheiße auf die Straße? Die gehörte doch auf den Deich. Eine Frau, die offensichtlich nicht von hier war, stand neben einem Anhänger im großen Zelt.

»Sie sind für den Weihnachtsmarkt gekommen, richtig? Schön. Waren Sie die ganze Zeit allein hier im Zelt?«

Da seien junge Leute mit Blockflöten gewesen. Nette, lustige Jugendliche. Nein, von einer Leiche im Wasser wisse sie nichts, wohl aber von zwei jungen Männern, die mit einigen Plastikwaffen abgehauen waren. Ihren Plastikwaffen. Sie beschrieb sie ziemlich genau, und Antonia wusste sofort: das waren Fulko und Matte gewesen.

»Ich will meine Sachen wiederhaben«, sagte Rosemarie, »sonst gibt's hier Rabatz.«

»Ich kümmer mich drum. Und wo sind die Blockflöten hin?«

»Ich glaube, sie wollten in die Pizzeria.«

Zu Fuß durch den Regen, toll. Aber immerhin hatte sie einen Ruf zu verlieren, da musste schon mal ein Opfer gebracht werden.

Das *Da Giovanni* war gut besucht, die Blockflöten saßen an einem langen Tisch und kauten. Antonia bestellte sich einen Roten und setzte sich zu ihnen.

»Habt ihr mitgekriegt, was hier passiert ist? Ein Streit oder so?«

Die jungen Leute legten Messer und Gabel beiseite und holten tief Luft. Die beiden hätten hier vor der Theke gestanden und sich angebrüllt.

Dieser Streit ist sechshundert Jahre alt, habe Fulko geschrien, das hast du gefälligst zu respektieren!

»Wir haben das nicht verstanden«, sagte das Mädchen, das die F-Flöte spielte, »jeder kennt die hier im Dorf, das waren doch immer Freunde.«

»Und das alles nur, weil Matte Fulkos schöne Schwester heiraten will«, fiel der hochgewachsene Junge mit dem gescheitelten Blondhaar ein und schüttelte weise verwundert den Kopf.

»Um eine schöne Frau kann man schon mal kämpfen«, sagte ein anderes Mädchen.

Hämisches Lachen.

»Mit Plastikschwertern? Was guckst du denn für Serien?«

»Matte war richtig sauer«, sagte der Kleinste im Chor. »Du hast ja nicht alle Nudeln in der Suppe, hat er geschrien, du kannst mich mal mit deinem dämlichen Geschwätz. Ich geh jetzt zu Geertje, wir werden heiraten und basta.«

Die Kinder kicherten.

»Und dann drehte Matte sich um und wollte gehen, aber Fulko hielt ihn am Ärmel fest. Du willst meine Schwester heiraten und ein Manninga werden, du Lump, du willst zu meiner ruhmreichen Familie gehören, die hier die Burg gebaut hat, und meine Schwester wird dir Nachfahren dieser ostfriesischen Häuptlinge schenken, die in den Adel aufgestiegen sind, und du wirst verdammt noch mal auf unserer Seite gegen die Cirksenas antreten.«

Der Junge mit dem Scheitel sagte, sichtbar voller Bewunderung: »Matte stand ganz cool da. Antreten, was soll denn das heißen, antreten? Du meinst in so einem Turnier, mit Pferden, Schwert oder Lanze? Und wer zum Teufel sind die Cirksenas? Dann hat er ihm einen Vogel gezeigt. Was geht mich dieser ganze verstaubte Scheiß an! Ich bin Matte Jannßen, sonst gar nichts. Ich heirate hier wie verabredet gleich nach Epiphanias, und dann zieht Geertje mit mir nach Gröpelingen. Und jetzt lass mich in Ruhe mit deinem Quatsch!«

»Sechshundert Jahre Streit und nichts wird vergessen, du Mistkerl, kreischte Fulko, los, nimm deine Waffen, wir treffen uns in zehn Minuten im Burghof. Und er tobte aus der Tür. Matte sah ganz unglücklich aus, aber er konnte wohl nicht anders und rannte hinterher.«

Das Mädchen mit den blonden Zöpfen lächelte etwas unsicher. »So war das doch, oder?«

Die andern nickten.

»Mit ihren Plastikschwertern und den Schilden sahen sie echt komisch aus«, sagte ein Junge und spießte ein Stück Pizza Margherita auf, »als wollten sie ein bisschen Ritter spielen.«

Antonia bedankte sich, die Blockflöten wandten sich wieder ihren Pizzas zu. Was für tüchtige Kinder mit gutem Gedächtnis, dachte sie. Draußen führten Windböen dicke Tropfen und Plastikmüll mit sich, weiße und rosafarbene Tüten, blaue Abfallsäcke sogar, die aufflogen, sich schnell im Gebüsch verhakten oder schlaff zu Boden sanken. Die Meere waren voll davon, wusste man ja. Sie rief Simon an.

»Die beiden jungen Idioten haben sich im Burghof geprügelt, wie es aussieht, duelliert, geschlagen, irgend sowas, und einer hat das wohl nicht überlebt. Da hat ihn der andere wohl in den Graben geworfen. Wieso habt ihr ihn da nicht gefunden? Hat jemand die Leiche aus dem Graben gefischt?«

»Kunold«, sagte Simon.

Jetzt war sie am Graben.

»Kunold, du hast ihn aus dem Wasser gefischt. Was hast du mit der Leiche gemacht?«

Kunold nahm die Pfeife aus dem Mund.

»Mit welcher Leiche? Hab ich das gesagt? Dieser neue, der Simon, der glaubt auch einfach alles. Der da im Graben war doch gar nicht tot. Er hat geschnauft und Wasser gespuckt und sich Blut aus dem Gesicht gewischt. Frag Ubbo.«

»Ubbo, hast du irgendwas Auffälliges gehört oder gesehen?«

»Nur Schafe, Fulko seine, die mit dem roten Kreis auf dem Rücken. Ich glaub, die hatten sich verlaufen.«

Der alte Grootehans, der danebenstand und zugehört hatte, gab seinen Senf dazu: »Schafe sind ja eigentlich friedlich. Ich lebe hier seit ...« – er versuchte, die Jahre an den Fingern aufzuzählen, als ihm das nicht gelang, ließ er resigniert die Hände sinken – »... mein Leben lang. Schafe sind ja eigentlich Fluchttiere, aber dann kam da wahrscheinlich diese Leiche schnaufend aus dem Wasser, und die haben sie dann wohl zurückgestupst. Könnte doch so gewesen sein, oder?«

Es summte in Antonias Umhängetasche.

»Simon, was gibt es Neues?«

»Fulko sitzt hier auf dem Revier und heult. Er hat es nicht gewollt, sagt er.«

»Ich komme.«

Auf dem Weg zur Polizeistation rutschte Antonia aus und fiel fast auf das matschige Pflaster. Ach so, so war das gewesen, die Schafscheiße hat gesiegt, nicht der Häuptling.

Simon stand schon in der Tür.

»Die haben mich ganz schön verladen, Antonia. Die Wasserleiche ist gerade eingetrudelt. Sie ist klitschnass, blutet ein bisschen am Kopf und zittert vor Kälte. Ich hab ihm erstmal trockene Klamotten verpasst. Matte, die arme Sau. Die Waffen habe ich sichergestellt.«

In diesem Augenblick rollte der PKW mit Anhänger auf den Polizeiparkplatz und Rosemarie Kerbel stieg aus.

»Großartig«, sagte sie, »das reine Mittelalter.«

Antonia kramte in ihrer Tasche.

»Enno, hier ist alles geklärt. Kein Mord, nur ein schafsdämlicher Ausrutscher. Kommst du später noch vorbei?«

Als sie wieder zu Hause war, goss sie sich ein Glas ein und schüttelte eine Filterlose aus der Schachtel. Cool bleiben, sagte sie sich, sonst werde ich mein eigener Trauerrand. Zigaretten waren tödlich, aber die Balance zwischen Disziplin und Lebensgenuss musste gewahrt bleiben. Sie lächelte vor sich hin. Morgen sollte sie sich wieder an die Arbeit machen. In zwei Wochen würden die Brautleute vor ihrer Hochzeitssuppe sitzen, bis dahin musste alles fertig sein.

# Ostfriesische Hochzeitsuppe

*Für 20 Personen*

**Zutaten:**
1 kg Thüringer Mett
8 Markknochen
3 Dosen Spargel mit Sud
2 Packungen Nudeln
gekörnte Brühe
1 Beinscheibe Rindfleisch
10 Eier (alternativ fertiger Eierstich)
Salz, Pfeffer, Muskat
1 l Hühnerbrühe
10 EL Milch
6 l Rinderbrühe

**Zubereitung:**
Aus dem Thüringer Mett mit einem Teelöffel oder per Hand mundgerechte Klößchen herstellen.
Die Markknochen und die Beinscheibe in einem großen Topf mit der Brühe auskochen. Dann absieben und die Brühe dabei auffangen. In einen Einkochtopf geben und heiß halten. Den Spargel mitsamt dem Sud hinzufügen. Die Mettklößchen dazugeben und ziehen lassen. Die Brühe mit Salz, Pfeffer und evtl. Muskat abschmecken.
Die Suppennudeln bzw. Eiergraupen in einem separaten Topf kochen.
Eierstich herstellen.
Die Nudeln und den fertigen Eierstich in die Brühe geben und nochmals abschmecken. Die Suppe muss dann nur noch bis zum Verzehr heiß gehalten werden und darf nicht mehr kochen.

# Die Seekiste

Jan Akkermann klopfte an Claudios Zimmertür, niemand antwortete. Pensionswirtin Gesine Borchert hatte ihn ins Haus gelassen, weil sie eine alte Schulfreundin seiner Frau Etta war. Jan sah auf die Uhr. In einer Stunde musste er seine Tochter von der Fähre abholen. Sie wollte die Weihnachtstage auf Borkum verbringen. Die Tür war unverschlossen und er trat ein. Niemand da. Er nahm seine blaue Seemannsmütze ab und setzte sich an den kleinen Tisch unter dem Fenster. Ein paar Minuten würde er schon noch warten können.

Mit der Kante einer Ansichtskarte klopfte Jan einen ungeduldigen Takt auf die Tischplatte. Diese Karte von Borkum hatte er von Claudio erhalten. Sie hatten sich seit einem guten Jahrzehnt nicht gesehen. Heute um 13 Uhr in der Villa Hufeisen, es sei wichtig. Ihn auf diese Weise zu seiner Unterkunft zu bestellen, war merkwürdig. Claudio hätte ihn anrufen oder einfach bei ihm zu Hause klingeln können. Doch Claudio war schon immer anders als andere. Er war stets der Erste in der Schlange derer, die dem Smutje hungrig den Teller hinhielten. Schneller, als seine Körpermaße vermuten ließen, konnte er über Deck und Leitern rennen. Claudio war einer von drei Seefunkern, die im Schichtdienst arbeiteten, und Jan Schiffszimmermann. Sich mit Claudio eine Kammer zu teilen, war angenehm. Sie hatten Spaß miteinander, konnten es aber auch respektieren, wenn einer seine Ruhe brauchte.

Jan freute sich auf den Dicken mehr, als er vermutet hatte. Ob seinem Freund das Alter ebenso zugesetzt hatte wie ihm, fragte er sich und strich sich unwillkürlich über die Glatze, die von einem grauen Haarkranz umrahmt war. Muss ja, dachte er, sie würden schließlich beide bald die Siebzig überschreiten.

Sein Blick fiel auf Claudios Seekiste neben dem Bett. Sie war etwa so groß wie ein Koffer und aus stabilem Metall gefertigt.

Darin hatten sie auf großer Fahrt ihre privaten Habseligkeiten verstaut und stets sorgfältig verschlossen unter die Koje geschoben. Jan hatte auch so eine, sie stand jetzt zu Hause im Flur und wurde von Etta für Bettwäsche genutzt.

Ein Schauer ergriff Jan plötzlich und er seufzte laut. Etta und er hatten Hamburg verlassen, zusammen mit ihrer damals fünfjährigen Enkelin Anna. Während ihre Tochter Martina in Hamburg als erfolgreiche Mordermittlerin Karriere machte, zogen sie Anna auf ihrer Heimatinsel groß. Er war damals endgültig von Bord gegangen und zur Landratte geworden. Er wusste, in seinem Leben war alles richtig, doch manchmal überkam ihn eine tiefe Sehnsucht nach dem Meer. Danach, dass nicht nur seine Fußsohlen, sondern sein ganzer Körper den Rhythmus der Wogen spürte, sogar sein Atem mit diesem ewigen Auf und Ab im Einklang stand. Obwohl er hier auf Borkum viele glückliche Momente erlebt hatte, war er einer vergleichbaren Harmonie mit sich und der Welt woanders als auf dem Meer niemals wieder so nahe gekommen. Manchmal, wenn ihn dieses geradezu körperliche Sehnen ergriff wie Phantomschmerzen ein amputiertes Bein, half nichts mehr, noch nicht einmal das Skatspiel mit Freunden. Schweigend saß er dann stundenlang, manchmal tagelang in seinem Gartenstuhl an der Wasserkante am Strand, bis der Schmerz langsam nachließ und es ihm wieder besser ging.

Es klopfte. Gesine Borchert kam mit einem Tablett herein. Sie stellte zwei Tassen dampfenden schwarzen Tee und einen Teller mit Neujahrsröllchen auf den Tisch.

»Rullerkes, nach dem Rezept von Oma Hanna frisch gebacken.«

»Das ist aber nett.« Jan lächelte und biss etwas von dem dünnen gerollten Keks ab. Er zerkrümelte zwischen seinen Fingern und intensives Anis-Aroma erfüllte das Zimmer.

»Dein Freund Claudio kommt sicher gleich.«

Doch Claudios Tee wurde kalt und Jan musste los zum Hafen, um Martina vom Schiff abzuholen.

Zum bevorstehenden Jahreswechsel bevölkerten eine Menge Gäste die Insel. Die meisten waren laut und partyversessen. Trotzdem versuchte Martina, die Zeit mit ihrer Tochter zu genießen. Anna war fünfzehn Jahre alt und würde bald eine junge Frau mit eigenem Leben sein. Wieder hatte ihre Tochter einige Tage gebraucht, um sich ihr gegenüber zu entspannen. Martina schmerzte das Fremdeln jedes Mal, doch es half nichts, sie musste abwarten und Annas Wunsch nach Distanz akzeptieren. An diesem sonnigen Wintermorgen schien die Phase endlich vorüber. Lachend und eingehakt wie zwei Internatsschülerinnen waren sie unterwegs zum Reitstall, um die Pferde zu besuchen, die Anna so liebte. Weil Martina sich noch ein Rad leihen wollte, liefen sie beim Alten Leuchtturm am Walfängerfriedhof vorbei. Doch der Fahrradverleih hatte über die Feiertage geschlossen. Also gingen sie zu Fuß die Richthofenstraße entlang in Richtung Reitstall.

»Jasper, der Braune, ist ziemlich wild. Aber mit mir ist er total lieb. Ich darf alles mit ihm machen.« Anna sah ihre Mutter an. »Ich bin schon gespannt, was er zu dir sagt.«

»Was soll er schon sagen? Prrrh«, scherzte Martina.

»Pferde sind überaus kluge Tiere. Sie erkennen sofort, wenn jemand es nicht gut mit ihnen meint.«

»Du meinst vielmehr, er erkennt, ob ich es gut mit dir meine.« Martina legte den Arm um Annas Schultern. »Du bist meine Tochter und ich liebe dich. Das brauchst du dein Pferd nicht fragen, sondern dein Herz.«

»Mag sein.« Anna wand sich aus der Umarmung und lief voraus.


Das Schloss an der Seekiste war schnell geknackt. Martina erhob sich und ließ ihrem Vater den Vortritt.

Jan machte sich große Sorgen. Claudio war immer noch nicht aufgetaucht. »Falls er versehentlich oder absichtlich ins Wasser gegangen ist«, hatte Kommissar Heino Lübbers von der Dienststelle Borkum nüchtern konstatiert, »finden wir ihn entweder sehr bald oder nie mehr.« Aber schließlich könne ein Seemann seine Gründe haben, warum er für einige Tage verschwand. Martina zuliebe wollte er trotzdem in der Zentrale nachfragen, ob man dort etwas über den Vermissten wisse.

»Er hat für zwei Wochen bezahlt.« Gesine Borchert stand im Türrahmen und beobachtete sie. »So lange kann die Kiste hier stehen bleiben. Aber dann muss sie weg.«

»Deswegen sind wir ja hier«, antwortete Martina. »Wir suchen in der Kiste einen Hinweis darauf, wo er sein kann.«

»Es klemmt!« Jan ächzte. Sein Oberkörper steckte tief im Innern der Kiste.

»Kann ich dir helfen?« Martina konnte Klamotten und Bücher erkennen. Nichts, was hätte verschlossen werden müssen.

»Ein Geheimfach«, flüsterte Jan und sah prüfend hinüber zur Tür, doch Gesine schien gegangen zu sein. »Ich habe die gleiche Seekiste. Im Hafen von Algier haben wir uns 1969 die Überseekoffer präparieren lassen. Claudio war das wahnsinnig wichtig. Ich habe mitgemacht, weil er das gern wollte.« Er ruckelte suchend an der Innenwand. »Man kann das Geheimfach nur von innen öffnen.«

»Ich verstehe. Vielleicht sollten wir die Kiste ausräumen.«

Die Pullover und Hosen tastete Martina routiniert ab. Sie waren zwar alt, aber gepflegt und sehr sorgfältig gefaltet. Martina legte alles genauso ordentlich aufs Bett. Sie fand nichts, was vom normalen Inhalt eines gepackten Koffers für einen älteren Mann abgewichen wäre. Zuletzt schüttelte sie die Buchseiten vorsichtig aus. Zwei Kanada-Reiseführer und Abenteuerromane, darunter der Klassiker *Robinson Crusoe*.

»Das war schon früher sein Lieblingsbuch«, sagte Jan. »Er hat es mir sogar mal geschenkt.«

Er beugte sich abermals über das jetzt leere Innere. Metall rieb auf Metall, es quietschte und da ploppte seitlich ein schmales Schubfach auf. Jan erhob sich etwas steif. »Habe ich doch gesagt.«

»Ein doppelter Boden!« Martina untersuchte die Lade näher. »Da ist etwas drin.« Sie zog einen Briefumschlag heraus.

»Das müsst ihr alles wieder aufräumen.« Gesine Borchert stand im Türrahmen und runzelte die Stirn. Neugierig kam sie näher. »Habt ihr etwas gefunden?«, fragte sie in einem hohen Trällerton. Bevor die Wirtin etwas entdecken konnte, trat Jan ihr in den Weg. Instinktiv ließ Martina den Umschlag in ihre Jackentasche gleiten.

»Moin!« Lübbers stand plötzlich im Flur. Gesine fuhr erschrocken herum und Jan nutzte die Gelegenheit, die geheime Lade unauffällig mit der Fußspitze wieder zuzuschieben. »Wollte die Sachen abholen. Das soll alles nach Wilhelmshaven.«

»Was ist los?«, fragte Martina. »Ich dachte, wir sollen nach einem Hinweis suchen.«

»Die Sachlage hat sich geändert.« Lübbers trat einen Schritt ins Zimmer, so als ob er die Besitzansprüche der Polizei unterstreichen wollte.

»Hoppla!« Martina pfiff zwischen ihren Zähnen. »BKA oder Verfassungsschutz?«

»MAD Wilhelmshaven.«

»Militärischer Abschirmdienst Marine.« Martina lächelte. »Bis jetzt glaubte ich, auf Borkum sei es beschaulich und langweilig. Ein Irrtum.«

»Claudio ein Krimineller?« Jan sah seine Tochter ratlos an.

»Sie vermuten einen Spion in der Pension Villa Hufeisen.«

»Ihr seid doch gut befreundet.« Das war keine Frage von Lübbers, sondern eher eine Feststellung.

»Wenn zwei junge Männer die Weltmeere bereisen, dann schweißt das zusammen.« Jan setzte eine würdevolle Miene auf. »Ich würde Claudio mein Leben anvertrauen.«

»Interessant!« Lübbers kniff die Augen zusammen. »Die Kollegen mutmaßen, dass er einen Komplizen hat. Einen Verbindungsoffizier.«

»Ganz vorsichtig, Kollege.« In Martinas Stimme schwang ein drohender Unterton mit. »Mein Vater hat mit der Sache nichts zu tun.«

Schweigend gingen Vater und Tochter, Atemwölkchen hinter sich herziehend, über die Strandpromenade. Zwar ein Umweg nach Hause in die Westerstraße, aber die kalte Luft tat gut. Die Sonne stand schon tief und die See war ungewöhnlich ruhig. Die Wellen waren nur langgestreckte dünne Schlangen, die sanft auf den Strand ringelten.

Jan ergriff als erster das Wort. »Meinst du, ein Mensch kann sich so stark verändern?«

»Du meinst, ob Claudio ein Spion ist?«

»Das traue ich ihm durchaus zu.« Jans Blick schweifte in die Vergangenheit. »Ein festes Mädchen, so wie ich mit deiner Mutter, das wäre für ihn nie in Frage gekommen. Claudio lebte gerne über seine Verhältnisse. Seine Heuer war für schöne Mädchen und Glücksspiel schnell aufgebraucht und deshalb war er stets auf der Suche nach einer Geldquelle. Er war intelligent, sprach fünf Sprachen fließend und Heimat kannte er nicht. Ein Waisenkind, aufgewachsen im zerbombten Berlin, mit Sehnsucht nach Abenteuern. Nein, das, was ich merkwürdig finde, ist seine ordentlich gepackte Kiste. Das passt nicht zu Claudio.«

Martina lachte. »Wieso?«

»Er sagte immer: ›Wie es in meiner Kiste aussieht, geht niemanden was an.‹ Das war sein persönliches Stückchen Freiheit in einer sehr reglementierten Umgebung. Ohne strikte Regeln wäre jedoch ein Zusammenleben in der Enge des Schiffs nicht möglich. Auf seine Schlampigkeit in seiner Kiste legte Claudio immens viel Wert, sie gehörte zu seinem Image. Niemals hätte er seine Kleidung gefaltet.«

Martina begriff, was ihr Vater meinte. »Das ist tatsächlich seltsam.«

»Ja, so als ob ein anderer die Kiste gepackt hätte.«

»Für einen Spion, der untertauchen will, ist Borkum nicht das beste Versteck. Er muss eine Absicht verfolgt haben. Was wollte er auf Borkum und warum wollte er dich treffen?«

»Keine Ahnung. Er wollte mir etwas Wichtiges mitteilen. Was steht denn eigentlich in dem Brief?«

»Welcher Brief?«

»Der Umschlag aus dem Geheimfach in der Seekiste.«

Sie zog den Umschlag aus ihrer Jackentasche. »Den müssen wir eigentlich zurückgeben.«

Sie sahen sich an. Martina gab Jan den Umschlag. Die Lasche war lose, er zog das Papier heraus und faltete es auseinander. Das Blatt war voller Punkte und Striche.

»Was ist das?«

»Morsezeichen. Claudio war Funker. Das war die sechste Sprache, die er fließend konnte.«

Etta lag auf dem Sofa, während Martina so tat, als ob sie ein Kreuzworträtsel löste, dabei wartete sie voller Ungeduld auf Jan, der den Morsebrief übersetzte. Etta war die schwere Krankheit anzusehen. Der Krebs hatte die einstige Inselschönheit fest im Griff. Jan und Anna umsorgten sie liebevoll. Auch Nachbarn und Gemeinde kümmerten sich sehr. Martina hatte ein schlechtes Gewissen, aber Etta war stolz auf ihre Tochter, die Frau Kriminalhauptkommissarin Akkermann von der Mordkommission Hamburg. Das Familienübereinkommen funktionierte somit auch jetzt. Etta hätte es niemals geduldet, dass Martina ihr Leben änderte. Schon Töchterchen Anna war damals nicht Grund genug gewesen, dann würde es ihr Krebs heute auch nicht sein.

»Wo ist Anna eigentlich?« Dass Jan sich Sorgen um seinen vermissten Freund machte, hatte Anna ziemlich mitgenommen und erst Etta hatte sie beruhigen können, was Martina einen Stich versetzte. Doch was erwartete sie eigentlich, schalt sie sich selbst.

»Ich habe sie zu meiner Schulfreundin geschickt.« Ettas Stimme war heiser und nuschelig von der Chemo. »Sini wollte uns Rollerkes schenken. Die Aniswaffeln, die du zu Neujahr immer so gern isst.«

Die ostfriesische Spezialität buk Etta normalerweise selbst. Doch nicht in diesem Jahr. »Das ist lieb von dir, Mama, dass du daran gedacht hast.«

Jan riss die Tür auf. »Ich habe jetzt alles übersetzt, aber es ergibt keinen Sinn.«

Tatsächlich enthielt der Text nur eine scheinbar sinnlose Aneinanderreihung von Wörtern, wie beispielsweise »abends hat das Schaf ein zweites Ohr mehr in seinem Fenster«. Martina war verwirrt. »Was soll das heißen?«

»Klingt wie eine zweite Verschlüsselung.« Etta liebte Krimis und Rätsel.

»Kryptologie.« Martina war wie elektrisiert. »Dazu habe ich mal einen Workshop gemacht. Um das zu knacken, brauchen wir einen Schlüssel, eine Chiffre, die jedes Wort durch ein anderes Wort ersetzt.«

»Was soll das sein?«

»Eine Art Satz oder ein längerer Text.«

»Die Postkarte«, schlug Jan vor.

»Gute Idee. Aber zu kurz.«

»Robinson Crusoe.«

»Das ist es!«

Martina und Etta brauchten nicht lange, nachdem sie das System begriffen hatten. Sie blätterten den Roman vor und zurück, strichen Sätze wieder aus, fügten die Wörter neu zusammen. »Fertig!«, rief Etta stolz und musste husten.

»Das ist echt der Knaller.« Martina war begeistert. »Offenbar hat Claudio früher meistbietend Informationen verkauft, die er während seiner internationalen Kriegseinsätze als Funkoffizier bei der Bundeswehr auf deutschen Fregatten gesammelt hat. Sein Käufer sitzt hier auf Borkum. Da steht auch, wo. Aber das verstehe ich nicht.« Martina suchte die Stelle und las vor: »Im Haus des eisernen Nagels am Ende eines Tierbeins.«

»Das klingt wie das Schaf mit dem dritten Ohr«, sagte Jan mit zweifelndem Unterton. »Bist du sicher, dass du diese Zeile richtig entschlüsselt hast?«

»Anna müsste längst zurück sein.« Etta hustete und musste sich aufsetzen. »Jan, ruf doch mal bei Gesine an.«

»Gesine? Ist das der Name deiner Schulfreundin?« In Martinas Kopf fielen die Puzzleteile ineinander. »Die Pension Villa Hufeisen.«

Martina ließ alle Türen offen stehen und sprintete los. »Lübbers anrufen!«, rief sie ihrem Vater zu.

»Ich habe keine Ahnung, was du von mir willst.« Anna saß auf dem Boden neben Claudios Seekiste, ihre Stimme zitterte und sie konnte nur mühsam ihre Tränen unterdrücken.

»Was hat deine Mutter in der Seekiste gefunden, los, sag es mir.« Gesine hob die Hand und wollte Anna ohrfeigen.

»Stopp!« Martina hielt Gesine zurück.

Nur wenige Minuten später traf Lübbers ein und legte ihr Handschellen an. Im Keller der Pension fanden sie den gefesselten Claudio. Mit einem Knebel im Mund. Er war schwach und stark dehydriert.

»Ich hätte nicht gedacht«, sagte er und fiel Jan in die Arme, »dass ich dich je wiedersehe.«

Jasper ließ sich bereitwillig von Martina am Kopf kraulen. Sein Pferdemaul war weich und seine langen Nasenhaare kitzelten ihre Hand, die ihm einen Apfel anbot. Das Kauen der Pferdezähne begleitete Martinas Grübeln.

Claudio hatte Gesine mit seinem Wissen über sie erpressen wollen. Doch sein Vorhaben scheiterte. Über Jahre hatte sie regelmäßig seine gestohlenen Geheimnisse gekauft, mutmaßlich für die damalige Sowjetunion. Doch Claudios Vorhaben, seine schmale Rente auf diese Weise aufzubessern, scheiterte. Gesine wollte alle Beweise vernichten und durchsuchte mehrfach ergebnislos Claudios Seekiste, die sie aus der Gewohnheit einer Pensionswirtin wieder ordentlich einräumte. Sie hoffte, Jan würde seine Suche nach Claudio aufgeben, hatte aber nicht mit der Loyalität seinem Freund gegenüber gerechnet.

Claudio schloss nach seiner Befreiung einen Deal mit der Staatsanwaltschaft, er würde gegen Gesine aussagen.

Jan war mit seinem Gartenstuhl zum Strand gegangen. Trotz eisiger Kälte – davon war Martina überzeugt – würde er sicherlich bis Sonnenuntergang der Brandung lauschen.

»Ich glaube, er mag dich.« Anna lächelte.

Martina wusste, dass Pferde jeden mochten, der ihnen mitten im Winter einen frischen Apfel gab, aber das war momentan gleichgültig. Sie genoss einfach die liebevoll bewundernden Blicke ihrer Tochter.

# Rullerkes von Oma Hanna

**Zutaten:**

500 ml Wasser
250 g Kandiszucker
125 g Butter (weich oder geschmolzen)
2 Eier
1 Vanillezucker
375 g Mehl
7,5 g Kardamom (gemahlen)
15 g Anis (ganz)

**Zubereitung:**

Wasser und Kandis aufkochen und erkalten lassen. Butter, Eier und Vanillezucker verrühren, Mehl und erkaltetes Kandiswasser unterrühren. Kardamom und Anis hinzufügen. Über Nacht kaltstellen. Falls der Teig am nächsten Tag zu dick sein sollte, etwas Wasser hinzufügen.

Der Teig wird mit einem schweren, ostfriesischen Neujahrskuchen-Waffeleisen gebacken. Sobald die Waffel nach wenigen Minuten fertig ist, sie zügig zu einer Tüte oder Rolle formen, sie wird schnell hart.

ALEXA STEIN

# Tante Annas Geheimnis

Ausgerechnet mir hat Tante Anna ihr Haus vermacht. Über drei Jahre ist es her, dass ich sie zuletzt gesehen habe. Jetzt stehe ich vor ihrem Häuschen in Aurich. Den Schlüssel dazu halte ich in der Hand. Es tut mir leid, dass ich sie so lange nicht besucht habe, trotz dieser Geschichte.

Ich öffne die Eingangstür und zögere. Es ist das erste Mal, dass ich das Haus betrete, ohne dass Tante Anna mir öffnet. Ich komme mir wie ein Eindringling vor. In ihr Haus, das mir einst so vertraut war, und sich jetzt seltsam fremd anfühlt.

In ihr Leben, von dem ich einmal dachte, ich würde es kennen. In ihr Geheimnis, das außer mir keiner kennt.

Ich stelle meine Reisetasche neben die Kommode im Flur, die Jacke lasse ich an, ich friere. Dem Haus oder mir, einem von uns beiden fehlt es an Wärme. Früher war dies anders.

Genau hier hat in meiner Kindheit Weihnachten angefangen, Jahr für Jahr.

Seit meinem fünften Lebensjahr waren wir jede Weihnachten bei Tante Anna in Aurich, bis ich sechzehn und mein Vater krank geworden war. Danach wurden die Besuche selten. Eigentlich war sie die Tante meines Vaters. Sie hatte nie geheiratet und lebte seit ihrer Geburt in diesem Haus, in dem sie nun auch friedlich eingeschlafen war.

In dem Augenblick, als Tante Anna uns eingelassen hatte und sie mich umarmte, war es da, dieses wohlige Weihnachtsgefühl. Sie duftete so herrlich nach Zimt, Vanille und Tannengrün. Aus dem Wohnzimmer klangen Weihnachtslieder und in der Küche wartete Tee und Selbstgebackenes. Wann hatte ich eigentlich aufgehört, an den Weihnachtsmann zu glauben? Ich kann mich nicht erinnern. Es spielte für mich nie eine Rolle, ob es ihn gab oder nicht, ich hatte ja Tante Anna.

Ich reibe mir fröstelnd die Oberarme und gehe den Flur entlang bis zur Küche. Die Tür ist nur angelehnt, ich drücke sie vorsichtig auf, als könnte ich jemanden stören.

Auch hier ist nichts geblieben von der Wärme und der Geborgenheit, die ich immer empfunden habe, bis zu diesem einen Weihnachten als ich zwölf Jahre alt war. Danach war, obwohl sich an all dem nichts geändert hatte, alles anders.

Diese Küche war Tante Annas Lieblingsplatz gewesen und bald auch der von mir und meiner Cousine Marion. Während Tante Annas Hände Mehl und Butter zu Mürbeteig kneteten oder sie vier Pötte zugleich beaufsichtigte, hatte sie uns von früher erzählt. Wir saßen am Küchentisch, lauschten und bewunderten ihr Geschick. Alle ihre Geschichten spielten in Aurich oder an der Küste. Ich glaube, sie ist ihr Leben lang nie weitergekommen als bis zur Nordsee oder ab und an zu uns nach Bremen.

Am meisten erzählte sie von ihrer Kindheit, von ihren Freundinnen, der Schule. Mir war damals nie aufgefallen, wie wenig sie dabei von zu Hause gesprochen hatte. Erst als ich den Grund dafür erfuhr, war es mir mit einem Mal bewusst. Das Fehlen mancher Dinge bemerkt man manchmal erst, wenn einen jemand mit der Nase draufstößt.

Ich gehe durch die Küche bis zum Fenster, wobei ich meine Finger über die Arbeitsplatte streichen lasse. Sie ist aus massivem Eichenholz, voller Kerben und Flecke. Das Fenster geht zur Gartenseite hinaus, es ist nur ein schmales Stück Grün, aber hübsch gelegen gen Süden. Das ganze Haus ist hübsch gelegen, ruhig, aber dennoch ist es nicht weit bis zum Marktplatz. Im Grunde könnte ich mir gut vorstellen, hier zu leben, wenn da eben nicht dieses eine Weihnachten gewesen wäre. Wieder schaudert mich. Vielleicht hätte ich nicht allein hierher kommen sollen.

Mit einem Mal vermisse ich Tante Anna, die Anna, wie ich sie gerne in Erinnerung behalten hätte. Warum nur habe ich damals in dieser verflixten Nacht vor Heiligabend nicht friedlich geschlafen wie der Rest der Familie.

Ich sehne mich nach Wärme. Ich öffne den Schrank über dem Herd. Dort hatte Tante Anna immer den Tee aufbewahrt. Ich habe Glück, die Dose mit dem Friesenmuster steht noch an ihrem Platz. Ich brühe mir Tee in der bauchigen Porzellankanne auf und setze mich an den Küchentisch. Während ich den Tee Schluck für Schluck trinke, sehe ich zum Fenster hinaus, aber auch die Sonne will mir keine Gesellschaft leisten. Draußen ist es trüb, es nieselt.

»In Aurich ist es schaurig ...«, hatte Marion, meine Cousine, immer gesungen, wenn wir im Nieselregen spazieren waren. »Dumm Tüch«, hatte Tante Anna geantwortet und wir hatten gekichert. Wie unbeschwert damals alles war.

Ein einziges Mal hatten wir Schnee, ausgerechnet in jenem Jahr. Ich kann mich gut erinnern. Es fing an zu schneien, als wir in Bremen losfuhren. Mein Vater, der am Steuer saß, schimpfte die ganze Zeit über. Es störte mich wenig, es gehörte irgendwie zu ihm. Er mochte weder Schnee noch Familienfeiern, und er machte keinen Hehl daraus.

Ich schenke mir Tee nach. Bis heute weiß ich nicht, ob er von Tante Annas Schwester gewusst hatte. Eigentlich sollte man davon ausgehen, aber ich bin mir nicht sicher. Vor diesem Weihnachtsfest hatte er nie eine zweite Tante erwähnt, danach traute ich mich nicht zu fragen. Von sich aus sprach zu Hause niemand darüber. Hielten sie es einfach für belanglos, oder hatten auch meine Eltern einen Verdacht in Bezug auf das, was passiert war?

Ich jedenfalls wusste bis dahin nur, dass Anna die jüngere Schwester meines Opas war, den ich leider nie kennengelernt hatte. Davon, dass es noch eine Schwester gab, wusste ich nichts.

Wie gesagt, war ich damals zwölf. Wir waren wie immer einen Tag vor dem Heiligen Abend nach Aurich gekommen, ebenso wie meine Cousine Marion mit ihren Eltern. Ihr Vater ist der

Bruder meines Vaters, und sie leben noch heute in Meppen. Weit sind wir alle nicht gekommen.

Tante Anna hatte uns mit selbst gebackenem Kuchen und frisch gebrühtem Ostfriesentee empfangen. Wir saßen in geselliger Runde am Esstisch im Wohnzimmer. Hinter uns die geschmückte Tanne, davor die Geschenke, auf die wir Kinder sehnsüchtige Blicke warfen. Es begann zu dämmern, die Erwachsenen hatten die Teetassen gegen Cognacschwenker getauscht, als es an der Tür klingelte.

Tante Anna ging in den Flur, um zu öffnen, und ich konnte meine vermaledeite Neugier mal wieder nicht zügeln und schlich ihr hinterher. Sie öffnete die Tür und ließ die Arme so abrupt sinken, als hätte sie einen Geist gesehen. Sie sagte etwas, leider so leise, dass ich es nicht verstehen konnte. Die Haustür wurde von außen aufgedrückt und eine Frau kam hereingeschneit, als hätte der Wind, der draußen um die Häuser fegte, sie ins Haus geweht.

»Ich hoffe, ich komme nicht ungelegen«, sagte sie und stellte eine kleine Reisetasche bei der Garderobe ab.

»Es ist Weihnachten. Ich habe Besuch«, sagte Tante Anna knapp mit rauer Stimme. »Was soll dieser Überfall? Die Familie ist da.«

»Überfall ist gut«, antwortete die Frau. »Du wirst doch dein Schwesterchen an Weihnachten nicht vor der Tür stehen lassen.« Sie ging geradewegs Richtung Wohnzimmer und ich schaffte es nur knapp, mit vor Überraschung offenstehendem Mund, in die Küche zurückzuweichen.

Dem Rest der Familie erging es offenbar nicht besser als mir. Keiner schien diese Frau zu kennen, die Tante Anna als ihre Schwester Barbara vorstellte.

Jetzt wartete ich auf eine spannende Geschichte, zumindest aber auf eine Erklärung, warum wir nichts von ihr gewusst hatten. Sicherlich war sie vor langer Zeit nach Amerika ausgewandert oder nach Australien. Aber nichts dergleichen. Überhaupt schien sie nicht vorzuhaben, viel von sich zu erzählen, geschweige denn etwas über uns, die wir ja schließlich ihre Familie waren, zu erfahren. Sie antwortete wortkarg auf unsere Fragen, stellte selbst keine und man ging zu Smalltalk über.

Ich stehe auf und stelle meine Teetasse neben die Spüle, dann verlasse ich die Küche und gehe ins Wohnzimmer, vertraute Wege, wie ich sie oft gegangen bin.

Die Luft im Wohnzimmer ist abgestanden. Alles sieht verstaubt aus, als wäre es lange her, dass sich jemand hier aufgehalten hat. Rechts steht noch immer der alte Eichentisch mit den sieben Stühlen. Damals mussten wir einen der Küchenstühle dazustellen. Ein achter Gast war nie eingeplant gewesen.

Die Stimmung beim Essen war seltsam gedämpft und man konnte förmlich Tante Annas Ärger spüren, auch wenn sie alles tat, um sich wie sonst zu geben. Auch Barbara schien angespannt zu sein, nach ein paar Gläsern Wein taute sie allerdings auf und wurde etwas gesprächiger. Sie erzählte, dass sie gleich nach den Feiertagen eine Kreuzfahrt zu den Kanaren machen werde. Und überhaupt, sagte sie, wolle sie langsam etwas kürzer treten, sie habe genug geschuftet, während andere ihr Leben lang nie wirklich gearbeitet hätten. Dies sagte sie mit Nachdruck und sah Tante Anna an, die Wein nachschenkte und selbst mehr trank, als ich es von ihr gewohnt war.

Der Abend schleppte sich irgendwie dahin und als es zehn Uhr war, schlug meine Mutter vor, uns Kinder ins Bett zu bringen. Während Marion und ich protestierten, gähnte mein Vater und nutzte die Gelegenheit. »Ich glaube, ich gehe auch, es war ein langer Tag.«

Marions Eltern klinkten sich ein, alle Erwachsenen schienen es mit einem Mal eilig zu haben, ins Bett zu kommen.

Tante Anna erhob sich als Erste. Sie wolle eben für Barbara die Couch herrichten und die Küche aufräumen, sagte sie, wir sollten ruhig schlafen gehen. Was wir auch taten.

Ich setze mich auf die Couch, es ist noch dieselbe wie damals. Die, auf der Barbara hätte die Nacht verbringen sollen. Als wir am nächsten Morgen zum Frühstück herunterkamen, war das Bettzeug abgezogen. Noch oder schon wieder, das ist eines der Dinge, die ich leider nicht sagen kann.

Als Marion und ich im Bett lagen, tuschelten wir noch eine Weile. Was war wohl passiert, dass sich die Schwestern so offensichtlich nicht mochten, und was wollte Barbara hier? Aber auch Marion hatte keine Erklärung. Sie schien die Sache nicht sonderlich zu interessieren.

Im Gegensatz zu ihrer war meine Neugier grenzenlos. Was redeten die beiden wohl da unten, jetzt, wo sie allein waren?

Ich stand auf und schlich zu Marions Bett hinüber, sie schlief tief und fest. Vorsichtig öffnete ich die Zimmertür, lauschte und ging Stufe für Stufe nach unten.

Hätte ich damals schlafen können, dann würde ich vielleicht heute nicht hier stehen. Hatte Tante Anna mir ihr Häuschen wegen dieser Geschichte vererbt, damit ich selbst herausfinde, was sie mir nun nicht mehr erzählen kann?

Ich weiß nicht, ob sie mich damals bemerkt hatte. In jedem Fall war ihr nicht verborgen geblieben, dass ich mich seit jener Nacht verändert hatte. Diese Nähe und Vertrautheit, die zwischen uns bestanden hatte, war mit einem Mal verschwunden. Als wir nach Hause gefahren waren, hatte sie mich traurig angesehen und gefragt, ob alles in Ordnung sei. Ich war zu feige für die Wahrheit und hatte nur genickt.

Die Tür zur Küche war nur angelehnt, und so konnte ich deutlich hören, was gesprochen wurde, auch wenn beide mit unterdrückter Stimme redeten.

»Verdammt noch mal, Barbara, du hast deinen Anteil bekommen. Du wirst von mir keinen Cent mehr sehen. Außerdem ist schon lange nichts mehr übrig. So viel Geld war es nun auch wieder nicht.«

»Aber du hast das Haus.«

»Auch dafür habe ich dich ausbezahlt, ich schulde dir nichts.«

»Das sehe ich anders. Schließlich stammte das Geld auch aus dem Banküberfall. Ich habe im Übrigen immer noch die Geldtasche.«

»Hör auf mit deinen lächerlichen Drohungen. Die Sache ist längst verjährt. Außerdem, was willst du? Ich habe die Bank nicht überfallen.«

»Ja, aber wie willst du beweisen, dass du das Geld nur gefunden hast? Und selbst wenn, in jedem Fall hast du es unterschlagen, das ist ebenso strafbar.«

»Das hat dich damals aber wenig interessiert.«

»Außerdem ist das Haus heute viel mehr wert als damals.«

»Du hättest ja deinen Anteil behalten können.«

»Und du hast die ganze Zeit hier umsonst gewohnt.«

»Ich habe unsere Mutter gepflegt, falls du auch das vergessen hast.«

»Reize mich nicht. Sonst werde ich deiner Sippschaft morgen erzählen, was du wirklich für eine bist.« Barbaras Stimme war nun lauter und die Wut, die darin lag, brachte sie zum Vibrieren.

Aber auch Tante Annas Stimme zitterte. »Damit stellst du dich viel mehr bloß als mich.«

Zu meiner Verwunderung lachte Barbara. »Na und, sollen die doch denken, was sie wollen, das ist mir sowas von schnuppe.«

Ein paar Sekunden blieb es ruhig. Barbara schien auf Tante Anna zuzugehen, die näher an der Küchentür gestanden hatte. Dann sagte sie: »Ich bleibe so lange und geh dir auf die Nerven, bis ich meine Kohle habe. Ich lass mich von dir doch nicht unterbuttern.«

Ich wartete mit angehaltenem Atem auf Tante Annas Antwort, aber sie sagte keinen Ton. Still blieb es hingegen nicht. Ich hörte ein Klatschen und dann einen dumpfen Aufprall.

Ich wich erschrocken zurück und presste mir die Hand auf den Mund. Ich lauschte gespannt, aber mein Herz raste und ließ das Blut in meinen Ohren rauschen. Durch die Milchglasscheibe sah ich, dass sich jemand der Tür näherte. Ich machte auf dem Absatz kehrt und rannte die Treppe nach oben.

Ich schlich zurück ins Bett und zog mir die Decke über den Kopf.

Irgendwann ließ das Zittern nach, dennoch war an Schlaf nicht zu denken. Als Marion am Morgen versuchte, mich zum Aufstehen zu bewegen, grummelte ich sie an, mich in Ruhe zu lassen. Erst als alle unten waren und ich munteres Geplauder aus der Küche hörte, traute ich mich ebenfalls nach unten.

Ich gehe vom Wohnzimmer zurück in die Küche. Wie so oft, versuche ich mir vorzustellen, was damals genau vorgefallen war. Das Klatschen war sicherlich einer Ohrfeige zuzuordnen. Und der dumpfe Aufschlag? Ich habe ein Bild vor Augen, das ich wie immer schnell verdränge.

Über die Geschichte mit dem Bankraub hatte ich mir erst später Gedanken gemacht, die kam mir damals ziemlich belanglos vor. Unter anderen Umständen hätte mich diese Enthüllung sicherlich schockiert. Vor ein paar Jahren habe ich dann doch nachgeforscht. Der Überfall war lange vor meiner Geburt gewesen, die Räuber hatten die Sparkasse am Marktplatz überfallen. Aber sie waren nicht weit gekommen, die Polizei hatte sie auf der Flucht in einer der umliegenden Straßen gestellt. Ein Teil der Beute blieb verschwunden, wieviel es war, hatte ich nicht herausbekommen.

Ich gebe mir einen Ruck und verlasse die Küche. Genau gegenüber ist die Tür zum Keller. Ich war noch nie dort unten. Ich nehme all meinen Mut zusammen. Meine Hände zittern, als ich die Tür öffne und nach dem Lichtschalter taste.

Will ich die Antwort auf die Frage, die ich zu Annas Lebzeiten nie zu fragen gewagt hatte, wirklich wissen? Was, wenn sich mein Verdacht bestätigt? Was macht es mit mir, was wird mit dem Haus?

Ich atme tief durch, so oder so, ich muss es jetzt wissen. Es geht nicht mehr anders. Hatte Tante Anna geahnt, dass es so kommen würde?

Die Treppe nach unten ist flacher, als ich sie mir vorgestellt habe. Es würde nicht allzu schwer fallen, etwas Schweres hinunter zu ziehen.

Schritt für Schritt gehe ich die Stufen hinab und sehe mich um. Vor mir tut sich ein großer Raum auf, von dem nur eine weitere Tür abgeht.

Der zweite Raum ist sehr klein und vollgestellt mit allem möglichen Gerümpel. Doch nichts deutet auf ein Versteck hin. Ich schließe die Tür wieder, gehe zurück in den großen Raum und erst jetzt fällt mir etwas auf.

In der rechten Ecke, dort, wo ein paar Kartons und ein Regal stehen, befindet sich eine weitere Tür. Ich muss erst das Regal verschieben, damit ich daran komme. Ich drücke die Klinke herunter, die Tür ist verschlossen.

Jetzt zittern auch meine Knie, und ich setze mich auf einen der Kartons. Noch habe ich die Chance, weiterhin vor der Wahrheit davonzulaufen. Wie auch immer sie aussieht. Wahrnehmungen können trügerisch sein. Ich war sehr verwirrt und müde, als ich bis zum Morgen wach im Bett gelegen hatte.

Nachdem auch ich die Küche betreten hatte, fehlte nur noch Barbara zum Frühstück. Tante Anna hatte offenbar auf die Anwesenheit aller gewartet und berichtete uns scheinbar unbeschwert, dass ihre Schwester früh am Morgen abgereist sei. Sie habe noch Vorbereitungen wegen der Kreuzfahrt zu erledigen. Sie lasse grüßen.

Sie lasse grüßen – so, wie ich Barbara erlebt hatte, konnte ich mir das beileibe nicht vorstellen.

Die Erwachsenen schien die Nachricht zu erleichtern und mein Vater brachte zum Ausdruck, was wohl alle dachten. »Besser so!«, sagte er und damit war das Thema erledigt.

Niemand stellte weitere Fragen, niemand war in irgendeiner Weise beunruhigt. Niemand außer mir. Bis heute bin ich mir sicher, dass ich die Haustür nicht gehört habe. Wenn man mich befragt hätte, hätte ich geschworen, dass weder in der Nacht noch am frühen Morgen jemand dieses Haus verlassen hatte.

Ich stehe auf. Unweit des Regals lehnt ein Spaten an der Wand. Ich benutze ihn als Hebel und mit einem leichten Knacken gibt das morsche Holz nach. Die Tür springt auf, dahinter empfängt mich Schwärze. Es riecht ölig und staubig. Ich taste nach einem Lichtschalter und finde ihn tatsächlich. Eine kahle Birne spendet spärliches Licht. Der Raum ist fast zu Gänze mit einem alten Tank ausgefüllt.

Jetzt fällt mir ein, dass Tante Anna die Ölheizung entsorgt und eine Gasleitung hatte legen lassen. Das war vor fünf Jahren, lange nachdem Barbara verschwunden war. Dennoch gehe ich auf den Tank zu und klopfe ihn ab, er klingt an allen Stellen gleich hohl.

Ich spüre Erleichterung und kämpfe mit den Tränen.

So bescheuert kommt mir auf einmal alles vor. So viele Jahre habe ich mich gequält, nur weil ich ein dumpfes Geräusch in der Küche gehört und ein Klacken der Haustür vermisst habe. Warum habe ich nicht einfach gefragt, oder nach Barbara gesucht? War es, weil ich Tante Anna nicht in Verlegenheit bringen wollte, oder war es schlicht Feigheit? Ich fürchte, Letzteres.

Ich habe genug gesehen, gehe zurück nach oben und verschließe die Kellertür.

In der Küche schenke ich mir den letzten Rest Tee ein. Er ist kalt geworden und bitter.

Trauer überflutet mich. Ich empfinde in diesem Augenblick mehr Trauer um Tante Anna als vor ein paar Tagen auf der Beerdigung. Wie unrecht ich ihr getan habe, denke ich, aber zugleich zwackt mich ein anderer Gedanke. Dass ich Barbara nicht im Keller gefunden habe, bedeutet nicht, dass sie nie hier unten war. Beweist nicht, dass nichts passiert war.

Ich stehe auf, spüle Tasse und Kanne aus. Ich werde nicht bleiben, zumindest nicht die nächste Nacht. Vielleicht suche ich doch noch nach Barbara. Auf der Beerdigung war sie nicht, das hätte alles so viel leichter gemacht.

Aber was, wenn ich sie nicht finde?

## Mascarponecreme mit Punschkirschen

*250 g Mascarpone, 250 g Sahnequark mit Vanillezucker und etwas Zimtpulver zu einer glatten Creme verrühren und kaltstellen. Den Saft aus einem Glas Sauerkirschen in einem Topf mit 200 ml Rotwein, 3 Anissternen, einer Zimt- und einer Vanillestange erhitzen. Die Gewürze herausnehmen und die Sauce mit etwas Kartoffelstärke (Mondamin) eindicken, dann die Kirschen dazugeben. Leicht abkühlen lassen und über die Creme geben. Sofort servieren.*

GESINE REICHSTEIN

# De Poppeern sünd in Odder

Dat is kolt un een iesigen Wind treckt üm de Hüüs vun de KGS, as Schoolmester Siegfried Stickelwohld an den Maandagmiddag na sien Auto geiht. Vun wieden hört he Schoolkinner an'n Kanaal ropen un schandeeren. As he up ehr daalgeiht, hört he Wöör as «Liek« un «dootmaakt«. Mitdem, dat Stickelwohld nöger kümmt, süht he bunte Kledaschen in den Kanaal drieven un ja, noch nöger süht he een Fruensminsch. »Keen hett sienen Snacker hier?« fraagt he in de Runn un mehrere Schoolkinner langt em de Kassens röver. »Een mutt bi een – een – null de Schendarms anropen.«

Hanna drückt fix de Tasten un schreet denn mehr as dat se snackt: »Hier is een Doden in'n Kanaal! – Wo? – Na, hier! – Hier is bi de School – wat för een School? – De grote – de KGS – Keen ick bün? Ick bün Hanna. Us Mester is ok hier.« Se drückt Stickelwohld den Snacker in de Hannen.

»Wat? – Ja, ja – is so, as Hanna seggt hett. Hier liggt een dode Fru in't Water. – Ja, wi töövt, bit ji kaamt.«

Duert nich lang ut mit »Tatü – tata« bruust de Peterwagen ran. Sascha Schoon un Greta Burmester springt in ehr Uniforms rut ut'n Wagen un kiekt de wiesen Kinnerfingers na.

»Sascha! De mööt wi ruthalen! Of mööt wi erst Biller maken? Weet nich mehr nipp un nau, wat toerst to doon is.«

»Erst mal den Puls«, un Sascha wrangelt sick runner na't Water.

»Dor is keen Puls! Dor is gornix. Nix nich. Dat is een Popp!«

»Een Popp? Wat schall dat?« fraagt Stickelwohld un de Schoolkinner sibbelt an Schoons Jass rüm: »Woso Popp?«

»Een Popp ut Plastik un Holt. Mit Kledaschen an.«

»Dat süht aber bannig na een Minschen ut – so vun hier.« De Schoolmester schüddekoppt.

»Man nee, wenn ick mi dat nu so bekieken do, heff ick dat blonne Haar un düsse Kledaschen al mal sehn!«

»Blonne Haar up een Popp,« grummelt de Burmester vör sick hen, »blonne Haar up een Popp? Dat is se! Dat mutt se wesen!«

»Well? Well?« roopt de Kinner dörnanner.

»Na, de Popp in'n *Big Ben*! In den Kroog!«

»Och nee!« De mehrsten Kinner kiekt bedröppelt in'n Kanaal daal. De Popp steiht siet Johren al in een ingelsch Telefonhüsken in'n Ingang vun den *Big – Ben –* Kroog.

»Denn is dat ja gorkeen Kriminaal nich.« Lett so, as tröcken se scheve Muuls.

»Is dat doch!« lett Greta Burmester vernehmen. »Is dat doch! Een mutt de Popp ut de Weertschupp bi'n *Big Ben* ruthaalt un hier in'n Kanaal rinsmeeten hebben. Dat kann Deeveree wesen, man up jeden Fall is dat, Dreck in'n Kanaal smieten!«

»Ümwelt versmeeren! Nee doch, » mummelt Mester Stickelwohld vör sick hen. »Un worüm hett de Kröger, de Hannes Hasselgruber, worüm hett de dat noch nich mellt? Dat se weg is, de Popp?«

De beiden Schendarms kiekt sich an, »Ja, gediegen. Bitto hett he sick bi us nich mellt. Denn gaht wi mal hen un fraagt na.«

De Peterwagen föhrt den korten Weg över de Marktstraten un höllt vör den *Big Ben*. Schoolmester Stickelwohld un de School-kinner sünd tofoot jüst so fix ankamen. Un all, ok de Schen-darms seht de Popp dor an'n Ingang stahn. Forts na't Pingeln kümmt Kröger Hasselgruber un maakt de Dör los.

»Wat is hier denn los? Wi hebbt noch dichte bit Klock dree!«

»Mag woll. Man wi willt ok nix vertehren.« De Gendarm öögt na de Popp hen. »Wi willt blots fragen, of bi di allens upstee is?«

»Woso nich? Un dorüm sünd ji all kamen, dat to fragen?«

Greta Burmester ruckelt de Schendarmsjass trecht. »Dröff ick maal?« un schuuvt sick an den Kröger vörbi nöger an de Popp ran.

»Ochott, nee!« Se packt sick an'n Hals. »Nee, nee, doch ok!« Se schriggt: »De is doot!« All annern kaamt nu ok nöger bi un seht in dat Telefonhüsken een Fru stahn, bleek as de Wand un een dicken roden Streem över dat Halsgatt. De Ogen kiekt gediegen ut dat witte Gesicht rut.

De Kröger höllt sick an den Treppenhandloop faste. »Wat is dat denn? Well is dat denn?« Ut Hasselgruber sien Gesicht is ok de Farv aftrocken.

»Weet wi nich. Wi weet blots, dien Popp liggt in'n Kanaal bi de School. De mööt wi dor noch ruthalen,« seggt so bilangs weg Greta Burmester an den Kolleeg. »Un nu willt wi mal ran un ji blievt vun düt Telefon weg!«

Se packt an de Dör vun dat Telefonhüsken un sachtends kümmt ehr de Liek tomöte. »Pack mal mit an!« De beiden Schendarms laat den Licham up de Grund glieden un dreit se up den Rügg. »Kennt ehr een vun ju?«

Kinner, Schoolmester un Kröger, all schüddekoppt. »Nie nich sehn«, seggt Hannes Hasselgruber.

»Kann nich angahn«, meent Sascha Burmester. »Du musst ehr doch sehn hebben, as du hüüt rinkamen büst.«

»Heff ick aber nich. Gretel stünn dor as jümnmers.«

»Gretel?«

»Gretel heff ick de Popp jümmer nöömt. Un de stünn dor as anners ok.«

»Weetst du dat wisse?«

»Wisse? Weet ick nu nich mehr. Wenn een alltiet datsülbige süht, dennso kickt een nich mehr so nipp und nau hen. So as hüüt morrn.«

»Hm. Wenn düsse dor – »Sascha wiest up de dode Fru an de Grund – ...wenn düsse dor nu hüüt morrn villicht al dor weer, dennso villicht al siet güstern. Wat weer denn güstern hier los?«

»Nix!«

»Woso nix? An'n Sünndag? Nix? Adventssünndag?«

De Kröger kickt verbiestert vun de Schendarms na de Kinner, vun de Kinner na Mester Stickelwohld un seggt: »Nix. De Adventssünndaag sünd wi jümmer up den Wiehnachtsmarkt in't

Museum. Schenkt Grog un heeten Wien ut. Un denn is de Kroog alltiet dichte.«

»Mann in de Tünn!« Sascha stampt mit'n Foot up. »Willst du us dormit vertellen, düsse Liek is villicht al wat länger hier?«

»Dat weet ick doch nich!« Hasselgruber stammert rum. »An'n Freedag weern de Schoolmesters hier bi ehr Adventsfier un an'n Saterdag de Lüüd vun de Warkstäen. WTbM meen ick. De ut de Karstrosenstraat.«

»Un denn ?«

»Wat, un denn?«

»Un denn? As de ut de Warkstäen weg weern, wat denn? Hebbt ji denn schonemaakt? Of keem de Reinemakersch erst vundag?«

»Erst vundag. Wi hebbt se güstern up den Wiehnachtsmarkt bruukt.«

»Schall dat nu meenen: Du un ick un wi all weet nich, woveel Daag düsse Fru dor in dat Telefonhüsken wesen is?«

»Weet wi nich.« Hasselgruber kickt up siene Schoh daal. »Man dat kann een doch rutfinnen! Ick meen, so bi de Kriminaalfilms köönt se dat.«

»Köönt se dat!« Sascha Schoon warrt bilütten spitz: »Nu, hest du hier in Wiesmoor al mal wat vun een KTU höört? Nee, nich? Hebbt wi hier nich. Un wi warrt ok nich forts na Auerk lopen un Hölp halen!«

»Willt wi nich!« All rundümto nickkoppt.

»Hett dat denn wat geven bi de Fiern an'n Sater-dag un Freedag? Verdreet? Striet? Gor Kloppereen?« Greta Burmester gifft so gau nich up. Blots de Kinner warrt dat bilütten to verfälend un een na de annern sluert weer na buten. Ok Schoolmester Stickelwohld meent, dat geiht em nix mehr an: »Kann ick noch wat doon? Helpen?«

»Nee, nu hier nich. Bi de Popp mööt wi noch achterto un wenn wat is, mellt wi us bi de School.«

»Rektersche Diekmann is jümmer bit Klock dree dor. De Nummer kennt ji woll. Un denn, Gootgahn!«

Sascha Schoon un Greta Burmester maakt sick nu ran un dreiht bi de Liek allens na buten, man in keen Tück is wat to finnen, keen Utwies, keen Föhrerschien, keen Bankkort, nixnich.

Bilütten wiest de Klock kort vör dree. Hasselgruber meent, de beiden Opdrägersch un de Köksch warrt woll bold hier wesen. As Heidi un Antje rinkaamt un de Schendarms in de Künn kriegt, seggt Heidi forts: »Wi kriggt Tominnstlohn un sünd verseekert.«

Burmester un Schoon grient binnenwennig, so is ehrn langen Arm doch al künnig in Wiesmoor, un begöscht. »Dor geiht dat nich üm. Man hier: Hest du düsse Fru al mal sehn?«

Heidi kickt sich de Liek an und dreiht sick na Antje üm: »Du? Ick bün nich wisse.«

»Tja, ick meen .. Ick bün ok nich wisse, man ick glööv, de weer bi de Wiehnachtsfier mit bi.«

»Bi wat för een?« Sascha Schoon warrt hibbelig. »Saterdag of Freedag? Warkstäen of Schoolmeesters?«

Heidi un Antje kiekt noch mal daal up de dode Fru. »Weet ick nich.« »Ick ok nich. Dat weern so veele Lüüd. Un de mehrsten harr ick noch nienich sehn.«

»De Warkstäen harrn Snirtjebraa bestellt un de Schoolmesters harrn ok den Anhang mit, Fru of Mann. Kann dat nich wisse seggen, an wat för een Abend se mit bi weer.«

»So kaamt wi woll nich wieder. Sascha, kannst Du een Bild vun de Fru maken, dat een se dorup villicht kennen kunn? Denn fraagt wi mal de Lüüd ut de Warkstäen. De Mesters sünd woll all al tohuus. Na de School gaht wi morrn.«

»Un wat do ick?« De Kröger Hasselgruber wiest up de Grund. »De willt ji hier doch nich liggen laten?«

»Nee, nee – « Sascha kloppt em up de Schuller. »Ick heff al in Auerk anropen. De KTU is ünnerwegens. De nehmt noch mal allens up un ehr mit, un Klock söss kannst den Laden hier weer losmaken.«

Bi de Warkstäen sitt Hildegard Linnen noch in't Büro. As Schoon un Burmester dat Anschrievbook ut de Bosttasch langt, wehrt se forts af: »Wi hollt us an de Arbeitstieden un den Tominnstlohn betahlt wi ok!«

Sascha un Greta mööt weer binnenwennig smüstern, man se haalt ok noch dat Bild vördag. »Üm de Arbeitsümstänn sünd wi nich hier. Düt Mal nich. Dat geiht hier üm düsse Fru.« Greta höllt de Linnen dat Bild för de Nääs. »Al mal sehn?« Hildegard Linnen trüggelt nich. »Dat is Fru Blume. Jessica Blume. De is hüüt morrn nich na de Arbeit kamen. Wat is mit ehr?«

»Se is doot.«

»Doot? Siet wannehr?«

»Dat weet wi noch nich. Villicht siet Freedag, siet Saterdag of Sünndag.«

»Un dorüm ...«

»Un dorüm weer se hüüt nich bi de Arbeit.«

Sascha und Schoon verklaart Fru Linnen nu dat, wat de Schendarms bitto in de Künn kregen un sehn hebbt. »Wat weer dat för een Mitarbeitersch?« fraagt Greta nu na. »Weet Se mehr vun ehr?«

Hildegard Linnen leggt de Plette in Follen: »Veel kann ick nich seggen. Se is erst siet een Maant hier. Se kümmt ut'n Ruhrpott. Ehre Poppeern weern in Odder un wi hebbt jümmer Noot an Lüüd. So recht upfallen is se bitto nich.« Hildegard Linnen knippt de Mund to.

»Is dor noch wat?«

»Na ja, verleden Week hett dat Verdreet geeven. Wegen de Arbeitstieden. Is nich jümmer hentokriegen un af un an köönt wi de Lüüd nich elk tweete Weekenenn freegeven, as dat vörschreven is.«

»Un dat weer bi Fru Blume ok so?«

»Ja. Un se hett denn de annern uphisst. Se schullen lawayen, wenn se nich ehr Recht kriegt.«

»Un dat hebbt de annern Mitarbeiters denn daan?«

»Hebbt se nich. Hebbt an Fru Blume seggt, sowat is hier nich begäng. Hier deit een sien Wark, as dat kümmt.«

Greta Burmester lett dat Anschrievbook sacken. »Wegen sowat warrt een aber doch nich doot maakt.«

»Glööv ick ok nich.«

»Wo hett se denn wahnt, de Fru Blume? Villicht könnt wi bi ehr in't Huus wat finnen, wat wiederhelpt.«

»Woll nich,« Hildegard Linnen kickt noch mal up dat Bild. »Se harr noch keen eegen Wahnung nich und hett in dat Heim an de Karstrosenstraat mit wahnt. Wenn se free harr, dennso is se jümmer forts weer na'n Pott föhrt.«

»Dat schuvt wi denn up morrn, jüst so as de School.«

»Woso denn School?« Sascha Schoon verklaart dat noch mal mit de beiden Wiehnachtsfiern.

»Ick weet, dat de Blume Ümgang harr mit een vun de Mesters dor in de grote School. Blots so vun't Sludern. Mehr weet ick nich.«

»Aha. Na, villicht warrt wi denn morrn dor mehr gewahr.« De Schendarms seggt noch de Dagestiet an un föhrt in't Büro.

»De Dag weer lang!« Sascha Schoon nimmt den Mantel vun'n Haken. »De Blume is nicht mehr to hölpen un ick gah nu na Huus. Morrn is ok noch een Dag.«

»Bit morrn. Ick kiek noch even na, of jichtenswat Nieges mellt worrn is.«

»Morrn Klock acht!«


Klock acht. Greta Burmester kickt wat mööd ut unner de Schendarmskippse.

»Bün güstern Abend nich veel wieder kamen mit dat Söken in't Nett. Eene Jessica Blume weer nargends to finnen. Dat Bild heff ick ok ingeven, man de Kiste hett nich recht wat funnen. Eene Fru süht een beten so ut, man de harr wat lopen in Düörtm.«

»Denn laat us de Rektersche mal befragen. Heff us al anseggt.«

»Koffie of Tee?« De Rektersche Ulla Diekmann nöögt de Schendarms an eene Tafel. Greta Burmester un Sascha Schoon vertellt noch mal vun de Popp in'n Kanaal, vun de Liek in den Kroog un haalt allens weer, wat se bitto rutkregen hebbt. Man Ulla Diekmann tuckt amenn mit de Schullern: »Dor fallt mi nix to in. Ick haal even den Mester, de to de Wiehnachtsfier ladt hett.«

»Harm Olldörp«, stellt sich de Mester vör. »Of mi wat upfallen is? Fallt mi erst mal nix in. Dat weer ja eene grote Koppel un de harrn ok all noch ehr Passelband mitbröcht. De kenn ich ok nich all. Twüschendör hebbt se sick mal bi de Köppe hatt. As dat üm de Saak güng, *Rekenmaschinen in'n Ünnerricht of nich*, man dat weer't ok.«

»De Fier weer ja an'n Freedag. Weer denn amenn de Popp dor noch in dat Telefonhüsken?«

Harm Olldörp swiggt een Sett. »Dat kann ick würkelk nich seggen. Dat weer al laat, Klock twee of so, as wi all rutgahn sünd. Ick glööv, dor hett nümms Acht up geeven, wat dor in dat Hüsken weer. Man ick kann mi ok nich begriepen, dat an den Abend een de Popp tegen eene Liek hett uttuschen kunnt. Dat harrn wi doch vernahmen. Man tööv, doch: een Saak hett dat geven: een vun de Kollegen is mit siene Fru annanner raakt un dat is wat luut worrn. De annern hebbt ehr aber begöscht un dat weer't.«

»Wo is dat denn üm gahn?«, fraagt de Schendarms na.

»Weet ick nich. Man tööv, de Mester is hüüt morrn nich kamen. De Kozlowski meen ick«, seggt de Mester an Rektersche Diekmann.

»De Moritz Kozlowski?« fraagt se.

»Ja, de meen ick.«

Ulla Diekmann söcht wat up ehren Bildscherm. »De is as Inschenöör na us kamen, de Kozlowski. De Poppeern weern in Odder.«

Greta Burmester hoost eenmal up: »Un dat is sowat een Maant her?«

»Ja, is dat. Anfang Oktober weer dat.«

»Un he kummt ut'n Ruhrpott?«

De Rektersche kickt de Schandarms verbaast an.

»Ja, man wat schall dat?«

»Dat hebbt wi güstern jüst so al mal höört. Vun Fru Linnen bi de Warkstäen. De hett jüst datsülbige vun de dode Fru seggt, de in de Warkstäen arbeit hett.«

Un dormit haalt Sascha Schoon dat Bild vördag.

»Dat is se«, seggt Mester Olldörp forts. »Dat is de Fru vun Moritz Kozlowski.«

»So wiet hebbt wi dat!« meent Greta Burmester. »De beiden hebbt sick kennt un hebbt Verdreet hatt. Man mehr weet wi ok nich.«

»Doch! Dat de Kozlowski hüüt nich nach de School kamen is.«

»Dennso hett he de Fru dootmaakt, se in dat Telefonhüsken bi dat *Big Ben* stoppt, de Popp in Kanaal smeten un is denn utneiht?«

Rektersche Diekmann twiefelt woll een beten. »Un woso? Un wannehr? Un woans?«

»Dat lesde kann ick seggen. Hebbt se al ut Auerk mellt. Dat Halsgatt weer todrückt bi de Fru Blume.«

»Dat wüss ick ja noch gor nich, « seggt Greta Burmester. »Halsgatt dichtedrücken doot mehrtiets Mannslüüd. Dat kann woll stimmen.«

De Dör vun de Rektorkamer warrt losreeten. »Een Doden!« röppt Mester Stickelwohld. »Al weer een Doden. Un al weer müss ick em finnen.«

»Nu mal langsam. Sett Se sick erst mal daal!« Sascha Schoon drückt den Mester up een Stohl.

»Wo is een Doden?«

»In't Forum.«

»Dor liggt een up de Bühn?«

»Nee, dor hangt een achter de Bühn.«

»Woso hangt?«

»Hett sick woll uphangen.«

»Hebbt Se em runnerhaalt?«

»Nee, nee. Ick doch nich. Ick heff al vunnacht dröömt vun de Popp dor güstern in'n Kanaal. Ick mutt dor nich mehr vun hebben.« Siegfried Stickelwohld schüddelt sick, as wenn denn wat affallen kunn.

De Schendarms laat sick vun Mester Olldörp den Weg na de Bühn wiesen. Denn kiekt se all dree na baben. »Kozlowski?« fraagt Sascha Schoon.

Harm Olldörp nickkoppt: »Moritz Kozlowski!« Gerda Burmester höllt dat Plietschphon al an't Ohr un röppt in Auerk üm dat Unnersöken an. »Wenn de sick uphangen hett un vördem de Blume an'n Hals gahn is, dennso kaamt wi dor woll nienich achter, worüm un woans dat aflopen is.«

»Wenn!« lett Sascha düütlick vernehmen. »Wenn! Wenn em nich een annern uphangen hett!«

Greta dreiht sick na em üm: »Un keen schall dat daan hebben? Un worüm? Un wannehr? Dat is doch dumm Tüüch! De beiden hebbt Striet hatt, he hett ehr doot maakt, denn hett em dat Geweten piert un denn hett he sick uphangen.«

»Un wo is de Stohl? De Tafel? Of een Dreebeen? Wo hett he denn up stahn ehr sick de Sling totrocken hett?« Greta kickt sick verwunnert üm. »Dor is nix. Blots dor achtern steiht een Stohl.«

»Sühst woll!«

Schoolmester Stickelwohld peddt vun een Foot up den annern. »Bruukt Se mi noch? Ick mutt... De Klass töövt!«

»De mutt noch wieder töven. Wi sünd hier noch nich fardig. Ok wenn de KTU ut Auerk noch nich hier is, so veel is wiss: düsse Kozlowski is noch warm un dat nich vun de Warmte hier bi de Bühn. Wannehr hebbt Se em denn funnen un worüm weern Se överhaupt hier?«

»Funnen heff ick em Klock acht. Weer jüst up den Weg na mien Klass hen. Man denn heff ick so'n gediegen ,rumms' hört un bün hier hen lopen. Do bümmelde he dor baben al.«

»Un anners? Anners hebbt Se nix sehn?«

»Nu Se fragt, doch: Dor leep een Keerl dör de Dör na buten up den Hoff to. As ick Kozlowski dor baben wieswarrn weer un noch mal kieken wull, weer dor nümms mehr to sehn.«

»Köönt Se em beschrieven? Harr he wat besünners an?«

»Nee, an nich. Man rode Haar, ja, rode Haar harr he. Kunnst gornich översehn.«

»Rode Haar? Rode Haar? Heff ick de Daag al mal sehn.« Greta Burmester grippt mit beide Hannen in ehr eegen Haar. »Ick heff dat! Mester Olldörp, Se köönt in de Klass gahn. Wi kaamt nu trecht. Un besten Dank ok!«, röppt de Schendarm noch achteran.

Greta packt Kolleeg Schoon an'n Arm un treckt em na de Dör. »Hier kaamt de ut Auerk wiss allennig klaar. Wi mööt noch mal in dat *Big Ben*.«

Up den korten Weg vun de School na den Kroog verklookfidelt Greta de Laag: »As wi güstern in dat *Big Ben* weern, do hett doch den Hasselgruber vun twee Updrägersch un een Köksch vertellt.«

»Ja, man de hebbt wi doch utfraagt, de Heidi un de Antje.«

»Sünd twee!«

»Wahrraftig. Dat is mi gornich upfullen.«

»Mi erstan ok nich. Bit jüst eben. Dat rode Haar! Een Updrägersch un de Köksch hebbt wi vör't Brett hatt, man dat drüdde Minsch nich. Un ick heff in'n Achterkopp, wat twüschendör een Rotkopp in de Köök sleeken is. Un jüst dor gaht wi nu hen. Wenn...«

»Wenn?«

»Wenn överhaupt een dor is. De Kroog maakt hüüt erst Klock ölben los.« De Schendarms kloppt an de Dör, an de Finsters un as de beiden jüst unnern an'n Kanaal up de lütte Bühn staht, seht se een Mann mit rode Haar ut de Achterdör krupen. Fix kriegt se em tofaat un treckt em in de Köök vun den Kroog. Sascha binnt em gau mit de Schell an de Abendör.

»Naam?«

»Blume. Mark Blume.«

»Oller?«

»Söbenundartig.«

»Adress?«

»Wittmunner Straat. Hier in Wiesmoor.«

»So, un nu vertellt Se mal! Wat harrn Se hüüt Morrn in de School to kriegen?«

»Ick wull mit em afreken! Mit den Halunken. Mit den Schojjack!«

»Kozlowski?«

»Kozlowski. Hüüt Kozlowski, güstern Smidt un morrn Müller of Meier.«

»Wat schall dat?«

Blume lett de Schullern hangen. »Dat weer mien Swager!«

Greta haut sick vör de Plette: »Klaar! Un de Jessica Blume weer Se ehr Süster.«

Mark nickkoppt. »Un he hett ehr afmurkst. Dor bün ick wiss. An'n Saterdag up de Fier weer Jessi ja mit ehre Kollegen hier. Laat midden in de Nacht weer he up'n Mal ok dor.«

»Kozlowski?«

»Hm. Un hett weer Striet anfungen. Un denn sünd de beiden na buten. Mehr heff ick nich mitkreegen.«

»Bit Maandagmorrn.«

»Ja, bit güstern. Un as ick Se, de Schendarms, sehn heff un mi achterna vertellt worrn is vun de blonne Liek, do wüss ick Bescheed. Un heff afrekent. Vunmorrn.«

»Worüm hebbt Se sick denn in de Köök sleeken, güstern? Do hebbt Se doch noch nix wüsst vun de Liek. Of vun ehr Süster.«

»Dat nich. Man ick bün jüst erst rut ut't Kaschott. In Düörpm.«

»Siet veer Weeken«, kümmt een Stimm vun achtern. »He hett fraagt na Arbeit un de Poppeern weern in Odder«, seggt Hannes Hasselgruber noch fix achterher.

# Snirtjebraten

**Zutaten:**
1000 g Schweinefleisch, aus Nacken oder Schulter
4 Zwiebeln
2 Messerspitze Piment
10 Gewürznelken
6 Lorbeerblätter
Pfeffer, schwarz, aus der Mühle
Salz
1 EL Butterschmalz
250 ml Wasser
250 ml Rotwein
1 EL Mehl, zum Binden

**Zubereitung:**
Das Fleisch in ca. sechs Zentimeter große Stücke schneiden und würzen. Das Schmalz erhitzen und die Fleischstücke darin von allen Seiten kräftig anbräunen. Die Zwiebeln schälen und im Ganzen mit den Gewürzen zum Fleisch geben und kurz mit anbraten. Rotwein und Wasser zugießen, aufkochen lassen und 60 bis 90 Minuten schmoren lassen.

Das weiche Fleisch und die Zwiebeln aus dem Topf nehmen, warm stellen, Lorbeer und Nelken entfernen. Den Bratensatz evtl. mit Wasser aufgießen – es soll schon reichlich Soße sein – mit dem angerührten Mehl binden, mit Salz und Pfeffer würzig abschmecken und das Fleisch noch kurz in der Soße ziehen lassen.

Dazu Rotkohl, Bohnensalat, rote Bete, Zucker- oder Honiggurken (oder auch eingelegten Kürbis) und Kartoffeln servieren.

MARLIES KALBHENN

# Kumm bi de Nacht, kumm bi de Nacht

Regina

Wir sind in den vergangenen Tagen kreuz und quer durch die Krummhörn gefahren, um die Auftrittsorte kennenzulernen, an denen wir möglicherweise im kommenden Frühjahr unser diesjähriges Kammerspiel aufführen werden. Mitten im kalten Winter machten sie für uns die Türen der Häuptlingsburgen, Gulfhöfe und Kirchen hoch beziehungsweise die Tore weit.

Elke, die Intendantin und Regisseurin unserer Amateurtheatergruppe, stammt aus der Krummhörn, genauer: aus Greetsiel. Sie war Lehrerin und Theaterpädagogin an einem Emder Gymnasium. Vor fünf Jahren mit Eintritt in den vorzeitigen Ruhestand hat sie die Theatergruppe gegründet. Es war ihre Idee, unser diesjähriges Kammerspiel, das im Oktober in Emden Premiere hatte, zum Saisonbeginn, wenn die Krummhörn aus dem Winterschlaf erwacht ist, an drei, vier historisch bedeutsamen Orten zu spielen.

Sie inszeniert jedes Jahr zwei Stücke, ein großes oder besser: ein personenreiches, bei dem alle mitmachen können, die mitmachen wollen, und eins für kleine Besetzung, ein Kammerspiel eben. Bei dem Kammerspiel mitmachen zu dürfen, ist eine besondere Auszeichnung. Kerstin und ich sind zum dritten Mal dabei, wir sind ein eingespieltes Team schon aus Schultheaterzeiten, das in diesem Jahr ergänzt wird durch Marten, der das erste Mal »kammerspielt«.

Zwei Frauen und ein Mann, die alte Geschichte. Man kennt das, hatte Elke gesagt, als sie das Stück vorstellte, und Heinrich Heine zitiert: »Es ist eine alte Geschichte, doch bleibt sie immer neu, und wem sie just passieret, dem bricht das Herz entzwei.«

Wir haben gelacht, Kerstin, Marten und ich, nicht ahnend, dass die Geschichte uns bald schon selbst betreffen könnte.

Vorgestern hat Kerstin mit Marten geschlafen. Und das, obwohl ich ihr am Abend nach unserer Ankunft in Greetsiel anvertraute, dass ich mich in Marten verliebt habe. Ich!

Aber gestern Abend bin ich Kerstin zuvorgekommen. Es wäre doch gelacht, wenn ich das heute Abend nicht auch schaffen würde.


Marten

Ich fürchte, jetzt habe ich, nein: Jetzt haben wir ein Problem! Ich mag sie nämlich beide, Kerstin und Regina. In unserem Spiel endet die Dreierbeziehung mit dem Tod des Mannes, wobei offenbleibt, welche der Frauen das Gift in den Wein getan hat und welche »nur« die Mitwisserin war. Auch wenn das Stück in der Vergangenheit spielt und die handelnden Personen ein Burgherr, möglichweise ein ostfriesischer Häuptling, seine Frau und deren Magd sind, geht es um *den* klassischen und damit zeitlosen Konflikt.

Regina spielt die Burgherrin: kühl, beherrscht, um nicht zu sagen, herrisch. Kerstin ist ihre temperamentvolle, naive, aber mit einer gewissen Bauernschläue gesegnete Magd. Und middenmang der Burgherr, der Häuptling, also ich, der laut Regieanweisung ein personifizierter grober Klotz sein soll. Nun ja!

Höhepunkt des Stücks ist die Badezimmerszene, wobei das Badezimmer lediglich aus einem auf zwei Stühle gestellten Zuber oder Bottich besteht. In eben diesem sitzt der Burgherr, nackt, versteht sich. Natürlich nicht ganz nackt. Unsere Stücke sind, was das betrifft, selbstverständlich immer jugendfrei. Ich zeige lediglich meinen entblößten Oberkörper, der sich durchaus sehen lassen kann, wie mir Kerstin und Regina versichert haben.

Der Burgherr im Bade verlangt, dass seine Frau ihm den Rücken schrubbt. Außerdem verlangt er nach Wein, worauf die Befehlsempfängerin, die Magd, den Raum verlässt. Als sie kurze Zeit später zurückkommt, gibt sie nicht dem Grobklotz den Becher, sondern ihrer Herrin, die ihn dann, nachdem sie einen bedeutungsschwangeren Blick mit ihrer Magd gewechselt hat, ihrem Mann reicht.

Heute Abend, anlässlich Elkes fünfundsechzigstem Geburtstag, spielen wir im Hotel für geladene Gäste, zu denen auch wir gehören; denn Elke finanziert unseren Aufenthalt in Greetsiel, nicht nur heute, sondern die ganze Zeit, die wir hier verbracht haben und noch verbringen werden.

Am besten trinke ich nach der Aufführung so viel Wein, dass ich anschließend nur noch in der Lage sein werde zu schlafen. Und zwar allein! Mein Zimmergenosse Bernhard wird das Feld beziehungsweise sein Bett nicht räumen müssen. Wo er in den vergangenen Nächten seinen Schlafsack ausrollte, den er, warum auch immer, dabei hat, das hat er mir nicht verraten. Ich habe ihn allerdings auch nicht danach gefragt.

Regina

Vorhin, nachdem wir unseren Text noch einmal durchgegangen sind, habe ich Kerstin gesagt, dass es, falls sie nicht von Marten lasse, mit unserer Freundschaft aus und vorbei sei. Darauf hat sie nur gelacht und gesagt, sie denke ja nicht daran. Ich fürchte, wir sind die längste Zeit Freundinnen gewesen. Die Blicke, die sie gestern Marten zuwarf, als wir in der Groothuser Kirche *Kumm bi de Nacht, kumm bi de Nacht …* sangen, diese Blicke sprachen Bände. Um mir keine Blöße zu geben, sang ich mit:

*Kumm du um Middernacht, kumm du Klock een!*
*Vader slöpt, Moder slöpt, ick slap aleen …*

*Klopp an de Kammerdör, fat an de Klink!*
*Vader meent, Moder meent, dat deit de Wind …*

Nein, ich habe nicht bis Mitternacht gewartet, gestern Abend. Ich habe früher angeklopft. Das werde ich nachher auch tun, obwohl …

Gerhard

Lieber Christian, seit einer Woche bin ich in Antjes Heimat. Die meisten Hotels und Pensionen haben geschlossen. Nur wenige Besucher sind unterwegs, Fotografen vor allem, die nun einen nahezu unverstellten Blick auf die Krabbenfischerflotte, auf Giebelhäuser und Glockenturm sowie auf die Zwillingsmühlen haben. Der Ort ist weihnachtlich geschmückt, sehr dezent. Das gefällt mir. Wenige Herrnhuter Sterne, gelb oder rot, kleine Tannenbäumchen mit roten Päckchen, hier und da ein Adventskranz mit roten Bändern – das ist alles. Und ist genug!

An diesem dritten Adventswochenende öffnet noch einmal der Weihnachtsmarkt, der eher ein entzückendes Märktchen ist.

Im Restaurant des Hotels, in dem ich abgestiegen bin, esse ich mich durch die ostfriesischen Spezialitäten, die ich seit Antjes Tod vermisst habe. Der Glühwein-Braten, der von Antje immer als Gulasch zubereitet wurde, ist ein Gedicht!

Durch Antje wurde Greetsiel zu meiner zweiten Heimat. Dass ich fast zwanzig Jahre nicht hier war, lag an meinem Kommissars-Dasein auf dem Hamburger Kiez, das ich ernst nahm, oft zu ernst, was mir aber erst bewusst wurde, als es zu spät war.

Ich danke Dir noch einmal herzlich, dass Du mich nach Antjes Tod in Deinem Pfarrhaus aufgenommen hast. Dass mein Aufenthalt bei Dir prompt mit einer Kriminalgeschichte endete, tut mir unendlich leid.

Ob ich nach Hamburg zurückkehre, ob ich Dein Angebot annehme, längerfristig Dein Gast oder Dein ständiger Mitbewohner zu sein, oder ob ich mich in Greetsiel niederlasse, weiß ich noch nicht. Vorstellen könnte ich es mir, auch wenn von Antjes Verwandten niemand mehr hier lebt.

Greetsiel ist wirklich reizend. Auch oder gerade jetzt im (bisher schneelosen) Winter. Als Kind hatte ich keinen Blick für die Schönheit des Ortes. Ich kann mich nicht daran erinnern, dass ich auch nur einmal staunend meinen Kopf in den Nacken gelegt hätte, um, beispielsweise, die Giebel zu bewundern. Später hatte ich nur Augen für Antje, die Tochter des Fischers, der meine Eltern und mich jeden Sommer mitnahm auf einen seiner Krabbenfänge. Und nach unserer Heirat fuhren wir nach Greetsiel, wie man halt auf Verwandtenbesuch fährt. Erst jetzt, wo ich quasi als Tourist durch die Gassen bummele, komme ich aus dem Staunen nicht heraus.

Außer mir wohnt nur eine Theatergruppe aus Emden im Hotel. Fünf junge Leute, zwei Männer, drei Frauen, und Elke, die Intendantin und Regisseurin des kleinen Ensembles. In unserem ersten Gespräch stellte sich heraus, dass sie zusammen mit Antje im Kindergarten war. Aber da Elke mit ihren Eltern nach Emden zog, als sie sechs war, hatten sich die Sandkastenfreundinnen aus den Augen verloren.

Übrigens habe ich Elke und ihre Gruppe auf einer Tour durch die Krummhörn begleitet. Sie suchten Auftrittsorte für ihr Stück, das sie zurzeit in Emden spielen. Heute Abend führen sie es hier im Hotel für Elkes Geburtstagsgäste auf. Im Restaurant werden gerade die Kulissen aufgebaut. Außer einigen Stellwänden, zwei Scheinwerfern, ein paar Stühlen sowie einem Waschzuber aus Holz scheinen sie nichts weiter zu benötigen. Ich bin gespannt.

Ach ja, das wird Dich besonders interessieren: Als wir in Groothusen waren, haben wir die alte gotische Kirche besichtigt. Die Orgel soll nach Aussage ihres Erbauers die *allervorzüglichste Landorgel in Ostfriesland* sein.

Was sagst Du dazu, Christian, dass ich mich an die *Weiße Königin der Krummhörn* gesetzt und ihr ein paar Töne entlockt habe? Wow! Ich habe Lust bekommen, wieder Unterricht zu nehmen. Vielleicht kann ich dann irgendwann einmal, wenn bei Dir Not am Mann ist, einspringen? Keine Angst, das war nur Spaß!

In Groothusen habe ich drei Volkslieder gespielt. Zuerst:

*Över de stillen Straten geit klar de Klockenslag;*
*God Nacht! Din Hart will slapen, un morgen is ok en Dag.*

Dass dieser Text von Theodor Storm stammt, war allen außer Elke unbekannt. Sie wünschte sich danach das ostfriesische *Bold is Wiehnacht*, das sie allein singen musste, da es den jungen Leuten ebenfalls unbekannt war, zumindest konnten sie den Text nicht. Auf Wunsch der jungen Frau namens Kerstin sangen alle zum Schluss den plattdeutschen Klassiker schlechthin:

> *Dat du min Leevsten büst, dat du woll weeßt.*
> *Kumm bi de Nacht, kumm bi de Nacht ...*

Antjes Lieblingslied. Mit ihm hat sie mir einen Antrag gemacht. Sie – mir!

Schluss für heute, Christian. Ich gehe jetzt Krabbenkutter und Krämchen gucken. Danach muss ich mich für den Abend fein machen.

Regina

Marten ist zusammengebrochen. Nachdem er den Wein (der in Wirklichkeit Apfelsaft war) getrunken hat und rollenpflichtgemäß im Zuber zusammengeklappt ist, bekam er Applaus.

Als er im gedimmten Scheinwerferlicht wie immer aus dem Zuber steigen und abgehen sollte, was er aber nicht tat, folgte auf den Applaus plötzlich Totenstille, bis irgendjemand »Licht an!« rief.

Bernhard, in der Gruppe unser »Mädchen für alles«, Beleuchter, Toningenieur, Kulissenschieber, Requisiteur und so weiter, ist von Beruf Krankenpfleger. Er kümmert sich jetzt um Marten – zusammen mit dem pensionierten Kriminalhauptkommissar aus Hamburg, dessen verstorbene Frau Elkes Sandkastenfreundin war. Ein Arzt ist bereits benachrichtigt.

Gerhard

Lieber Christian, leider werde ich Weihnachten nicht bei Dir verbringen können. Es hat sich etwas ereignet, das Elke völlig aus der Bahn geworfen hat: Aus Spiel ist Ernst geworden. Der junge Mann, Marten, ist vor den Augen des Publikums gestorben. Was wir alle zunächst für einen glänzend gespielten Bühnentod hielten, entpuppte sich als bittere Realität.

Auch wenn ich davon ausgehe, dass es sich um einen natürlichen Tod handelt – obwohl Marten, ein Mann wie ein normannischer Kleiderschrank, den Eindruck machte, kerngesund zu sein –, habe ich Elke versprochen, mit ihr über die Feiertage in Greetsiel zu bleiben. Vermutlich werden wir keine frohen Weihnachten haben. Aber zu zweit ist man weniger allein. Das ist nach allem, was geschehen ist, schon viel.

Souffleuse

Ich weiß genau, was in ihren Köpfen vorgeht. Die eine denkt, dass die andere es getan hat. Und die andere, dass die eine es war. Auf mich wird kein Verdacht fallen. Ich spiele keine Rolle in ihrem Stück, ich bin ja nur die Souffleuse.

Auch ich habe mich in Marten verliebt, auch ich wollte in seinem Bettchen schlafen, aber er hat mich nicht hineingelassen, als ich an seine Zimmertür klopfte, sondern mich freundlich, aber bestimmt zurückgewiesen. Rot vor Scham, gedemütigt und verletzt, habe ich mich auf leisen Sohlen davon gemacht.

Dass Bernhard die letzten Nächte an meine Tür klopfte und mitsamt seinem Schlafsack um Asyl bat, ist kein Trost. Er ist ein netter Kerl, geeignet zum Pferdestehlen, nur dass ich darauf noch nie Lust hatte und vermutlich nie haben werde.

Nein, auf mich wird kein Verdacht fallen. Warum sollte ausgerechnet ich von Martens Allergie wissen? Wenn er es heute Nachmittag nicht erwähnt hätte, als ich ihn noch einmal abhörte und ihm zur Nervenstärkung einen Nussriegel anbot, dann hätte ich es auch nicht gewusst. Und wenn ich mich nicht plötzlich an einen kürzlich erschienenen Zeitungsartikel erinnert hätte – dann würde Marten wahrscheinlich noch leben.

In dem Artikel stand, dass eine junge Frau in der Hochzeitsnacht starb, weil ihr Mann, der nichts von ihrer Allergie wusste, sie küsste, nachdem er etwas Erd- oder Haselnussiges gegessen hatte.

Als ich Marten vor seinem letzten Auftritt im Dämmerlicht hinter den Kulissen »spontan« küsste, geschah, worauf ich gehofft hatte: Er wich mir nicht aus.

Ich wollte Regina und Kerstin einen Schrecken einjagen. Mehr nicht. Dass Marten, ein Mann wie ein Mast, an ein paar Nussbröckchen stirbt, das wollte ich nicht.

Zum Glück wird man mich nicht verdächtigen. Ich bin – oder war – ja nur die Souffleuse. Und wie schon Bertolt Brecht sagte: »Die im Dunkeln sieht man nicht.«

# Antjes Glühweingulasch

## Für 6 Personen

**Zutaten:**
1.500 g Rindergulasch
Salz
Wildgewürzmischung
Öl zum Braten
6 mittelgroße Zwiebeln
1 Flasche Glühwein
2 Lorbeerblätter
Pfeffer
Rosmarin
Thymian
2-3 EL Preiselbeeren
Tomatenmark
evtl. Sahne

**Zubereitung:**
Das Fleisch in mundgerechte Stücke schneiden, mit Salz und dem Wildgewürz einreiben, danach in Öl kräftig anbraten. In einer zweiten Pfanne die Zwiebeln in Öl andünsten, bis sie glasig und hellgelb sind, und sie dann zu dem Fleisch geben. Glühwein, zwei Lorbeerblätter und nach Geschmack noch eine kleine Stange Zimt zufügen. Mit Pfeffer, Rosmarin und Thymian würzen. Etwa anderthalb bis zweieinhalb Stunden bei kleiner Hitze weiterschmoren lassen. Kurz vor Ende der Garzeit die Preiselbeeren zugeben. Mit Tomatenmark und Sahne verfeinern und noch einmal abschmecken.
Rotkohl, Kartoffelklöße, gedünstete Birnenhälften oder Apfelkompott passen wunderbar dazu. Antjes Glühweingulasch schmeckt aber auch pur, nur mit einem Stück Baguette oder Fladenbrot als Beigabe.

# Ich schreib' euch tot – Last Christmas

Volkstrauertag und Totensonntag glitten vorbei und der Advent raste mit Karacho auf Weihnachten zu.

Mein Lichtwecker versuchte, den Sonnenaufgang zu simulieren, und erhellte mein Schlafzimmer schemenhaft. Ein Auge war schon wach, der Rest meines Körpers schlief noch. Der multifunktionale Zeitmesser zündete die nächste Weckmöglichkeit und spielte zusätzlich Musik, nicht irgendeine, nein, ich hörte das obligatorische Lied der Gruppe Wham: *Last Christmas, I gave you my heart* ... – den ultimativen Organspendersong.

Ich drückte die Snooze-Taste und dämmerte weiter, das zweite Auge holte das erste zurück. Das Zimmer war wieder verdunkelt.

Last Christmas – das letzte Weihnachten, sollte es mein letztes Weihnachten sein? Würde ich an Herzversagen sterben? Autounfall? Weltuntergangsstimmung erfasste mich.

Urplötzlich traf ein Punktscheinwerfer mein Gesicht und riss mich aus dem Schlaf. Ich war geblendet. Ich sah nichts. Zwei Hände, groß wie Klosettdeckel, rissen mich hoch, stellten mich hin und zogen mir einen muffig riechenden Kartoffelsack über den Kopf. Ich hielt die Augen zugepresst.

Last Christmas – also keine Krankheit, kein Unfall, sondern Entführung und Mord?

Man packte mich und schleifte mich die Treppe hinunter, wobei meine Hacken auf jede einzelne Stufe knallten; besser als mit dem Kopf. Die Haustür wurde aufgerissen. Draußen bewegte sich geräuschvoll die Seitentür eines VW T4 – das Geräusch kam mir bekannt vor. Grob ließ man mich auf die Rückbank fallen. Durch den Jutesack hindurch roch es nach Diesel, Öl, kaltem Rauch, Schweiß und Bier. Unter meinen Füßen rollten leere

Bierflaschen und stießen klirrend aneinander. Saß ich im VW-Bus meiner ostfriesischen Krimi-Figuren Freerk Freerksen, Jann Janssen und Cornelius Cornelius? Ich sinnierte über den Namen des Gefährts: Benno – genau, so hieß der Bus.

Ein lautes »Dawai! Dawai!« unterbrach meine Gedanken. Mein linker Sitznachbar schien ein bullig-brutaler Typ zu sein, einen Kopf größer als ich, vermutlich; sehen konnte ich es nicht, nur von der dunklen Bassstimme erahnen, die unablässig auf den Fahrer hinunterprasselte.

Die alte VW-Möhre röchelte beim Anlassen und ich sah vor meinem inneren Auge die Wolke aus dem Auspuffrohr schießen. Der Russe grunzte zufrieden, das Fahrzeug bewegte sich. Oder war es gar kein Russe? War es vielleicht sogar der Tschetschene aus dem Nordkaukasus? Das war eigentlich unmöglich: Erstens hatte ich ihn in einem Krimi vor Baltrum in eine Situation gebracht, in der er nur hätte ertrinken können, und zweitens ...

»Cavolo ... Stupido, Idiota, a sinistra! Meine Güte, du Blödemann, nach linkse, nach links!«, herrschte nun ein Italiener den Fahrer an.

Was war hier los? Eine internationale Verbrechergruppe, die mich hier in Ostfriesland entführte? Wir nahmen eine scharfe Linkskurve, bei der ich mit meinem ganzen Körpergewicht gegen den Eurasier gedrückt wurde; er fluchte. Mir wurde angst und bange, wusste ich doch nicht, was mir passieren sollte.

Nach ungefähr zwanzigminütiger Fahrt sagte plötzlich der Beifahrer, den ich bis dato noch nicht wahrgenommen hatte: »Fahr vor das Scheunentor! Stopp!« Die Fahrt endete. Die Schiebetür öffnete sich geräuschvoll.

»Avanti, avanti! Los, los!«, befahl der Italiener, während er mich aus dem Bulli durch den Schneematsch in die Scheune führte. Ich stolperte über den Drempel, fiel aber nicht. Zwei starke Arme hielten mich.

»Setzt ihn dort an die Wand!«, befahl eine männliche Stimme.

»Okay, Ole!«

»Musst du meinen Namen nennen?«, tadelte Ole zornig.

Ole, Ole? Ich kannte nur einen Ole und auch der wollte nie seinen Namen genannt bekommen, sondern gern inkognito bleiben. Nur dass dieser Ole, den ich kannte, eine meiner Krimifiguren war und diese gab es einzig und allein in meiner Fantasie. Die Stimme selbst kannte ich nicht.

»Das ist er? Den hatte ich mir eigentlich ganz anders vorgestellt, dünner. Auch auf seiner Website sieht er schmächtiger aus. Das ist ja ein Fettsack!« Die weiblich-sonore und zugleich verführerische Stimme hätte ich meiner weiblichen Figur Carmen Sutra zugeordnet, aber würde sie so über ihren Erschaffer, über mich reden?

»Rück ihn weiter in die Mitte!«, blökte der vermeintliche Russe. Samt Stuhl zog man mich durch den Raum. Dort nahm man mir den Sack vom Kopf. Vorsichtig öffnete ich die Augen. Durch die Sehschlitze erkannte ich eine größere Menschengruppe, die sich im Halbkreis um mich platziert hatte. Es war kalt und es fröstelte mich. Dies lag einerseits an der großräumigen Scheune, andererseits am ungewissen Schicksal, das mir bevorstand.

Das Dach bildete ein kunstvoll gearbeitetes Balkenwerk, auf dessen Lattung rote Ziegel lagen. Eine Dämmung fehlte. Verschiedene antike Ackergeräte, darunter eine schwere Egge mit verzinkten Zinken, Milchkannen, Hacken, Äxten, Dreschflegel, Wagenräder mit Holzspeichen und vieles andere mehr schwebten über uns.

Mein Blick senkte sich auf die Menschen, die mich umgaben. Sie waren mir fremd und doch kannte ich sie! Jeder Einzelne hatte eine Rolle in meinen Kriminalstorys und Lesungen gespielt und jetzt saßen sie mir real gegenüber, unglaublich.

»Los jetzt!«, brummte der Russe, um den sich zwei ähnlich gruselig aussehende Gestalten gesellt hatten. Es schien, als hätte er sie im Griff, als wäre er ihr Anführer. Beide versteckten eine Hand unter der Jacke, wo ich ihre Knarren vermutete. »Wir machen ihm nun den Prozess«, entschied der Hüne bestimmend. Seinen rechten Arm streckte er wie ein Fahrgast im Bus nach oben und umfasste mit der Hand die über ihm schwebende Egge, die knarzend hin und her schwankte.

»Wie besprochen erzählt jeder von euch, was ihr diesem Schreiberling vorwerft. Mein Name ist Boris Suupkow, damit du weißt, mit wem du es zu tun hast.« Das war eindeutig der gedungene Mörder Suupkow, wie ich es vermutet hatte. Er hatte eine kleine Rolle gespielt, führte sich hier aber als Sprachrohr auf. »Ich klage an wegen mehrfachen Mordversuchs an tschetschenischen Staatsbürgern.«

»Aha«, sagte ich.

Die restlichen Personen schienen beeindruckt. Ich blinzelte gegen das Licht und erkannte drei Typen, die auf einem Tisch saßen, einer davon mit dem Fuß auf einer Bierkiste. Alle drei hielten grüne Bierflaschen in der Hand. Hin und wieder nahmen sie einen Schluck aus der Pulle. Logischerweise mussten das Jann Janssen, Cornelius Cornelius und Freerk Freerksen sein.

Seitlich dahinter kippelte ein kerniger Typ auf einem Hocker – das musste Ole Knade sein, der ostfriesische Auftragskiller und neuerdings Privatdetektiv. Seine Hand lag auf der Schulter einer atemberaubenden Schönheit à la Marilyn Monroe. Sie trug ein blaues Kleid mit tiefem Ausschnitt, durch den man ihr bis zu den Zehen gucken konnte. Ein kühler Windzug hob den Fummel leicht hoch. Trotz der Kälte in der Scheune hing eine dickere Jacke nur lose um ihre Schultern. »Wer schön sein will, muss leiden«, dachte ich. Dass sie fror, war an markanten Stellen ihres Körpers unter dem dünnen Stoff zu erkennen. Es handelte sich um Carmen Sutra, eindeutig.

»Also, was ist los? Abknallen oder aufhängen?« Boris Suupkow mischte sich wieder ein, die Egge über ihm schwankte bedrohlich.

»Nein, das ist zu brutal, das geht nicht!« Carmen Sutra trat für mich ein.

»Was willst du alte Schlampe? Hast du auch etwas zu sagen?« Boris blickte grimmig zur Blonden. Ich hatte das Gefühl, er machte soeben einen großen Fehler. Carmen hatte zu viele

Verehrer unter den Anwesenden. Schon meldete sich der erste zu Wort.

»Aber ja, das hat sie!« Luigi, der wahrscheinlich mächtigste Mann hier im Raum, Mafia-Boss aus Sardinien, bot dem Tschetschenen die Stirn. »Was biste due eine ungehobelte Mensch, Suupkow? So redet man nichte mit einer Frau, vor allem nichte mit einer so schönen, capito? So lange ich hier bin, sprichste due nichte so, tschetschenischer Bastard.« Luigi zwinkerte Carmen zu und sie lächelte ihren Verehrer zuckersüß an.

Das konnte Suupkow nicht auf sich sitzen lassen. Er drehte sich langsam zum Sarden um. Wie seine Kumpane hielt er eine Waffe in der Hand, die er auf Luigi richtete. Allerdings standen ebenso schnell etliche Mafiosi mit gezückten MGs hinter Luigi auf. Das lief alles blitzschnell ab. Eine Pattsituation entstand.

»Du hast eine große Klappe, Luigi. Andere wären schon wegen weniger Worte geviertelt worden. Ich sollte dich wegpusten. Außerdem steht ohnehin noch ein Auftrag der Familie Favelli aus: Du weißt, dass sie dir neue Betonschuhe verpassen wollen«, brummte der Killer.

»Ach was. Bevor due Finger krumm machste, haste due eine Loch in Kopf, nein, nicht eine Loch, viele Locher – siehste aus wie Sieb«, erwiderte Luigi unbeeindruckt.

Ich sah meine Chance: Divide et impera – teile und herrsche.

Nur zu gut, wenn sie sich streiten, dachte ich und sagte: »Alter Hut, Boris. Der Konflikt ist schon lange geklärt. Der *consigliere* musste dran glauben, weil er einen Rechenfehler machte, und nun haben sich die Familien Lucheni und Favelli wieder lieb.«

»Was mischst du dich ein?« Suupkow nahm mich erneut aufs Korn: »Du bist doch der miese Schreiberling, der sich diesen elenden Mist ausdenkt. Ich muss wegen dir den brutalen Killer geben, obwohl ich lieber Angora-Kaninchen in meinem Schrebergarten in Grosny züchten würde. Du ... du Bleistiftquäler! Ich knall dich ab wie einen räudigen Hund.« Boris' Halsschlagader schwoll dick an und versorgte sein Gesicht umfangreich mit färbendem Blut. Eigentlich wäre es eine äußerst bedrohliche Situation, aber alle Anwesenden kicherten albern vor sich hin, hatten sie doch Bilder von ihm mit weißem Kaninchen mit rosa Arschloch auf dem Arm im Kopf. Das machte ihn noch wilder, während er mit der Knarre herumfuchtelte.

Nun meldete sich auch noch Ole Knades Handy mit *Last Christmas, I gave you my heart* ... Ole nahm den Anruf entgegen: »Ja, ich bin's.« Wie gewöhnlich vermied er es, seinen Namen zu nennen. Keiner sagte etwas, alle blickten ihn an. Oles Mimik verriet nichts: »Ja, verstehe ... und das ist sicher? Auf die Info kann ich mich verlassen?« Erst jetzt umspielte ein Lächeln Ole Knades Pokerface. Er drückte das Gespräch weg und lächelte wissend.

»Was ist nun? Telefondienst oder Rübe ab?« Suupkow drängelte wieder.

Mittlerweile hatte ich meine Sicherheit wiedergewonnen und auch beim Durchscheuern der Handfessel war ich ein gutes Stück vorangekommen. »Was wollt ihr überhaupt? Wieso brüllst du mich so an? Und ihr anderen sagt nichts dazu? Normalerweise hat jeder Angeklagte ein Recht, sich zu verteidigen, oder?« Betretenes Schweigen. »Wie lautet die Anklage, was werft ihr mir vor?«

»Wir sind unzufrieden!«, entgegnete zu meiner Verwunderung Freerk Freerksen. »Die Art und Weise, wie wir in den Geschichten dargestellt werden, gefällt uns nicht!«

»Ja, und immer diese Toten, muss das denn sein?«, fragte Carmen Sutra, die fortfuhr, dass sie zu sexistisch beschrieben würde. »Alle starren nur auf meine Brüste!«

»Stimmte!«, bestätigte Luigi, der aber nicht mich, sondern Carmen ansah. Ich wusste auch, wohin er schaute, dieser Pharisäer.

»Und meinen Namen Carmen Sutra mag ich nicht!«, fügte Carmen hinzu und einige Umstehende nickten verständig.

»Was stellst du dir da vor?«, fragte ich gebannt.

»Susanne! Susanne fände ich besser!«, meinte Carmen. Nun wandten die Umstehenden die Augen gen Scheunenhimmel.

»So sehe ich das auch!« Die seitliche Scheunentür sprang auf und mit Schwung knallend wieder zu, sodass die zum Trocknen aufgehängten Updrögt Bohnen an der Wand erzitterten und leicht hin und her schwangen. Die Langeooger Inselpolizistin Sina Kampenga erschien überraschend Arm in Arm mit Luigis Neffen, dem Grabefachmann Sergio, und baute sich vor mir auf. Alle Blicke richteten sich jetzt auf sie.

»Du findest Susanne auch besser?«, fragte ich erstaunt.

»Quatsch!«, fauchte sie.

»Gar nicht in Uniform?«, frotzelte ich weiter und ergänzte spöttisch: »Heute undercover und mit Lover unterwegs?«

»Ja, und genau das ist der springende Punkt!«, entgegnete Sina im oversized rosa Hoodie. »Ich hörte aus gut uniformierten Kreisen, dass hier heute eine Generalabrechnung mit unserem verehrten Herrn Autor stattfinden soll.« Das Wort »verehrt« betonte sie dabei bewusst höhnisch. Die folgende Pause war kunstvoll gewählt. Dann fuhr Sina fort: »Es geht um Sexismus!!! Ich kann mich gut an den Teekrimi auf Langeoog erinnern, in dem meine Brüste als Spitztüten bezeichnet wurden. Das ist äußerst sexistisch und chauvinistisch.« Ihre Augen hatten sich verengt, sie sah sehr wütend aus.

»Ach, mein Gott!«, versuchte ich eine schwache Verteidigung, »Spitztüten ... Spitztüten ... das war doch nur so dahingeschrieben. Letztlich mit einer doppelten Bedeutung ... weil Tee doch auch in Spitztüten abgefüllt ...« Ich brach ab, als ich in die Gesichter sah.

»Merkste selber, nicht?«, tadelte die Polizistin.

»Warum so lange reden? Aufhängen, fertig!«, drängelte erneut der Tschetschene.

»... und die vielen Toten, in jeder Geschichte gibt es Tote«, jammerte erneut Carmen Sutra.

»Meine Güte, das sind halt Krimis und keine Liebesromanzen oder Landschaftsbeschreibungen. Da kann es nicht immer Friede, Freude, Eierkuchen geben! Da müssen Konflikte her: Konflikte, Konflikte und nochmals Konflikte!«, verteidigte ich mich und wurde lauter bei dieser Ignoranz.

»Sagte wer, hä? Wer sagte, du musste haben Konflikt, hä? Nenne mir nur einen, der das sagte, nur einen!«, grätschte der Mafia-Boss Luigi Lucheni dazwischen, der sich anscheinend jedes Mal berufen fühlte, Carmen beizustehen (oder musste ich jetzt schon Susanne schreiben, wenn mir mein Leben lieb war?)

»Alle! Alle, die Ahnung vom Krimischreiben haben!«, entgegnete ich.

»Kannste du nur eine sagen, eine *persona*, die das sagte?« Luigi blieb hartnäckig.

»Wolf!«

»Wolfe?«, fragte Luigi irritiert. »Hä, kann ein Wolfe reden, Stupido? Glaubste du selber nichte! *Lupo* kann reden, Quatsch!« Nun war seine Knarre nicht mehr auf Boris Suupkow, sondern ebenfalls auf mich gerichtet.

Wären meine Hände nicht mit Seilen gefesselt gewesen, ich hätte sie zum Gebet gefaltet und um Hirn gebeten; so viel Blödheit in einer Person, das war nicht zum Aushalten. Ich war allerdings guten Mutes, dass ich doch noch eine Fürbitte loswerden könnte, denn ich hatte mittlerweile ein gutes Stück der Fessel über einen hervorstehenden Nagel am Stuhlrand ratschen lassen und durchscheuern können.

»Wolf, ich meine Klaus-Peter Wolf, ein Bestsellerautor, Freund und Kollege! Der sagt, in einem guten Krimi muss es Konflikte geben. Erst einen kleinen und dann größere.«

»Klaus-Peter Wolfe, Bestsellerautor? Und du kennste den?« Verächtlich sah Luigi mich an, als hätte ich ihm eine der größten Lügen erzählt, die es gibt.

»Kenn ich auch!«, mischte sich Jann Janssen ein, der bis dahin hauptsächlich an einer grünen Bierflasche genuckelt hatte.

»Ah, Jann, *il professore*!« Luigi lachte laut los. »Woher kennste du diese Wolfe?«

»Der steht doch auf den großen Plakatwänden in den Städten, wenn der wieder ein Buch herausbringt.«, sagte Jann.

»Ach soooo!« Die Überraschung der Anwesenden über das literarische Wissen des Ostfriesen verpuffte so schnell, wie sie aufgekommen war. Auch bei mir; nach meiner Kenntnis konnte die Dicke des Bücherregals von Jann Janssen nicht über einen laufenden Zentimeter hinaus reichen, denn genau so breit war das Familienbuch des Janssen-Clans mit allen Geburts- und Heiratsurkunden.

»Was labert ihr eigentlich für einen Mist?« Angewidert brüllte Boris Suupkow dazwischen. Er nahm die Hand von der Egge, der er noch einen ordentlichen Schubs mitgab. Sie geriet dadurch kräftig in Schwung und die Aufhängung an der Firstfette der Scheune knarrte jämmerlich. »Ich pfeif auf einen ordentlichen Prozess. Der Kerl«, er zeigte auf mich, »gehört abgeschossen, aufgehängt oder sonst etwas! Hauptsache, er kommt weg und schreibt nicht mehr diesen Blödsinn, dieser Möchtegernautor und Kuliquäler!«

Auch mir reichte es so langsam. Ich wurde sauer! Sauer darüber, dass der Tschetschene sich derart aufführte. Ebenso hielt ich die übrigen Anwesenden für undankbar. Ich war es doch, der sie aus den brenzlichsten Situationen herausholte, der für sie sorgte.

Ich musste dem ganzen Spuk ein Ende bereiten. »Nun, dann wollen wir das Ganze etwas beschleunigen«, rief ich in den Raum.

»Sehr gut!«, erwiderte Suupkow und spannte den Hahn seiner Knarre. Eine gespannte Ruhe trat ein, in die urplötzlich wieder das Handy von Ole Knade mit dem elenden Klingelton *Last Christmas* platzte.

Seelenruhig nahm Ole Knade ab: »Ja, ich bin's. Hast du etwas erfahren?« Er wartete die Antwort ab. Dann sagte er ins Mobilphon: »Ist das sicher?« Er nickte und steckte das Handy ein. »Es tut mir leid; wichtige Infos, sorry. Aber nun können wir weitermachen!«

»Ah, vielen Dank für die Genehmigung, Herr Knade!«, spöttelte Boris Suupkow höhnisch. »Noch jemand, der seine Oma anrufen muss oder dergleichen?«

Ich sah, wie Freerk Freerksen gewillt war, den Finger zu heben. Cornelius Cornelius drückte ihn aber vorsichtshalber wieder hinunter.

»Gut, also keiner mehr! Dann können wir endlich zur Hinrichtung kommen.« Boris drehte sich mir erneut zu.

»Moment!«, sagte ich. »Als Angeklagter habe ich doch bestimmt noch das Anrecht auf einen letzten Wunsch, oder?«

Bevor Boris Suubkow das ablehnen konnte, grätschte Luigi Lucheni dazwischen, wohl auch aus Trotz gegenüber Suupkow: »Klaro! Das iste doch Ehrensache. Das machen wir immer, wenn wir mischen an Betonschuhe!«

Boris sah Luigi böse an, der nur lässig zurücklächelte.

»Gut!«, sagte ich schnell, bevor sie es sich anders überlegen konnten. »Ich hätte gern etwas Papier und einen Kuli oder Füller für meine Notizen, für mein Testament sozusagen.«

Meine Figuren guckten sich verdutzt an, aber dann kam die Inselpolizistin Sina Kampenga auf mich zu. Sie reichte mir einen Block und einen Kugelschreiber: »Den habe ich immer dabei«, flüsterte sie, als sie mir das übergab, »hab ich mir von Columbo abgeguckt.« Sie lächelte mich gewinnend an.

Es gelang mir, meine Handfessel endgültig zu durchtrennen. Zur besseren Durchblutung streckte ich die Arme in die Luft und rieb mir dann die Hände. Fast gierig ergriff ich den Stift und legte den Block zurecht: Die Karten mussten neu gemischt werden. Was konnten Suupkow und seine Leute mit ihren Knarren ausrichten? Nichts, aber das war ihnen nicht bewusst. Keine meiner Figuren ahnte etwas.

»Wie lange dauert das Testament? Wir haben nicht ewig Zeit«, maulte Boris Suupkow und blickte auf sein Schießeisen.

»Na, wenn du es nicht erwarten kannst, dann schieß doch, du Weichei!«, provozierte ich ihn; er ging mir ohnehin die ganze Zeit mächtig auf den Senkel. »Los, schieß endlich!«

Tatsächlich drückte Boris Suupkow ab, aber seine Waffe blockierte, Ladehemmung.

»Du bist eine Flachpfeife, Boris«, reizte ich den Killer weiter. Der entriss seinem Nebenmann die Knarre.

»Du hörste sofort auf herumzuballern, *capito*!«, schrie jetzt Luigi und schoss dabei selbst in die Luft, um seiner Aussage den nötigen Nachdruck zu verleihen. Unglücklicherweise, für mich glücklicherweise, traf der Sarde dabei aber die Aufhängung der Egge am Firstbalken. Das schwere Ackergerät krachte daraufhin auf Boris Suupkow und seine Gefolgsleute und durchbohrte sie mit den spitzen Zinken. Eine große Blutlache breitete sich aus.

»Upps, das tut mir jetzt aber leid«, entschuldigte sich Luigi, während seine Leute bereits die Leichen und sämtliche Spuren beseitigten.

»Das ist nicht Luigis Schuld!«, brüllte ich los. »Ich schreib euch nämlich alle tot, nur dass ihr es wisst.« Ich legte eine Pause ein und blickte jeden streng an. »Euer ganzes Gezeter und eure Unzufriedenheit gehen mir genauso auf den Zeiger wie die Drohungen von diesem Suupkow. Für mich ist es kein Problem, euch alle anders darzustellen, klaro?«

Ich kam in Fahrt und ließ zur Demonstration den gesamten Biervorrat von Cornelius Cornelius, Freerk Freerksen und Jann Janssen verschwinden. Freerk, der sich auf eine Kiste gestützt hatte, wäre fast auf die Nase gefallen. Carmen verpasste ich die Hälfte ihrer Körbchengröße und ließ sie in einem biederen Faltenrock sitzen. Ihr Gesicht sprach Bände.

»Soll ich deiner Frau vielleicht erzählen, wie du unentwegt mit Carmen, Susanne oder wem auch immer herumflirtest?«, rief ich nun Luigi zu.

»Ische bitte diche. Wie kannste due als großer Autor so etwas Primitives sagen, *prego*?«, erwiderte Luigi und setzte sich.

»Ich will meine alte Figur und mein Kleid zurück«, jammerte Carmen dazwischen.

»Und wir das Bier in grünen Flaschen!«, kam es von den drei Ostfriesen.

»Nichts da!«, sagte ich entschlossen und registrierte, dass Ole Knade, mein ostfriesischer Killer, aufstand.

»Ich habe mich heute sehr zurückgehalten«, begann Ole ruhig, »allerdings scheint jetzt der Zeitpunkt, dass es ein kurzes Vieraugengespräch zwischen uns geben sollte. Ich habe einige Informationen, die interessant sein könnten.« Er stand auf, kam auf mich zu und führte mich am Arm in eine Ecke der Scheune. Er flüsterte mir zu, dass es besser sei, alles beim Alten zu lassen.

»Und wenn nicht?«, herrschte ich ihn an.

Dann werde er Informationen weitergeben, die mir sicherlich unangenehm seien, meinte Ole Knade. Er zeigte mir sein Handy mit einem Foto von mir im Groninger Coffeeshop *The Clown*.

»Aber ... aber das war doch nur zu Recherchezwecken!«, stotterte ich.

»Das weiß ich! Aber wissen und glauben das auch alle anderen?« Ole lächelte mir zu. Während sich sein Handy erneut mit der Melodie *Last Christmas* ... meldete, überlegte ich kurz.

Wir einigten uns schließlich auf Oles Forderungen, feierten unser Agreement mit reichlich Bier aus grünen Flaschen und verabredeten uns zum Updrögt-Bohnen-Essen für den zweiten Weihnachtstag.

## Updrögt Bohnen – Heel wat besünners

*Aus dem Kochbuch à la Oma Cocky*

*Reife Bohnen, auch Speckbohnen genannt, befreit man von den Fäden und reiht (aufspießen) sie mit einer Nadel auf ein sogenanntes Bohntjeband (dünnes Paketband). Zum Trocknen hängt man sie dann auf den Dachboden, in die Scheune oder in die Küche. Wenn die Bohnen nach mehreren Wochen trocken sind, gibt man sie zur Aufbewahrung in Leinenbeutel.*

*Für das ultimative Nationalgericht der Ostfriesen stellte meine Oma folgende Bestandteile zusammen:*
*501 g Bohnen, getrocknet*
*502 g Kartoffeln*
*503 g durchwachsenen, getrockneten Speck*
*ungefähr 4 Würstchen (Pinkel-) oder Mettwürstchen*
*Salz*
*Pfeffer*
*evtl. Essig*

*So wird es zubereitet:*
*Die trockenen Bohnen müssen sehr gründlich gewaschen und mit einer Schere in 2,2 cm lange Stücke geschnitten werden. Nun werden sie über Nacht eingeweicht. Am folgenden Tag kochen die Bohnen in frischem Wasser etwa 31 Minuten lang. Anschließend spült man sie in einem Sieb erneut ab. Die Bohnen werden danach zusammen mit dem Speck und Wasser aufgesetzt; sie köcheln langsam etwa 2 Stunden lang. In der letzten halben Stunde gibt man Kartoffeln und Würste zu; gar kochen lassen, mit Pfeffer, Salz (und evtl. etwas Essig) abschmecken und durchstampfen (oder auch nicht). Dazu passt eine Kiste Bier und etwas zu trinken (also ein Schnaps).*
*Vööl Spass bi't koken un laat jo dat goud schmecken!*

# Die Autoren

**Achner, Anne,** geb. 1947 in Essen (NRW), hat über 30 Jahre im Bremer Schuldienst gearbeitet und Englisch, Deutsch und Darstellendes Spiel unterrichtet. Seit ihrer Pensionierung besuchte sie zahlreiche Workshops, u.a. bei Donna Leon in Ernen (Schweiz), bei Friedrich Ani und Ingo Schulze in der BA Wolfenbüttel, um ihre schriftstellerischen Fähigkeiten zu erweitern. Annegret Achner hat zwei erwachsene Kinder und vier Enkeljungs, die als erste ihre Kindergeschichten lesen dürfen. Einige ihrer Erzählungen und Kurzkrimis gewannen Preise bei Schreibwettbewerben und erschienen in Anthologien. (u.a. im Deichverlag, im Siebenverlag, beim »Tatort Wardenburg«, und im Weser Kurier). Sie ist aktive Teilnehmerin beim Literaturfest »Gastgeber Sprache« in Bremen-Nord und wird immer wieder zu Lesungen in und um Bremen eingeladen. Außerdem unterhält sie einen eigenen Blog, in dem sie regelmäßig Kurzgeschichten veröffentlicht. Mehr unter: www.annegret-achner.de

**Alberts, Jürgen und Marita** schreiben seit vielen Jahren Romane und Geschichten, die sie Krimiduette nennen. Ihre letzte Veröffentlichung trägt den Titel: *Es muss nicht immer Mord sein.*

Jürgen Alberts hat eine zehnbändige Bremen-Polizeiserie vorgelegt und eine hanseatische Familiensaga geschrieben, die im Juristenmilieu spielt. In diesem Herbst erscheint der Abschlussband: *Familiennacht.* Alle genannten Titel erscheinen in der Edition Falkenberg. Neben zahlreichen Auszeichnungen hat Jürgen Alberts 2011 den Ehrenglauser erhalten. Mehr unter: www.juergen-alberts.de

**Andresen-Bunjes, Elise** lebt in einem kleinen Dorf hinter dem Emsdeich in Ostfriesland. Dort, im Schatten der Windmühle, in der vor 350 Jahren grausige Morde geschahen, bewohnt sie ein altes Bauernhaus mit knackendem Gebälk.

In dieser inspirierenden Umgebung schreibt sie Krimi- und Gruselgeschichten. Ihre Texte, oft mit schwarzem Humor, sind in mehreren Anthologien erschienen und auf zwei CD des NDR »Platt vom Besten« zu hören.

Sie ist ausgebildete Märchenerzählerin und erzählt für Kinder und Erwachsene auf Hoch- und Plattdeutsch am liebsten Schelmenmärchen und andere humorvolle Geschichten.

**Barow, Ulrike** ist 1953 in Gütersloh geboren und lebt mit ihrer Familie im schönen Leer und auf der Nordseeinsel Baltrum. Sie ist gelernte Buchhändlerin.

Ihre Kriminalromane spielen alle auf Baltrum. So wird die kleine Insel seit 12 Jahren regelmäßig einmal im Jahr von einem Verbrechen erschüttert. Außerdem ist sie in vielen Anthologien mit Kurzgeschichten vertreten. Sie ist Mitglied der *Mörderischen Schwestern* und im *Syndikat*. Weitere Informationen unter www. barow-baltrum.de

**Bürster, Helga**, geboren 1961 in Dötlingen, studierte Theaterwissenschaft, Literaturgeschichte und Geschichte in Erlangen. Sie arbeitete zunächst für den Rundfunk und in verschiedenen Theaterprojekten. Seit 1995 lebt sie in der Nähe von Bremen und schreibt Romane und Hörspiele. 2015 gewann sie den Zonser Hörspielpreis für »Rogge«, im September 2019 erscheint der Roman »Luzies Erbe« im Insel-Verlag.

**Davids, Jens-Ulrich**, geb. 1942, wuchs in Hamburg auf. Er studierte Anglistik, Germanistik und Kulturwisssenschaft in Hamburg, Bangor (North Wales) und Tübingen. Nach der Promotion ging er mit Frau und Kind nach Indien und unterrichtete dort Deutsch an der technischen Hochschule (IIT) in Madras (heute Chennai).

Von 1974 bis 2004 lehrte er im Fach Anglistik an der Universität Oldenburg, veröffentlichte wissenschaftliche Artikel und organisierte und leitete studentisches Theater. Er schrieb und veröffentlichte Gedichte, Kurzgeschichten, Kurzkrimis und zwei Romane.

Er ist Vorstandsmitglied im Bremer Literaturkontor e.V.

**Engelke, Kai,** geb. 1946 in Göttingen, aufgewachsen in Hildesheim, Berlin und Wyk / Föhr, Redaktionsvolontariat bei dpa in Frankfurt, Pädagogikstudium in Hildesheim, zahlreiche Einzelveröffentlichungen und Herausgaben, drei CDs, Beiträge in mehr als 150 Anthologien, mehrere Literaturpreise, künstlerischer Leiter der Landesliteraturtage Niedersachsen / Bremen 2001 und 2007, künstlerischer Leiter der Meppener Krimitage seit 2009, lebt als Schriftsteller und Musikjournalist in Surwold / Emsland.

**Franke, Christiane** lebt gern an der Nordsee, wo ihre bislang 19 Romane und ein Teil ihrer kriminellen Kurzgeschichten spielen. Franke war 2003 für den Deutschen Kurzkrimipreis nominiert und erhielt 2011 das Stipendium der Insel Juist »Tatort Töwerland«. Neben ihrer Wilhelmshavener Krimi-Serie, die im Emons-Verlag erscheint, schreibt sie gemeinsam mit Cornelia Kuhnert für den Rowohlt Verlag eine humorige Krimireihe. Mehr unter www.christianefranke.de.

**Friedl, Reinhold** wurde in Hamburg geboren. Der promovierte Politik- und Erziehungswissenschaftler war Polizeivollzugsbeamter, Oberstudienrat, arbeitete in einem Kultusministerium, war Mitinhaber eines politischen Kleinverlages und war internationaler Beamter der Vereinten Nationen (UNESCO/UNHCR) in Genf, Paris und Afrika. Er ist Honorarprofessor der Carl von Ossietzky Universität Oldenburg und Vertreter der UNO-Flüchtlingshilfe für Norddeutschland. Er publiziert seit über dreißig Jahren wissenschaftliche Bücher und Artikel, Pressebeiträge sowie Kurzgeschichten und Kurzkrimis in Anthologien. Seine Krimis / Romane spielen im Elbe-Weser-Dreieck, an der Nordsee, in Oldenburg, Hamburg, Genf, bei der UNO, am Horn von Afrika, in Afghanistan, Algerien, in der Sahara, im Heiligen Land und

reichen in die internationale Politik. 2011 wurde ihm der Literaturpreis »Goldener Hecht« verliehen. Er lebt im Cuxland und in Oldenburg.
www.reinhold-friedl.net

**Henschel, Helga,** geboren in Varel / Friesland an der Nordsee, arbeitete als freie Journalistin, heute als Autorin, Reisebloggerin und Lehrkraft für Deutsch als Zweitsprache. Durch ihr Studium der Ernährungswissenschaften gilt ihr besonderes Interesse selbstverständlich dem Essen und Trinken. Sie schreibt und veröffentlicht Bücher und Kurzgeschichten um die Themen Reisen, Speisen und Leichen. Sie ist Mitglied bei den *Mörderischen Schwestern*. Mit ihrer Familie lebt sie in Bremen. Autorenseite: www.helga-henschel.de

**Höstermann,** Sonja, geb. 1968, hat Politikwissenschaft studiert und gibt Workshops für Kreatives Schreiben in Bremen. Als Mitautorin hat sie den Kriminalroman »Auf Heller und Pfennig« verfasst (Schünemann, 2014) sowie mehrere Kurzkrimis veröffentlicht.

**Kalbhenn, Marlies,** geb. 1945, lebt in Espelkamp in Nordrhein-Westfalen. In Hamburg zur Buchhändlerin ausgebildet, arbeitete sie viele Jahre in Buchhandlungen und einer Hochschulbibliothek. Nach einem Studium der Erwachsenenbildung war sie vierzig Jahre freiberufliche VHS-Dozentin im Fachbereich Literatur. Seit 1999 publiziert sie Gedichte und Geschichten in eigenen Büchern und in Anthologien verschiedener Verlage. Auszeichnungen u.a. »Hans-Huckebein-Preis«, »Europäischer Märchenpreis LITTLE« und »Nord Mord Award – erster Schleswig-Holsteinischer Krimipreis«. Marlies Kalbhenn ist Mitglied bei den *Mörderischen Schwestern*.

**Kölpin, Regine,** geb. 1964 in Oberhausen (NRW), lebt seit ihrer Kindheit in Friesland an der Nordsee. Sie hat zahlreiche Romane und Kurztexte publiziert (u.a. für Droemer Knaur und den Oetinger Verlag) und ist auch als Herausgeberin und Leiterin für Schreibworkshops tätig. Regine Kölpin wurde mehrfach ausgezeichnet, (z.B. Stipendium Tatort Töwerland / Titel: Starke Frau Frieslands). Mit ihrem Mann Frank Kölpin lebt sie in einem kleinen idyllischen Dorf. Dort konzipieren sie gemeinsam Musik- und Bühnenprojekte und genießen ihr Großfamiliendasein mit fünf erwachsenen Kindern und mehreren Enkeln. Mehr unter: www.regine-koelpin.de

**Martins, Toby** arbeitete als Journalist und hat sich durch zahlreiche Fach-Publikationen einen Namen gemacht.

Unter dem Pseudonym Brian Abercrombie veröffentlichte er Anfang der neunziger Jahre im Neuen Malik Verlag eine Thriller-Trilogie. Der erste Band »Hoffmann« erschien 1991 auch in russischer Übersetzung beim Quadrat-Verlag in Moskau. Toby Martins lebt in Bremen und ist Mitglied der Krimi-Autorenvereinigung *Das Syndikat*. Im Buchfink-Verlag erschienen zwei Krimis: »Die Trachtenpuppe« und »Tod einer Wahrsagerin«. Toby Martins ist auch auf facebook zu finden.

**Müller-Hennig**, Laura, geb. 1985, hat im Bereich Theater und Film gearbeitet, Medienproduktion und Psychologie studiert und widmet sich seit mehreren Jahren verschiedenen Kunstprojekten u.a. im Blaumeier Atelier und in der Film-Kooperative *compagnons*. Einige ihrer Texte hat sie in Kunstkatalogen, Anthologien und Zeitschriften veröffentlicht. 2016 war sie für den Friedrich-Glauser-Preis in der Sparte Kurzkrimi nominiert. Seit 2018 leitet sie im Literaturkontor eine regelmäßig stattfindende Schreibwerkstatt für junge Autoren und Autorinnen (14–19 Jahre).

**Niemann, René Paul,** in Bremen geboren und wohnhaft, studierte Romanistik und Kulturwissenschaft. Beruflich meist an Museen mit der Vorbereitung von Ausstellungen beschäftigt, ist er seit vielen Jahren nicht nur Autor von Sachtexten, sondern auch Krimischriftsteller. Nach Lehr- und Wanderjahren in Portugal, Spanien und Frankreich zieht er sich heute zum Schreiben seiner Romane und Kurzgeschichten an einen verwunschenen Ort im Bremer Stadtteil Walle zurück.

**Phillips, Mirjam** wurde in Bremen geboren und zog nach dem Abitur nach Großbritannien, wo sie Hispanistik und Amerikanistik studierte. Nach einjähriger Lehrtätigkeit in Madrid, Spanien, setzte sie ihr Studium in Großbritannien fort und arbeitete neun Jahre lang als Dozentin an einer Hochschule in Cambridge. Seit ihrer Rückkehr nach Bremen unterrichtet sie Englisch und Spanisch am Gymnasium. Mirjam Phillips hat zwei erwachsene Kinder und schreibt Kurzgeschichten und Gedichte, mit denen sie mehrfach Finalistin bei Wettbewerben wurde. Sie ist Herausgeberin von drei Krimianthologien und leitet die Regionalgruppe Nordwest des Vereins deutschsprachiger Krimiautorinnen *Die mörderischen Schwestern*. 2016 / 2017 war sie Lehrbeauftragte für Kreatives Schreiben an der Universität Bremen (General Studies).

**Reichstein, Gesine,** in der Grafschaft Bentheim nahe der Niederländischen Grenze geboren, studierte Plattdeutsch in Göttingen. Sie arbeitet als Redakteurin und leitet seit vielen Jahren unter anderem die plattdeutschen Nachrichten bei Radio Bremen. 2007 erschien ihre erste Kurzgeschichten-Sammlung auf niederdeutsch »Dag för Dag mit de Taxe föhren«. 2008 wurde ein multimedialer Plattdeutsch-Kurs veröffentlicht, den sie mit zwei anderen Autoren erstellte. Seit 2014 veröffentlicht sie auch Krimi-Kurzgeschichten auf Platt und ist Mitglied des Bremer Krimistammtisches.

**Schindler, Nina** lebt mit Mann, fünf Kindern und 11 Enkeln in Bremen. Herausgeberin vom »Mordsbuch. Alles über Krimis« und Verfasserin von ca. 30 Kurzkrimis. Autorin von ca. 60 Kinder- und Jugendbüchern, Übersetzerin von ca. 100 Büchern.

**Schmidt, Carmen,** geb. in Verden / Aller, lebt in Bremen. Durch ihre Nebentätigkeit als Komparsin in Film- und Fernsehproduktionen entdeckte sie ihre Liebe zum Krimi. Ihre erste Kurzgeschichte entstand 2011 in der Bremer Krimiwerkstatt. Seitdem diverse Veröffentlichungen in Anthologien des Bremer Krimistammtisches.

**Schmidt, Manfred C.** ist gebürtiger Emder und wuchs dort in den Arbeitervierteln Transvaal und Neue Heimat / Barenburg auf. Er studierte als Stipendiat der Hans-Böckler-Stiftung in Köln bzw. Oldenburg Sonderpädagogik und Germanistik. Seit 1986 lebt er in Esens / Ostfriesland. Schmidt ist Mitglied im VS (Verband Deutscher Schriftsteller – verdi) und im *Syndikat*. Sein Krimidebüt gab er 2010 mit dem Roman »Gut Schuss«, 2013 folgte der Titel »Kaltblut«. Literarische Schwerpunkte sind Kurzgeschichten, Krimis, Satiren sowie surrealistische Texte; Veröffentlichungen in Tageszeitungen, Zeitschriften und in zahlreichen Anthologien. Schmidt organisierte viele Literatur-, insbesondere Krimiveranstaltungen und initiierte mit den Esenser Poetry Slams um die Jahrtausendwende die erste Serie dieser Dichterwettstreite in Ostfriesland. www.nordsee-krimis.de

**Schwarze-Stahn, Gesa** ist in Norddeutschland fest verwurzelt. Nach Hamburg und Kiel (Magister Artium in Anglistik, Romanistik und Soziologie) lebt sie seit vielen Jahren in Bremen. Nachdem ihre zwei Töchter inzwischen erwachsen sind, nutzt sie die neu gewonnenen Freiräume für die Literatur- und Kleinkunstszene. Geschrieben hat sie immer gern, hauptsächlich Kurzgeschichten.

**Stein, Alexa** wurde 1966 in Nürnberg geboren und kam 1990 der Liebe wegen nach Bremen, wo sie ihre Leidenschaft für den Norden, das Schreiben und mörderisch gute Geschichten entdeckte. Sie ist Mitglied der *Mörderischen Schwestern* und im *Syndikat*, war Gastdozentin für Kreatives Schreiben an der Universität Bremen und leitete von 2011 bis 2015 das Krimifestival »Prime Time – Crime Time«.

**Wendelken, Barbara** wurde 1955 in Schwanewede geboren. Heute lebt sie in Ostfriesland. Sie arbeitete als Kinderkrankenschwester, bevor sie ihre Liebe zum Schreiben entdeckte. Aus ihrer Feder stammen zahlreiche Kinderbücher sowie Kriminalromane, aber auch Kurzgeschichten in Anthologien. Aktuell erscheint eine Krimireihe im Piper-Verlag, die in Martinsfehn, einem fiktiven Dorf in Ostfriesland spielt. Näheres unter: www.barbarawendelken.de

**Wittschen, Holger**, geb. 1964 in Bremen, lebt seit seiner Kindheit in Weyhe. 2019 belegte er den zweiten Platz bei dem vom NDR, Radio Bremen und dem Hamburger Ohnsorg Theater durchgeführten plattdeutschen Schreibwettbewerb »Vertell doch mal«. Er hat zahlreiche Kurzgeschichten publiziert in Hoch- und Plattdeutsch (u.a. Husum Verlag). Seit 2012 ist er Mitglied beim Bremer Krimistammtisch. Dort hat er an verschiedenen Projekten teilgenommen. 2008 gründete er die Autorengruppe »Weyher Schreiberlinge«.

Holger Wittschen lebt mit seiner Familie und einer Katze am Rand von Weyhe. Mit Freunden spielt er in einer Band und komponiert auf der Gitarre. Er arbeitet als leitender Krankenpfleger in einer Dialyseeinrichtung.